무상검

無常劍

무상검 12

일묘 新무협 판타지 소설

초판 1쇄 찍은 날 § 2004년 11월 3일
초판 1쇄 펴낸 날 § 2004년 11월 13일

지은이 § 일묘
펴낸이 § 서경석

편집장 § 문혜영
편집책임 § 장상수
편집 § 서지현 · 한지윤
마케팅 § 정필 · 강양원 · 이선구 · 홍현경

펴낸곳 § 도서출판 청어람
등록번호 § 제1081-1-89호
등록일자 § 1999. 5. 31
어람번호 § 제2-0453호

주소 § 경기도 부천시 원미구 심곡1동 350-1 남성B/D 3F (우) 420-011
전화 § 032-656-4452 팩스 § 032-656-4453
E-mail § eoram99@chollian.net

ⓒ 일묘, 2003

ISBN 89-5831-291-2 04810
ISBN 89-5505-395-9 (SET)

무사귀림

일묘 新무협 판타지

FANTASTIC ORIENTAL HEROES

無常劍

12

◆ 착각 속의 군웅들

목

차

第一章

네 꿈을 이루어주마

"어라? 자, 잠깐만……!"

"뭐? 잔말 말고 따라오라구!"

유검은 다우가 백화원 루주의 방에 나타나 다짜고짜 자기 손을 붙잡고 밖으로 끌고 가자 어이가 없었다.

당연히 반항해야 마땅했다. 하지만 그녀의 나긋나긋한 손길에는 저항할 수 없는 마력이 있어 입으로만 미약한 저항의 의사를 드러냈을 뿐 도살장에 끌려가는 소처럼 질질 끌려가기만 했다.

유검은 그녀가 여전히 상황 파악을 못하고 있다고 생각했지만, 그럼에도 지금 당장 그녀의 의사를 거스르고 싶지는 않았다. 오히려 순순히 그녀의 말을 계속 따르고만 싶었다. 그녀에게 무조건 복종하는 것은 참으로 감미롭고 달콤했던 것이다.

'복종?'

그 단어를 떠올리자 유검은 내심 충격을 받았다.

지극히 높은 경지에 달한 공처가로서의 기질이 자신에게 존재하고 있음을 지금 이 순간 알게 된 것이다.

다우는 유검을 후원의 으슥한 나무 아래로 끌고 와서는 길게 한숨부터 내쉬었다. 그 한숨은 유검의 얼굴을 보면서였는데, 마치 말썽쟁이 아들을 향한 어머니의 애끓는 탄식처럼 보였다.

"너 도대체 왜 그러는 거니? 응?"

다우가 또다시 한숨을 내쉬며 그렇게 잔소리하자 유검은 자기도 모르게 사과하고 말았다.

"미, 미안해."

유검으로서는 그렇게 사과할 수밖에 어쩔 수 없었다.

인적없는 이런 으슥한 후원의 담벼락 옆에서 무슨 이유든 간에 눈을 떼기 어려울 정도의 미소녀와 단둘이 있다는 것은 대단히 자극적인 상황이었다.

게다가 그녀의 숨결이 느껴질 정도의 지척, 그녀의 존재를 의식하지 않을 수 없는데 부드럽게 들이쉰 호흡 속에는 그녀의 향기가 담겨 있어 전신으로 녹아들어 가는 것 같다.

이런 상황에서 그녀가 자신을 유혹하기 위해 이곳으로 끌고 왔다는 망상을 하지 않은 것만으로도 유검의 이성은 충분히 칭찬받아 마땅할 정도였다.

그러니 무슨 정신이 있어 그녀에게 따지겠는가.

"하아… 그래, 알면 됐어. 앞으론 그러지 마. 알았지?"

"…응."

유검이 고개를 푹 숙이며 잘못을 뉘우치는 듯하자 다우는 다 이해한다는 얼굴로 그의 어깨를 부드럽게 두드려 주었다. 그리고 그의 등을 떠밀며 말했다.

"자, 그럼 얼른 여기를 나가. 다른 사람들 몰려오기 전에 말야."

유검은 순순히 고개를 끄덕이다 나가라는 말에 갑자기 정신이 들었다.

"자, 잠깐!"

그녀의 말에 복종하는 것은 참으로 감미로웠지만, 그렇다고 이렇게 그녀 곁을 떠날 순 없다는 위기감을 느낀 것이다.

유검은 정신을 바짝 차리고 단호히 말했다.

"이봐, 내가 루주 방에 간 것은 말야. 널 여기에서 빼내기 위해서였어."

다우는 의아해하며 되물었다.

"왜?"

"몰라서 물어? 생각해 봐. 넌 계속 이 기루에 남아 있고 싶은 거냐?"

다우의 아미가 찌푸려졌다.

"쳇, 기루에 있는 게 어때서?"

유검이 막 대꾸하려는데 휙! 어디선가 돌멩이가 날아와 다우의 뺨을 스치고 담벼락에 부딪쳤다가 떨어졌다.

돌아보니 무림인들로 보이는 대여섯 명의 취객이 고성방가를 해대며 후원을 가로질러 걸어가고 있었는데, 그중 배불뚝이 중년인이 이쪽을 향해 손가락질을 하고 있었다.

"저 연놈들 뭐야? 어린 게 벌써부터 밝히고 있잖아?"

그는 상당히 취한 듯 불쾌한 얼굴로 그렇게 빈정대었고, 다른 동료들은 우스운 농담이라도 들은 듯 낄낄대고 웃었다.

위층에서 무슨 일이 벌어졌던 간에 백화루는 여전히 영업을 하고 있었던 것이다.

유검은 그들을 날카롭게 쏘아보며 말했다.

"봐봐! 앞으로 저런 떨거지 같은 놈들 술시중들면서 평생을 살아야 하는 거야. 정말 그러고 싶어?"

"떠, 떨거지?"

"저 새끼가 감히 어디서 주둥일 함부로 나불대는 거야?"

차창—

마침 잘 걸렸다는 듯 그들은 일제히 병기를 꺼내 들었다.

본래 무림인들이란 항상 시빗거리를 찾지 못해 안달인 족속들이다. 술까지 불쾌하게 취했으니 유검의 그런 말에 발끈하지 않을 수 없었다.

그들은 호통을 치며 당장에라도 달려들 듯하다가 갑자기 움찔하며 그 자리에 멈춰 섰다.

유검의 왼발이 조그만 바위 위에 올려져 있었는데, 바위가 소리도 없이 바닥을 파고드는 것을 본 것이다.

다우는 그것을 전혀 눈치채지 못하고 갑작스런 시비에 놀라서 두 눈만 동그래져 있었다.

유검은 죄없는 바위를 다 파묻고 나서 천천히 그들에게로 걸어가려는데 다우가 그의 팔을 움켜쥐며 말렸다.

"싸, 싸우지 마. 진심으로 사과하면 될 거야."

그녀의 두 눈이 겁에 질려 있는 것을 보고 유검은 웃으며 말했다.

"안 싸워. 염려 마, 사과하고 올 테니까."

유검이 다가서자 취객들은 마치 호랑이를 본 사슴처럼 기세에 눌려 꼼짝도 못하고 그 자리에 있었다.

유검은 배불뚝이가 치켜든 칼을 맨손으로 움켜쥐며 천천히 말했다.

"함부로 말해 죄송하군요. 어떤 식으로 사과를 드리면 될까요?"

배불뚝이는 마른침만 꿀꺽 삼켰다.

유검이 움켜쥔 칼은 말을 한마디 내뱉을 때마다 뚝뚝 칼끝이 잘려지고 있었던 것이다.

무림인에 취객, 이 두 가지가 결합되면 반드시 시빗거리는 일어난다. 하지만 단 하나의 예외는 있었다.

그것은 칼밥을 먹고살며 남들보다 발달된 생존 본능이 위협받을 때였고, 지금이 바로 그 순간이었다.

배불뚝이는 딱딱한 얼굴로 어색하게 웃었고, 다른 동료들은 여차하면 도망치려는지 주춤 뒤로 물러섰다.

"사, 사과라뇨. 괘, 괜찮은데……."

배불뚝이 중년인이 더듬거리며 그렇게 말하자 유검은 다우 쪽을 힐끔거리고 나서 그들을 무섭게 쏘아보며 다시 물었다.

"자, 어떤 식으로 사과를 드릴까요?"

와작—!

이번에는 칼 자체가 유검의 손바닥 안에서 구겨지고 있었다.

그들은 정신이 번쩍 들었다. 이런 식의 무위는 전설 속에서만 있는 것으로 알고 있었는데 오늘 두 눈으로 직접 목격한 것이다.

유검이 슬쩍 한 걸음 물러서며 길을 비켜주자, 그들은 일제히 뒤도 돌아보지 않고 도망쳐 버렸다.

유검은 다우에게 돌아와 말했다.

"생각보다 말이 통하는 사람들이었어. 사과는 필요없다는군."

"그, 그런 것 같네."

다우는 도망치듯 멀어져 가는 취객들의 뒷모습을 보고 의아한 듯 고개를 갸웃거렸다.

'왠지 그냥 도망치는 것 같네.'

유검이 몸을 가리고 무위를 과시했기에, 그녀는 전후 사정을 전혀 알지 못하고 의아해하기만 했다.

유검은 차분하지만 열정적으로 말했다.

"앞으로도 저렇게 말귀가 통하는 사람들만 있으란 법은 없어. 기루에 있다 보면 무슨 일이 일어날지도 몰라. 억지웃음을 팔고 술시중을 하면서 그렇게 한평생을 보내고 싶어?"

그 말에 다우의 두 볼이 불룩해졌다. 불만이 가득한 얼굴이었다.

"그럼 나보고 어쩌란 거야?"

"그냥 평범하게, 남들처럼 살면 되잖아. 아무 걱정 없이 놀고 있는 네 나이 또래를 보면 부럽지도 않아?"

그 말에 다우의 음성이 격앙되었다.

"뭐, 누군 처음부터 기루에 있기를 원한 줄 알아? 누군 엄마 아빠 밑에서 아무 걱정 없이 뛰노는 애들이 안 부러운 줄 알아?"

어느새 그녀의 두 눈에는 눈물이 글썽이고 있었다.

"할 수 없는 거잖아."

유검은 뭐라 대꾸를 하고 싶었지만 입을 열 수가 없었다. 자신이 건드려서는 안 되는 그녀의 내면 속으로 침범했음을 깨달은 것이다.

그녀는 소맷자락으로 눈물을 훔치며 계속 말을 이었다.

"난 지금 얼마든지 행복해질 수 있어. 그런데 넌 왜 자꾸 내가 불행하다고 말하는 거지? 왜 내가 변해야 한다고 말하는 거야? 왜?"

그녀의 두 눈에선 끊임없이 눈물이 흘러나오고 있었다.

"백화원 언니는 내게 잘해줬어. 내겐 엄마나 마찬가지였다구. 그런 언니가 죽었어도 난 울지 않았어. 언제나, 언제나 지나간 것은 얼른 잊어버려야 한다고 배웠기 때문이야. 그리고… 울지 말라고… 울면 안 된다고… 울면 지는 거라고……."

유검은 가슴이 꽉 막히는 것 같았다.

"근데 왜 네가 날 울게 만드는 거야!"

다우는 발끈해 소리쳤다.

"가! 가버리라구! 더 이상 내 일에 참견하지 마! 너 따윈 꼴도 보기 싫어!"

그리고는 몸을 돌려 달아나 버렸다.

유검은 그 자리에서 꼼짝도 할 수 없었다. 그녀가 떠나간 방향만 바라보며 그렇게 아무 말 없이 묵묵히 서 있기만 했다.

우르릉—!

마른 벼락 소리와 함께 밤하늘 저 멀리서 먹구름이 몰려오고 있었다.

추적추적 밤비가 내리고 있었다.

다우는 이층 창가에 턱을 괴고 앉아 멍하니 내리는 비를 바라보고 있었다.

뒤에서는 한방을 함께 쓰는 대여섯 명의 동기(童妓)가 과일을 깎아 먹으며 이런 저런 화제로 수다를 떨고 있었지만 다우는 전혀 관심이 없었다. 조금 전에 있었던 일로 인해 마음이 산란했던 것이다.

'난 절대 안 울어! 지가 뭔데 내게 참견하구 그래.'

다우는 내리는 비를 보며 다시 다짐했다.

우르릉—

천둥 번개가 번쩍였다.

보통 때라면 깜짝 놀랐겠지만, 지금은 오히려 그것을 보자 속이 시원했다.

'콱! 그 녀석에게나 떨어져 버려!'

저주에 찬 말을 속으로 중얼거리다 시무룩해졌다.

뒤에서 동기들이 서로 웃고 떠들며 놀고 있지만, 다우는 자기 홀로 전혀 다른 세계에 있는 것 같았다.

'싫은 느낌……'

언제나 느끼고 있지만, 그래서 항상 잊어버리고 싶은 '혼자'라는 느낌이 새삼 그녀의 내면을 채우고 있었다.

물론 그 녀석이 친절하게도 면전에서 그 기분을 떠올리게 한 탓이었다. 덕분에 꼴사납게 눈물까지 보이고 말았다.

피곤한 느낌에 힐끔 뒤돌아보니 동기들은 낙양에서 제일가는 부호에 대한 이야기로 한참 꽃을 피우고 있었다.

그는 천하에서도 몇 손가락 안에 꼽을 부자라는 둥, 그가 재채기를 하면 낙양이 흔들린다는 둥, 황제조차도 그의 돈을 빌려 쓴다는 둥, 그를 본 사람은 거의 없다시피 할 정도로 신비에 쌓인 인물이라는 둥, 여자를 지독하게 싫어해서 기루에 온 적이 한 번도 없다는 둥…

심지어 천하에서 제일가는 무공을 지녔다는 말까지 있었다.

다우는 그녀들을 이해할 수 없었다.

낙양에서 제일가는 부자의 첩으로 들어가 호의호식하는 몽상을 꿈꾸며 눈빛마저 아련해지는 그녀들의 모습은 꽤나 한심해 보였다.

이룰 수 없는 꿈을 꾼다고 해서 뭐가 달라지는가 말이다.

'최소한 나처럼 실현 가능한 꿈을 꿔야지 말야!'

달콤한 과일 향이 담긴 오향장육이라던가, 한여름에도 석빙굴에서 가져온 얼음을 띄운 화채를 맛보다더가…….

그것은 훌륭한 기녀가 된다면 얼마든지 실현 가능한 꿈이기에, 그것을 상상하는 것만으로도 행복해질 수 있었다.

언젠가는 예쁜 옷들도 잔뜩 입어볼 수 있을 것이다.

다우는 행복한 미소를 머금으며 그렇게 창가에 턱을 괸 채로 꿈결 속으로 빠져들었다.

꿈속에서 다우는 행복한 꿈을 꿨다. 누군가와 함께 신나게 강호를 돌아다니는 꿈이었다. 정말 즐거운 느낌이었다.

"오라버니……."

잠꼬대처럼 중얼거리다 다우는 무언가에 깜짝 놀란 것처럼 잠에서 깨었다.

순간 유검의 말이 떠올랐다.

"넌 계속 기루에 있을 거니?"

다우는 발끈해 소리쳤다.

"그럼 나보고 어쩌라구! 널 따라 강호라도 떠돌아다니자는 거야?"

얼마나 크게 소리쳤던지 잠자리에 들었던 동기들이 깜짝 놀라 깨어났다.

이때 다우는 자기 말에 스스로 놀라 있었다.

'왜 그 녀석을 따라 강호를 떠돌아다닌다는 말이 나왔을까? 그 녀석은 그렇게 말한 적이 한 번도 없는데 말야.'

그렇게 자문해 보다 다우는 한 가지 생각이 떠올라 두 눈이 동그래졌다.

'가만, 혹시…….'

다우는 그제야 근본적인 의문을 느꼈다.

왜 자꾸만 자기를 기루에서 빼내고 싶어했을까? 설령 그것이 가능하다 해도 기루에서 나가 봤자 당장 먹고살기조차 어려울 텐데 말이다. 게다가 비록 가족은 아니지만 그래도 기루는 자신이 머무를 수 있는 안전한 울타리다. 그런 이곳을 나가 냉혹한 이 세상에 홀로 된다는 것은 정말 죽기보다 싫은 느낌인데 말이다.

하지만 만약 그 녀석의 말이 홀로 서라는 따위의, 사지(死地)로 내모는 듯한 채찍질이 아니라 전혀 다른 희망의 의미였다면…….

'혹시… 함께?'

순간 그 녀석과 함께 자유로이 강호를 돌아다니는 모습이 머리 속에 떠올랐다.

가슴이 두근거리고 얼굴이 화끈 달아올랐다.

그녀는 자신의 마음을 이해할 수 없었다.

둘이서 강호를 떠돌아다니는 게 뭐 별나게 좋은 일이 있을까 보냐 생각했다. 찬 이슬 맞으며 풍찬노숙(風餐露宿)해야 할지도 모르고, 먹을 게 없어 찬밥이라도 구걸해야 할지 모르며, 예쁜 옷 같은 것은 입어 볼 여유조차 없을지도 모르는데 말이다.

'하지만…….'

만약 누군가의 품속에 안겨 편안하게 있을 수만 있다면……

그래서 더 이상 혼자라는 느낌이 아닌 함께라는 일체감 속에 있을 수만 있다면……

그리고 그 대상이 만약 그 녀석이라면…….

다우는 벌떡 일어섰다. 이해할 수 없는 격정이 솟구쳐 올라 머리가 어찔하고 다리가 후들거렸다.

'확인해야 돼! 대체 무슨 뜻으로 그런 말을 했는지 말야!'

창밖으로 추적추적 내리는 빗속에 묵묵히 서 있는 유검의 모습이 떠올랐다.

'아냐. 아직도 있을 리가…….'

다우는 고개를 저었다. 유검이 아직도 그 자리에 있을 리 없다고 생각했다. 더 이상 자기 일에 참견 말라며, 꼴도 보기 싫으니 떠나 버리라고 말했는데 무슨 이유로 그 자리에 남아 있겠는가 말이다.

시간도 꽤 흘러 밤이 깊었으니 어딘가 가서 자고 있을 것이다.

"얘, 무슨 일인데 그래?"

다우가 안절부절못하자 다른 동기가 걱정스러운 듯 물었다.

다우는 듣지 못한 듯 아미를 찌푸리며 창밖의 비만 노려보다 뭔가 결심한 듯 입술을 깨물었다.

"다녀올게."

다우는 얼른 윗옷을 걸치고 놀라는 동기들을 뒤로하고 밖으로 뛰어나갔다.

'확인해야만 해!'

그녀는 당장 유검에게 그 사실을 확인하지 않고는 견딜 수 없을 것 같았다.

그녀는 복도를 뛸 듯이 달려 후원으로 갔다.

밤비는 차가웠다. 한여름의 무더위를 식혀주는 것만으로는 성에 차지 않은 듯 오슬오슬 한기마저 들 정도였다.

어둠을 뚫고 유검이 있던 장소에 도착한 다우는 숨을 몰아쉬면서 주위를 돌아보았다.

아무도 없었다.

다우는 스스로 머리를 쥐어박았다.

"바보!"

지금까지 남아 있을지도 모른다고 생각하다니 정말 바보라고 생각했다.

다우는 추위에 부르르 몸을 떨었다. 빗줄기는 생각보다 굵어서 벌써 속옷까지 흠뻑 젖어버렸다.

"대체 어디 간 거야!"

없는 게 당연하다고 생각하면서도 정말 서운하기 그지없었다.

"바보… 조금만 더 기다려 주지……."

괜스레 참았던 눈물이 다시 솟구치려 했다.

얼른 돌아가 따뜻한 물에 목욕이라도 해야겠다고 중얼거리며 몸을 돌리는 순간, 시커먼 벽에 코를 부딪치고 말았다.

"앗!"

부딪친 충격에 비틀거리며 뒤로 쓰러지는데, 따뜻한 손이 그녀의 등을 감싸 안았다.

움찔하며 손길을 뿌리치려다 나타난 시커먼 벽이 유검임을 깨달았다.

그녀는 당장 그의 품속으로 뛰어들고 싶은 충동이 일었지만, 말과 행동은 전혀 다르게 나왔다.

"이, 이것 놔. 내 몸에 손대지 말란 말야."

"아… 미안."

유검은 슬며시 그녀의 부드러운 허리를 풀어주었다.

"뭐, 뭐 해? 여기서……."

그녀는 자신의 목소리가 너무 떨린다고 생각했다. 아무래도 추위 때문인 것 같았다.

다우는 속으로 생각했다.

'놓으란다고 정말 놓냐? 바보.'

유검은 시무룩한 목소리로 대꾸했다.

"난 이런 저런 생각을 좀 하고 있었어. 내가 너무 생각도 없이 함부로 굴었구나 하고 반성도 했다. 앞으론 정말 네 일에 참견하지 말고……."

다우는 불안한 느낌에 황급히 끼어들었다.

"그, 그게……."

왜 그런 말을 했는지 그 이유를 물으려 했지만, 너무 노골적인 것 같아서 곧 움츠렸다.

"아, 아냐. 계속 말해."

"하여간 이런 저런 생각을 하며 있는데, 네가 달려오더군. 당장 떠나라는 네 말이 떠올라 잠시 피했는데, 아무래도 네가 날 찾는 것 같아서……."

"차, 찾긴 누가 찾아? 아무래도 여기에 귀고리를 떨어뜨린 것 같아서……."

다우는 귀고리를 찾는 흉내를 내려다 그만두었다.

유검이 정말 여기서 계속 있었음을 알자 마음이 심하게 요동치며 아무런 다른 생각을 할 수 없었던 것이다.

'왜 날 기다린 거지? 왜……?

있어주길 바라놓고선 막상 있는 것을 알게 되자 가슴이 두근거려 정신을 차릴 수가 없었다. 자신이 왜 그런지 그 이유를 떠올릴 수도 없었고, 왜 여기에 왔는지 그 까닭조차 잊어버리고 말았다.

유검 역시 갈망 어린 눈으로 그녀를 내려다볼 뿐 더 이상 말을 잇지 못했다.

둘은 비를 피해 다른 곳으로 가자는 말도 꺼내지 못하고 침묵 속에서 그렇게 있었다.

빗줄기가 조금 약해질 무렵 다우가 먼저 입을 열었다.

"왜… 그런 말을 한 거야?"

"…응?"

"나보고 그랬잖아. 왜 기루에 있으려 하냐고. 그 말을 한 이유가 뭐냔 말야."

"그야……."

유검은 당혹스러웠다.

내리는 비와 함께 그녀의 체취가 물씬 풍겨왔다. 전신의 감각은 일제히 깨어나 온통 그녀에게로 집중되어 있었다.

이 순간 유검은 자기가 얼마나 그녀와 함께 있고픈지 절감하고 있었다. 그녀에게서 떠나라는 말을 듣고 여기서 멍하니 있는 동안 그 시간은 지옥이었으니까.

유검은 자기와 함께 떠나자고 말하고 싶었지만, 감히 그럴 수는 없었다. 그 말을 꺼내면 단번에 거절당할 것 같았다.

다우는 침착하게 말을 꺼냈다.

"너도 알겠지만 난 일가친척 하나 없어. 내 몸을 의탁할 유일한 여기 이곳에서 나오라는 것은 그만한 이유가 있는 거지?"

다우는 예전 언니들에게 들었던 연애 이야기를 떠올리며 이 정도 대사를 할 수 있게 된 자신이 자랑스러웠다.

'그래, 난 잘하고 있어.'

유검은 뭐라고 대답해야 할까 내심 고민했다.

본래대로라면 '나와 함께 강호를!' 이라고 말했겠지만, 그렇게 당당히 말하기엔 지금으로선 너무 풀이 죽어 있었다.

더 이상 자기 일에 참견하지 말라는, 그리고 꼴도 보기 싫다는 그녀의 이 두 마디는 참으로 막강한 심공 이상의 타격을 주었던 것이다.

유검은 고민하다 조심스럽게 말을 꺼내었다.

"음… 근데 네 꿈은 뭐지?"

먼저 자기 생각을 밝히기보다는 그녀의 의중을 살펴야겠다고 판단하고 그렇게 물었다.

"꿈?"

"응, 뭐 나중에 이런 일이 내게도 생겼으면 좋겠다 같은 거 말야."

유검에게서 그 말을 듣는 순간 다우는 어떤 장면을 떠올렸다.

주위의 축복 속에서 '누군가' 와 혼례를 치르는 장면이었다. 그리고 자신은 행복한 미소를 띠고 있었다.

다우는 당혹스럽기 그지없었다.

그녀는 자신의 꿈은 보다 현실적이라고 믿고 있었다. 기녀로서 멋지게 성공하여 맛있는 것을 먹거나, 예쁜 옷을 입거나……

그런데 난데없이 '누군가' 와 혼례를 치르는 모습이 떠오르다니.

조금 전만 하더라도 그런 꿈을 꾸는 다른 동기들을 한심스럽게 바라보았으면서 말이다.

게다가 하필 그 '누군가' 는 바로 눈앞에 있었다.

정말로 그것이 자신의 진짜 꿈일까?

그렇게 자문한 순간 다우는 이상한 느낌이 들었다.

눈앞의 유검과 자신이 이미 오랫동안 사랑해 온 사이처럼 느껴진 것이다.

다우는 떨리는 목소리로 퉁명스럽게 대꾸했다.

"아, 알아서 뭐 하게?"

"내가 그 꿈을 이루어줄게."

다우는 갑자기 가슴이 두근거리고 정신이 몽롱해졌다.

만약 지금 유검이 자신을 끌어안는다면 더 이상 저항할 수 없을 것 같았다.

"난……."

다우는 입을 열었지만 알 수 없는 격정이 치솟아올라 무슨 말을 해야 할지 몰랐다.

"호, 혼례를……."

홀린 듯 자신도 모르게 노골적인 그 말을 꺼내놓고 나서, 다우는 스스로 화들짝 놀라 두 팔을 휘저었다.

"아, 아냐! 그게 아냐!"

유검이 대꾸없이 멍하니 있기만 하자, 다우는 얼굴을 붉히며 고개를 돌렸다.

"쳇, 뭐 우리 나이 또래면 누구나 그런 꿈을 꿔. 뭐 그렇게 별난 것은 아니라구."

혹시나 자기 마음이 들켰나 싶어 다우는 가슴이 두근두근했다.

유검은 그녀의 꿈이 그런 것일 줄은 전혀 예상 못했기에 멍하게 있다가 한참 후에야 간신히 물을 수 있었다.

"근데… 누구랑……?"

전혀 현명하지 못한 질문이었다.

다우는 내심이 드러날 것 같아 발끈해서 소리쳤다.

"최소한 넌 절대 아냐! 절대! 아니라구!"

"그, 그래?"

유검은 충격을 받았다.

'아무리 그렇다 쳐도 절대! 라는 말을 두 번이나 쓰다니…….'

유검은 모습은 유령이 되어 있었다. 마치 생기가 빠져나가 허깨비만 서 있는 것 같았다.

유검은 간신히 기운을 차려 물었다.

"그, 그럼 누구지? 네가 꿈꾸는 상대가?"

"마, 말해 봤자 소용없어."

"말했잖아. 내가 네 꿈을 이루어주겠다고. 일단 입 밖에 내었으니 반드시 지키겠어. 그러니 상대가 누군지 말해 봐."

유검이 고집을 피우자 다우는 더 당혹스러웠다. 아무리 얼굴이 두꺼워도 이런 상황에서 말을 바꿔 상대가 너라고 어떻게 말할 수 있겠는가.

"말해도 소용없다니깐!"

"일단 말해 봐!"

유검이 다그쳐 묻자 다우는 화가 치밀어 올랐다. 아무리 눈치가 없기로서니 저렇게도 없을 수가 있을까!

"좋아, 말할게! 그 사람이 누구냐면……!"

두 손을 부르르 떨며 다우는 홧김에 그렇게 말해 버린 것을 후회했지만 이미 때는 늦었다. 유검이 두 귀를 쫑긋 세우고 눈빛을 반짝이고 있었던 것이다.

'쳇, 안 되겠다. 일단 둘러대야겠어.'

이왕 이렇게 된 것, 누구로 둘러대야 할까?

우선 혼례가 절대 불가능한 상대라야만 했다. 만에 하나라도 성사되면 큰일이니까. 그리고 훗날을 위해 이번 기회에 유검의 기를 꺾어놓아야겠다고 생각했다.

'황제?'

다우는 내심 고개를 저었다. 그건 아무래도 유검이 믿어주지 않을 것 같았다.

마침 조금 전 동기들이 나누던 이야기가 떠올랐다.

'맞아. 낙양제일의 부호랬지? 여자를 지독히 싫어하고… 좋아. 그 사람으로 하자. 근데… 그 사람 이름이 뭐였더라?'

다우는 그 사람의 이름을 마침내 떠올리고 기쁜 듯 소리쳤다.

"그는… 진삼원! 그래, 진삼원이야!"

"진삼… 원?"

유검의 얼굴이 일그러졌다. 난데없이 왜 그 이름이 튀어나온단 말인가?

"흥, 그는 낙양제일의 부호지. 황제조차도 그의 돈을 빌려 쓸 정도라구. 게다가 천하제일의 무공을 지녔구. 너는 전혀 상대두 안 돼!"

"그를… 좋아해?"

"무, 물론이지! 그, 그를 위해서라면 목숨도 아깝지 않을 정도인걸?"

'그' 라는 말을 할 때 다우는 자신도 모르게 유검을 돌아보았다. 둘러댄다고 한 말이지만, 눈앞의 유검을 향해 그렇게 말하다 보니 자신의 속마음을 고백하는 기분이었다.

자연 그녀의 얼굴은 시뻘겋게 달아올랐다.

그 모습을 보고 유검은 생각했다.

'정말로 그를 좋아하는 모양이구나.'

그녀가 혼례까지 꿈꾸는 상대가 있다는 사실에 가슴 깊은 곳까지 비수로 찔린 듯 아파왔다. 그래도 그녀의 행복을 위해 뭔가 자신이 할 수 있는 일이 있다는 것은 다행이라고 억지로 자위했다.

본래 하산할 때는 평범한 생활을 꿈꾸었지만 다우의 마음속에 다른 누군가가 있다는 것을 알자 그것도 시들하게 느껴졌다.

'할 수 없지. 전력을 다해 그녀의 꿈을 이루어주고 나서 강호나 떠돌아다니자. 언젠가 그녀가 손자를 얻게 되면 문득 나를 떠올리고, 내가 한 일이 어땠는지 즐겁게 이야기해 줄지도 모르지.'

그 정도만 되어도 이 일은 목숨을 걸고 할 만한 가치가 있다고 생각했다.

유검은 길게 한숨을 내쉬며 고개를 끄덕였다.

"좋아! 반드시 네 꿈을 이뤄주마!"

두 눈을 부릅뜨고 단호히 그렇게 말하는 유검의 어깨 위로 내리는 빗물이 수증기가 되어 피어오르는 것 같았다.

뜨거운 열기가 느껴졌다.

그 모습을 보고 다우는 슬그머니 고개를 돌렸다.

'…바보. 내가 정말로 그런 노인네를 좋아할 거라고 생각한 건가?

다우는 낙양제일의 부호라는 진삼원이 단지 돈 많은 늙은이라고만 생각했다.

그녀는 한편으로 유검의 태도에 어이가 없었다.

도대체 조금이라도 가능하다고 생각하는 걸까? 기루의 이름도 없는 조그만 동기와 낙양제일 부호의 혼사가 말이다.

상관없다고 생각했다.

어쨌거나 애당초 불가능한 일이니 당분간 그는 자기와 함께 있을 것이고, 그러다 보면 서로의 마음을 확인할 계기도 생길 것이다.

다우는 그렇게 낙관적으로 생각하고 만족한 미소를 지었다.

고난 속의 백화원

고난 속의 백화원

지난밤에 언제 비가 왔느냐는 듯 맑게 개인 아침이었다.

삐이걱—

백화루의 점소이는 문을 활짝 열어젖히고 나와 문 앞을 청소하기 시작했다. 비 때문인지 지난밤 취객들이 쏟아놓은 오물들은 그다지 보이지 않았다. 꽤 기분 좋은 하루라고 생각했다.

두두두—

어디선가 울려 퍼지는 말발굽 소리에 힐끔 뒤돌아본 점소이는 깜짝 놀라 두 눈을 부릅떴다.

푸른색 도복을 입은 십여 명의 도사가 말을 타고 이곳을 향해 달려오고 있었던 것이다.

앞장을 선 긴 관운장 수염의 도사는 뚜렷한 무당파의 표식이 그려진 깃발을 움켜쥐고 있었다.

그것은 대외적으로 공식적인 일을 처리하고 있다는 표시였는데, 한 번 뜰 때마다 주위의 사마외도들은 오금을 저리곤 했다.

이곳 백화루는 무림의 암흑 세력인 사신가(四神家)의 백화원 소속의 기루였다.

당연히 극히 꺼리는 바가 명문 정파들이었고 그들의 비위를 거슬리지 않기 위해 언제나 눈치를 보는 형편이었다.

그런데 갑자기 대명문파로 알려진 무당파에서 문파의 표식을 공식적으로 내걸고 이곳으로 달려오다니!

설마 하니 이른 아침에 기녀를 불러 술을 마시기 위해 찾아오진 않았을 것이다.

점소이는 기루의 정보원이기도 했는데 결국 자기들의 신분이 들통나 버렸구나 싶어 암담했다.

"크, 큰일이다!"

그는 급히 총관에게로 달려갔다.

점소이의 보고를 받은 총관은 대경실색했다.

"이건… 이건……!"

총관은 어찌할 바를 몰랐다.

어젯밤 백발노인의 일이 간신히 마무리되었나 싶었는데, 더 큰일이 벌어진 것이다.

백발노인에 관한 것은 아무리 피해가 크더라도 암중에서 일어나는 일이니 조직 전체에 영향을 크게 미치지는 않는다. 하지만 대무당파에서 자기들을 노린다면 이건 전혀 차원이 다른 문제인 것이다.

총관의 보고를 받은 루주 역시 암담하기는 마찬가지였다.

그녀는 황급히 백화루의 수뇌부들을 불러들였다.

"최후의, 최후의, 최후까지 희망을 잃지 맙시다."

그녀는 결심한 듯 몇 번이고 그 말만 되풀이했는데, 얼굴은 백지장보다 더 하얗게 변해 있었다.

루주는 여차하면 선제공격을 가할 수 있도록 수하들에게 이런 저런 지시를 내리고 나서 무당파의 도사들이 당도한 대청으로 갔다. 애써 기품을 유지하려 했지만 떨리는 것은 어쩔 수 없었다.

대청에 자리해 앉아 있는 무당파의 도사들을 향해 그녀는 떨리는 목소리로 물었다.

"고고한 산중의 어르신네들께서 이 천한 곳엔 어인 일인지요?"

최대한 공손하게 허리를 굽혔다. 무슨 말이 나오더라도 일단 발뺌부터 해야 한다는 각오와 함께.

관운장 수염의 도사가 근엄한 얼굴로 물었다.

"여기 다우란 아이가 있지 않소이까?"

루주는 요염하게 웃으며 고개를 살랑살랑 저었다.

"호호호… 죄송합니다만 저희 집에는 그런 아이는 없답니다. 다우가 누구죠? 처음 들어보는 이름이군요. 호호호……."

루주는 그렇게 시침을 떼면서 내심 의아해했다.

'대체 그 조그만 아이가 무슨 일을 저지른 걸까? 감히 무당파의 말코도사들을 건드리다니 담도 크군!'

관운장 수염의 도사는 의아해했다.

"그참, 이상하군. 유검 그 녀석이 남긴 표식을 보면 분명히……."

뭔가 상황이 이상하다는 것을 눈치채고 루주는 조심스럽게 그들의 의중을 살폈다.

"그런데 대체 무슨 일로……."

관운장 수염의 도사는 수염을 쓰다듬으며 말을 이었다.

"다우란 아이는 본 무당파의 제자인 유제의 의동생이라오. 그 녀석의 부탁을 받아 그 아이를 우리 무당파에 입문시키기로 하였소. 일단 당사자의 의견을 물어봐야 할 듯한데… 없다니, 참……."

그제야 루주는 그들이 찾아온 것이 전혀 엉뚱한 이유라는 것을 눈치채고 서둘러 변명했다.

"아! 그러고 보니 들어본 것도 같네요. 호호호… 아이들이 워낙 많아 이름을 일일이 기억하지 못해서요. 잠시나마 심기를 어지럽게 해서 죄송합니다. 호호호……."

등골을 따라 식은땀이 흘러내렸다.

그녀는 사람을 시켜 급히 다우를 불러오게 했다.

다우는 부스스 잠이 덜 깬 얼굴로 대청에 들어섰는데, 우르르 사람들이 몰려 있는 것을 보고 그제야 잠이 깬 듯 두 눈이 동그래졌다.

"부르셨어요?"

루주에게 인사를 하자, 그녀는 어떻게 대해야 할지 몰라 어색하게 웃기만 했다.

"오, 네가 다우란 아이냐?"

관운장 수염의 도사와 다른 도사들이 함께 우르르 일어서서 그녀에게로 다가왔다. 근엄한 얼굴에 친근한 미소를 띠며.

"오, 참 귀여운 아이구나."

"맑은 두 눈을 보니 신기(神氣)가 밝군요. 필히 어진 것을 사랑하고 악한 것을 멀리하는 성품일 것입니다."

"그뿐이겠습니까? 장차 무림의 으뜸가는 미모와 무공을 지닌 협녀가 될 것이 분명합니다."

그들은 다우를 보고 하나같이 칭찬을 했다.

사실 이들은 그럴 수밖에 없었다.

유검이 별말없이 무당산을 떠난 후, 속세의 사정을 살펴보고 오겠노라며 떠났던 유검의 사부 현풍이 돌아왔다.

그는 겉보기에는 청수한 중년인으로 현자배 돌림으로 알려졌지만, 사실은 반로환동(返老還童)하여 그렇게 보일 뿐이고 실제는 그보다 몇 배분이나 높은 무당파의 큰 어르신이었다.

그는 아끼는 제자가 행방도 알 수 없이 사라진 것을 보고 대노(大怒)했다. 그의 호통에 무당파 전체가 들썩거렸다.

이에 장문인은 당장 사람들을 풀어 유검을 찾도록 했는데, 이에 현자배의 장로 현수까지 손수 나서게 되었다.

유검은 단지 낙양 근처에 동문의 사형제들이 와주면 도움이 되겠다 싶어 간밤에 낙양 여기저기에 표식을 남겼는데 마침 그의 행적을 뒤쫓아온 이들의 눈에 띈 것이다.

유검은 스스로를 무당파의 일개 제자라 생각하고 있었지만, 실제로는 현풍의 제자로서 장문인보다도 오히려 높은 대단한 신분을 가졌다고 할 수 있었다.

혹시 오만해질까 싶어 현풍은 일체 현자배만 알고 다른 사형제들에게는 비밀을 지켜 그런 사실을 내색하지 못하도록 했지만, 그렇다고 그

신분 자체가 바뀌는 것은 아닌 것이다.

그러니 평상시 친분 관계라면 몰라도 공식적으로 의동생의 입문에 대한 이야기가 나오게 되면 문제가 전혀 달라진다.

혹시라도 만약에 유검이 이 조그만 소녀를 공식적으로 제자로 받아들이려 하게 되면, 공식적으로 그를 사숙으로 대접해야 하는 것이다.

그렇게 유검이 정식으로 자신의 신분을 인정하게 되면, 대내외적으로 정말 엄청난 소동이 벌어질 수밖에 없었다.

만약 예를 들어 무림의 대소사에 유검이 참석할 경우, 자기들은 현풍의 위세에 감히 그에게 허리를 굽히지 않을 수 없다 해도 다른 수많은 명문정파의 고인들에게까지 젊은 청년에게 함께 머리를 숙여달라고 할 수는 없지 않은가 말이다.

또한 이 소녀에 대한 배분 관계도 정말 골치 아파지게 된다.

그래서 관운장 수염의 도사, 현수는 유검의 뒤를 쫓다가 표식에 입문 이야기가 언급되자 기루고 뭐고 꺼릴 것 없이 이른 아침부터 서둘러 달려온 것이다.

그는 다우를 만나 환심을 사서 자기 제자로 만들던가, 그도 아니라면 최소한 현자배의 다른 장로의 제자로 받아들여야만 한다고 단단히 결심을 하고 있었다.

그리고 그와 함께 있는 다른 제자들은 자세한 내막은 몰라도 어르신이 하는 일에 맞장구칠 수밖에 없는 것이다.

다우는 이런 사정을 모르고 단지 높아 보이는 어른들이 자신을 둘러싸고 이런 저런 칭찬을 하자 움찔거리기만 했다.

그녀가 위축한 모습을 하자 현수는 자신들의 실수를 깨달았다.

현수는 제자들을 일단 밖으로 물러나 있게 하고, 루주와 다우만 남게 하여 조금 편한 분위기를 만들었다.

현수는 직접 그녀를 의자에 앉혀주는 친절까지 베풀며 환심을 사려 했다.

다우는 여전히 어색하여 움찔거리며 물었다.

"저… 그런데 누구신지……."

"음? 아! 이런, 그러고 보니 내 소개도 못했구나. 난 무당산에서 내려왔단다. 도호는 현수라고 한단다."

무당산이라는 말에 다우는 안색이 변해 루주를 돌아보았다.

그녀 역시 백화원에서 자랐으니, 무당파라 세 글자는 그야말로 공포의 대명사나 다름없었다.

루주는 제발 놀라지 말라며 끊임없이 눈빛을 보냈지만 다우가 알아들을 리 만무했다.

"그, 그런데요?"

다우가 더 위축되어 두려워하자 현수는 애가 탔다.

'어이쿠, 생전 이런 어린 소녀와 친근하게 이야기를 해봤어야 알지.'

그는 서둘러 유검의 이야기를 꺼내었다.

그제야 다우는 아! 하며 안심한 얼굴을 했다.

현수도 그제야 안심했고 루주도 또한 한숨을 돌릴 수 있었다.

다우는 내심 생각했다.

'알고 보니 그 녀석 별 볼일 없는 게 아니었잖아. 무당파라니…….'

현수는 다우가 유검에 대한 이야기를 꺼내자 눈빛이 밝게 반짝이는 것을 보고 그의 터무니없는 장난에 대한 이야기들, 실수들, 악동 노릇을 하던 이야기들을 꺼내었다.

다우는 재미있어했으며, 어느새 대청 안의 분위기는 화기애애하게 변했다.

현수는 그제야 심중에 품고 있던 궁금한 점을 꺼냈다.

"근데 너… 혹시 유 사제의 제자가 되기로 했니?"

다우는 정색하며 고개를 저었다.

"그, 그럴 리 없잖아요! 누가 그 녀석 따위랑……."

사제 관계가 되면 부부 관계가 될 수 없다는 것은 알기에 그렇게 잘라 말했다.

그 말을 듣자 현수는 큰 근심을 내려놓은 것 같아 마음이 편했다.

현수는 은근히 물었다.

"그렇다면… 나의 제자가 되는 게 어떠냐?"

다우는 움찔했다. 무당파를 악마의 소굴처럼 여겨오고 있었는데 그곳의 제자가 되다니?

그녀의 반응에 현수는 부드럽게 웃으며 고개를 끄덕였다.

"아직 마음의 준비가 안 된 모양이구나. 천천히 생각해 보렴. 나 아니라도 네 사부가 되고 싶어하는 사람은 많단다. 너처럼 귀엽고 예쁜 아이를 누가 마다하겠느냐?"

귀엽고 예쁘다는 말에 다우는 혀를 낼름 내밀며 부끄러워했다.

'생각보단 안 무섭네.'

속으로 그렇게 생각했다.

"혹시 남자 사부가 무서우면 나의 사매들도 있단다. 모두 널 친절하게 대해줄 거야."

다우는 한평생 이렇게 다정한 말은 들어본 적이 없었기에 마음이 뭉클해졌다.

만약 무당파란 세 글자만 아니었다면 당장 고개를 끄덕였을 것이다.

현수는 그녀의 정서가 아직 불안정한 것을 보고 당장 데려가는 것은 어렵다고 보고 일단 유검이 올 때까지 이 근처에 머물며 지켜보기로 했다.

현수는 다시 다정하게 말했다.

"하여간 넌 앞으로 우리 식구라는 점을 잊지 말거라. 넌 혼자가 아니야."

그리고는 자신의 신물을 건네주었다.

"이걸 보이면 어디 가더라도 널 홀대하진 않을 게다."

그리고 위급 시에 도움을 요청할 수 있는 폭죽도 건네주었다.

"이 뒤에 달린 실을 잡아당기면 하늘로 솟구쳐 오른단다. 여기 파란 것은 인근 십여 리 내의 제자들을 부르고, 또 여기 붉은 것은 백여 리 내의 제자들을 부를 수 있지."

그 외에 사소한 것들도 함께 일러주었다.

그렇게 한아름 선물을 주고 난 다음 그는 몸을 일으켰다. 그리고 대청을 떠나기 전, 빙그레 웃으며 말했다.

"아참, 혼례를 할 예정이라지? 본 무당파를 대표해서 네게 감히 말한다만, 반드시 네 꿈을 이루어주도록 하마."

"……."

다우는 아무 말도 못하고 눈만 끔뻑거렸다.

루주는 고민스런 얼굴로 다우를 지켜보다 조심스럽게 물었다.

"저… 비밀은 지켜줄 거지?"

"예? 뭘요?"

"에… 그러니까… 여기 일에 관한 것들… 말이다."

루주가 어색하게 웃으며 그렇게 말하자, 다우도 알아들은 듯 환하게 웃으며 크게 고개를 끄덕였다.

"아… 물론이죠."

다우가 웃자 루주도 그제야 한시름 놓은 듯 미소를 지을 수 있었다.

루주는 모든 게 일단락 지어졌다고 생각했다.

물론 그것이 그녀 혼자만의 착각이었음을 알게 되는 데는 그리 오랜 시간이 필요하지 않았다.

그날 오후.

기루가 본격적인 영업을 시작하기에는 아직 이른 시간이었기에 점소이는 한가로이 대문 옆에 앉아서 햇볕을 쬐고 있었다.

그는 오늘 아침에 일어났던 대단한 소동을 떠올리며 아직도 가슴이 진정되지 않는지 가슴을 쓸어 내렸다.

'후아… 오늘이 초상날인 줄 알았네.'

이때 누군가가 건들거리며 걸어왔다. 찢어진 두 눈에 왼쪽 뺨 위로 희미한 상흔이 나 있는 사내였다.

그를 보자 점소이는 반색했다.

"어이쿠, 어서 오십시오."

"어이, 어때? 잘 지내나? 근데 어젯밤 무슨 일이 있었다면서? 뭐, 공식적인 건 아니고 그냥 궁금해서 보러 왔어."

점소이는 절레절레 고개를 저었다.

"휴… 말도 마십시오. 어젯밤뿐만 아니라 오늘 아침에도… 가만, 여기서는 말씀드리기 어렵고 어디 조용한 곳으로 가서……."

"아, 괜찮아. 루주에게 차차 듣지 뭐. 그보다 내가 얼마 전에 맡긴 꼬마 녀석이 잘 지내나 궁금해서 들른 거니까."

점소이의 표정이 이상해졌다.

"혹시 다우라는 이름을 가진……."

칼자국사내는 감탄했다.

"호오… 꽤나 기억력이 좋군."

점소이는 난처한 듯 소리 죽여 말했다.

"저… 그 아이를 마, 만나는 것은 그만두시는 게 좋을 겁니다."

"왜?"

"그게… 여기서 말씀드리긴 곤란한데, 하여간 안 만나시는 게 좋습니다."

딱 잘라 단정 지어 말하는 점소이의 태도에 칼자국사내는 어리둥절해졌다. 조그만 동기(童妓)가 무슨 큰일을 저질렀을 리는 없을 것이고, 설사 아무리 그렇다 해도 자신의 힘이라면 충분히 무마시킬 수 있다고 여겼기에 점소이의 그러한 태도는 불쾌하기까지 했다.

그의 눈빛이 날카로워졌다.

이때 살갗이 따가울 정도의 강한 바람이 곁을 지나 대문 안으로 휘몰아쳤다.

쉬이익—

파공성은 그제야 뒤늦게 울려 퍼졌다. 마치 폭풍이 지나간 것 같았
다.

점소이는 놀라 소리쳤다.

"귀, 귀신이다!"

"바보 녀석. 사람이야."

칼자국사내는 내심 침음성을 흘렸다.

'대단한 경공을 지닌 작자군. 대체 누군가?'

이때 이상한 느낌이 들어 점소이는 뒤를 돌아보았다.

순간 그의 두 눈이 더 이상 커질 수 없을 만큼 커졌다.

노란 승복을 입은 한 무리의 승려들이 두 눈에 형형한 정광을 뿌리
며 달려오고 있었던 것이다.

그들은 사람들의 눈조차 두렵지 않은지 전력으로 경공을 펼치고 있
었다.

점소이는 그들의 파르라니 깎은 머리에 뚜렷이 찍힌 계인(戒印)들을
보자 입을 쩍 벌렸다.

"소, 소림사?"

칼자국사내가 씹어뱉듯이 덧붙였다.

"젠장, 게다가 십팔나한(十八羅漢)이다! 한 문파를 파괴시킬 만한 힘
을 가졌다는!"

칼자국사내는 내심 이를 갈며 안으로 달려갔다.

'이곳의 정보가 누설된 건가? 대체 어디까지 드러난 거지?'

그는 여차직하면 루주의 목숨을 빼앗아 더 이상의 조직의 정보 누설
을 막아야겠다고 판단하고는 서둘러 안으로 향했다.

십팔나한은 그야말로 일진광풍(一陣狂風)이 되어 대문 안으로 쳐들어왔다.

그 바람에 점소이의 머리카락은 온통 헝클어졌는데, 그는 얼핏 십팔나한의 굳은 얼굴을 보고 이번에야말로 줄초상이 분명하다고 확신했다.

그는 안으로 달려갈 필요도 없었다. 적은 이미 안으로 들어가 버렸으니까.

루주는 장미향을 띄운 뜨거운 욕조에 몸을 담그고 있었다.

그녀는 어제와 오늘 아침에 있었던 일로 과도하게 긴장해 버렸고, 그 때문에 피부가 많이 상했다고 여겨 휴식을 취하고 있었던 것이다.

뜨거운 물속에서 녹신하게 몸을 녹이고 있는데 아래서 시끌벅적한 소리가 들려왔다. 그 소동의 시끄러움으로 보아 일상 일어나는 시비들과는 뭔가 다른 것 같았다.

'또 뭐야?'

자라 보고 놀란 가슴 솥뚜껑 보고 놀란다고 루주는 가슴이 덜컹했다.

"크, 큰일났습니다!"

왈칵 욕탕의 문이 열리며 총관이 사색이 되어 나타났다.

그는 긴급히 보고해야겠다 싶어 이곳이 욕탕이라는 사실조차 인식하지 못한 듯했다.

루주는 아미를 찌푸리며 총관의 결례를 추궁하려는데, 그가 소리쳤다.

"소, 소, 소림사의 십팔나한이……!"

그 말에 루주는 눈앞이 깜깜해지는 것 같았다.

아침에 무당파가 찾아오더니 이번에는 소림사라니.

이곳 낙양과 소림사는 지척지간이다. 그래서 항상 소림사의 행동에 예의 주시하고는 있지만, 그다지 걱정하지 않는 것이 승문에서는 속세의 일에 잘 간섭하지 않는다는 불문율이 있어서였다.

그런데 아무런 징조나 정보도 없이 소림사의 십팔나한이 여기 기루로 찾아왔다는 것은, 아무리 좋게 생각하려 해도 최악의 상황이었다.

"도대체 왜!"

그녀는 자신이 벌거벗고 있다는 것도 자각 못하고 벌떡 일어서며 그렇게 부르짖었다.

삼십대의 농염한 몸매가 드러나자 총관은 그제야 이곳이 욕탕인 것을 인식하고 급히 고개를 숙였다.

그는 수하들을 다시 긴급 소집해 놓겠다고 말하고 문을 닫았다.

'도대체 이게 무슨 날벼락이람!'

서둘러 욕조 밖으로 나오려는데, 목젖에 날카로운 비수가 닿아 있었다.

그 써늘한 감촉에 루주는 얼어붙고 말았다.

"누, 누구……."

차가운 목소리가 들려왔다.

"이해하시리라 믿소. 소림사의 십팔나한이 온 이상 나로선 역불급(力不及). 그대의 입이 무겁다는 것은 알지만, 그래도 본 사신가 전체의 정보를 보호하기 위해서는 조금의 불안이라도 남겨둘 수는 없구려. 잘 가시오.”

싸늘한 비수가 목젖을 파고드는 순간 루주는 한 가지 생각이 떠올라 급히 소리쳤다.

“자, 잠깐만!”

“……?”

“그, 그들은 우리를 노리고 온 게 아닐지 몰라요!”

“우리를 노리고 온 게 아니라면? 소림사의 십팔나한이 설마 하니 기녀를 불러 술을 마시려고 왔겠소?”

“술을 마시러 온 것은 아니겠지만… 어쩌면 다우란 아이를 찾아왔을지도 몰라요.”

“다우를?”

비수가 치워졌다.

“조금 더 이야기를 들어봅시다.”

루주는 제발 자신의 추측이 맞기를 기원하며 오늘 아침에 있었던 일을 꺼냈다.

곰곰이 모든 이야기를 다 듣고 나서 칼자국사내는 침음성을 흘렸다.

“터무니없는 이야기지만…….”

그는 그녀를 제압해 강제로 입을 벌리게 하고는 하나의 환약을 먹였다.

“한 시진 내에만 해약을 복용하면 아무런 해가 없소.”

그 말과 함께 그의 신형은 허공 속으로 스며든 듯 사라졌다. 고도의 은신술이었다.

“부디 그대의 추측이 맞기를 빌겠소.”

여운처럼 그의 목소리만이 남았다.

루주는 재빨리 정신을 차리고 옷을 챙겨 입으며 서둘러 나섰다. 그의 말대로 제발 자신의 추측이 맞기를 기원했다. 자신의 한 시진짜리 목숨을 위해서라도.

다우는 오늘 아침에 있었던 일 이후로 모든 수업에서 열외가 되었다. 그리고 뭐든지 먹고 싶은 것은 먹을 수 있고, 마음대로 돌아다녀도 되는 특권을 누리게 되었다.

과일향이 나는 오향장육에 얼음을 띄운 화채를 먹고 있는 다우를 보고 동기들은 부러워하며 도대체 어떻게 된 거냐고 물었지만 다우는 멀뚱히 잘 모르겠다는 듯 고개만 가로저을 수밖에 없었다.

다우는 자신이 그토록 먹고 싶어하던 것을 마음대로 먹을 수 있게 되었지만, 생각보다 그리 행복하지는 않다는 것을 알았다. 또 언니들이 입곤 하던 예쁜 옷들도 입어봤지만 기분은 그저 그랬다.

그녀는 결국 자신의 유일한 바람은 지금 유검이 곁에 있어주는 것뿐이라는 것을 탄식과 함께 인정했다.

'하아… 이 바보, 도대체 어디로 간 거야?'

내심 그렇게 투덜대고 있는데 밖에서 시끌벅적 요란한 소리가 들려왔다. 얼마 지나지 않아 매 언니가 급히 찾았다.

그녀를 따라 대청으로 가보니, 이번에는 무섭게 생긴 스님들이 우르르 서 있었다.

그들이 들고 있는 봉과 계도는 무척이나 무거워 보였는데, 바닥을 한 번 찍으면 땅이 푹 꺼져 버릴 것 같았다.

루주는 최대한 부드럽게 웃음을 머금었다. 그리고 다우를 가리키며 십팔나한을 향해 물었다.

"이 아이의 이름은 다우라 하온데, 혹시 찾으시는 자가 이 아이가 아닌지……."

쾅―!

십팔나한 중 선두에 있던 자가 그녀의 말에 노한 듯 계도로 땅을 찍었다.

"아미타불, 소승들이 아무리 방약하다고는 하나, 어찌 저런 어린 여시주를 찾겠소!"

음성이 굉량한 데다 정심한 불문의 공력이 깃들어 있어 대청 안을 우르르 울렸다.

루주는 자신의 예측이 빗나갔다 여기고 사색이 되었다.

선두에 선 십팔나한이 합장하며 다시 입을 열었다.

"분명히 이곳으로 숨어든 것이 분명하니, 실례하오나……."

"와하하하하―!"

갑자기 커다란 웃음소리와 함께 천장에서 한 명의 흑포승이 다우 앞으로 떨어져 내렸다. 그의 발목에는 쇠사슬이 달려 있어 요란한 소리가 났다.

그는 다우를 보고 자비로운 미소를 띠우며 말했다.

"네가 다우구나. 전서구를 통해 대강 사정은 들었다. 뭐, 훔쳐본 거긴 해도 말이다."

다우는 난데없이 흑포승이 나타나 자신을 아는 체하자 움찔했다.

루주는 그 모습을 보고 역시 다우가 관련되어 있다고 생각한 자신의 추측이 옳았다고 생각했다.

십팔나한의 두 눈이 형형히 빛났다.

"잡아라!"

그 외침과 함께 일제히 십팔나한은 몸을 날렸다.

그 모습은 마치 거대한 황색 구름이 몰려오는 것 같았다.

"갈(喝)!"

흑포승의 일갈에는 막강한 사자후(獅子吼)의 공력이 담겨 있어 마치 보이지 않는 진동파가 십팔나한을 향해 폭발하듯 터져 나가는 것 같았다.

막강한 기세의 십팔나한조차 흠칫하여 그 자리에 멈춰 섰다.

뒤를 이어 사자후 공력을 이기지 못한 천장의 먼지가 우수수 떨어져 내렸다.

그것을 보고 다우는 흑포승에 대해 감탄했다.

'우와! 엄청 세겠다!'

그녀는 아직 눈앞의 십팔나한과 흑포승이 무당파와 함께 두려움의 대상인 소림사라는 사실을 모르고 그렇게만 생각했다.

십팔나한들의 황동빛 얼굴은 딱딱하게 굳어져 있었다.

선두의 나한이 입을 열었다.

"그대는 장문인께서 내리신 면벽을 깨고 나온 죄인인즉, 사숙의 예는 생략하겠습니다."

흑포승은 상관없다는 듯 소매를 저었다.

"자, 이제 우리를 따라 본 사로 돌아가시지요."

"흥, 내 말하지 않았느냐? 유검 그 녀석의 여동생이 혼례라는 큰 경사를 치른다니 그것만 보고 가겠노라고 말이다."

그 말을 듣고 다우는 여러 가지 생각이 들었다.

'알고 보니 이 사람은 그 녀석의 친구였구나. 근데 하필 스님이 친구라니… 아참, 그 녀석도 본래는 도사라고 했지.'

이런 저런 생각을 하다 흑포승 굉무가 말한 한 단어가 돌연 가슴에 꽂혔다.

'여동생?'

그 말의 의미를 되새기는 순간 다우의 안색이 창백해졌다.

'혹시 날 여동생으로 생각하고 있는 건가?'

다우는 어젯밤 그와 함께 있었던 순간들을 떠올렸다.

뭐라 형언하기 어려울 정도로 달콤했던, 한편으론 부끄러워 결사적으로 자기 마음을 들키지 않으려 했고, 한편으론 제발 그가 자기 마음을 눈치채 주기만을 바랐다.

가슴이 두근거리고 얼굴이 화끈거렸다.

그런데 그런 감정은 자기만의 환상이었고, 그가 느낀 것은 단지 여동생으로서의 호감뿐이었단 건가?

그건 절대 아니라고 내심 소리치면서도 불안하기 그지없었다.

그리고 뭔지는 몰라도 굉장한 사람들이 연이어 나타나자 어쩌면 정말로 자기와 낙양제일 부호라는 진삼원과의 혼담이 진행될지도 모른다는 불안까지 가중되었다.

'설마… 아무리 그래도 그건 불가능해!'

다우는 입술을 질끈 깨물며 다짐하듯 그렇게 내심 중얼거렸다.

그녀의 생각과는 상관없이 굉무와 나한들의 입씨름은 계속되고 있었다.

마침내 나한의 수장은 더 이상 말이 통하지 않는다고 여겼는지 안색을 굳혔다.

"어쩔 수 없군요. 감히 실례를 범하겠습니다."

나한의 수장이 그렇게 말하며 손을 쓰려는 순간, 굉무가 코웃음을 치며 먼저 십팔나한진 안으로 뛰어들어 갔다.

위잉—

무시무시한 파공성과 함께 한 대의 봉이 기다렸다는 듯 그의 인후를 노렸고, 또 한 대의 계도는 그의 갈비뼈를 찔러갔다. 어디든 격중되기만 하면 뼈가 갈라지고 목숨까지 위험할 듯 보였다.

"앗—!"

그 모습을 본 다우는 놀라 소리치고 말았다.

이때 굉무의 발이 나한의 봉을 타고 올랐고, 그와 함께 쇠사슬이 커다란 반경을 그리며 다가오는 십팔나한들의 공세를 끊어놓았다. 굉무가 빙글 몸을 돌리며 발을 내뻗자 계도를 휘둘러 왔던 나한은 가슴을 얻어맞고 펑! 하는 소리와 함께 삼 장여 뒤로 튕겨나고 말았다.

그 위중한 가운데서도 굉무는 걱정 말라는 듯 다우에게 찡긋 눈웃음까지 치는 여유를 보였다.

굉무가 신형을 바닥으로 떨구자 그의 발은 자연히 봉 끝을 눌렀는데, 봉 아래는 어느새 나한이 제압당해 누워 있었다. 봉은 나한의 목을 누르고 있었다.

그야말로 한순간에 일어난 일이었다.

나한들이 다시 달려들려 하자 굉무는 호통을 쳤다.

“너희들은 내가 누군지 잊었느냐? 십팔나한진이라면 염불보다 더 익숙한 게 나라는 것을 모른단 말이냐?”

나한들은 흠칫했다. 굉무의 무공에 대한 절대적인 천재성은 이미 소림사 내에서 유명했던 것이다.

“내가 너희들을 상대하지 않고 도망친 것은 단지 시간이 없었기 때문이었다. 조금이라도 빨리 그 녀석을 만나고 싶었기 때문이지 결코 너희들을 두려워해서가 아님은 정녕 모른단 말이냐?”

나한들은 그의 말이 사실임을 알고 있었다. 그리고 나한진이라면 굉무가 그들보다 몇 수나 높다는 것이 진실이라는 것도.

이 세상에서 십팔나한진으로 상대할 수 없는 한 사람이 있다면, 바로 그가 굉무인 것이다. 차라리 마구잡이로 상대하는 게 낫겠지만 그래도 최소한 그가 도망치는 것을 막을 수는 없을 것이다.

나한들은 내심 침음성을 삼켰다.

“아미타불! 하지만 저희들은 이미 장문사존의 명을 받은 몸…….”

“홍, 그 다음 장문인은 누가 될까?”

굉무는 노골적으로 그렇게 말하며 봉을 누르고 있던 발을 떼었다.

“아미타불, 계율원의 장로들께서 절대 그대를 용서하지 않을 것이외다.”

나한들은 그렇게 대꾸했지만 이미 기세가 꺾여 버려 갈등 속에 침묵했고, 굉무는 재밌다는 얼굴로 그런 그들을 아무 말 없이 지켜보았다.

견디기 힘든 침묵이 대청 안의 공기를 무겁게 짓누르기 시작했다. 이때 점소이가 쭈뼛거리며 대청 안으로 들어왔다.

그는 루주에게 다가가 보고했다.

"저… 손님이 오셨습니다."

루주는 아미를 지푸렸다.

'이 눈치도 없는 놈! 지금의 상황이 보이지도 않는단 말이냐!'

십팔나한들이 다행히도 자신들 때문에 온 게 아니라는 것을 알고 루주는 내심 안도의 한숨을 쉬고 있었다.

하지만 불씨가 그렇다고 완전히 꺼진 것은 아니기에 어서 빨리 해결되기만을 기다리고 있었다. 함부로 남의 영업장에 와서 싸우다니 너무하다, 이런 생각조차 들지 않았다. 그저 얼른 싸움이나 마무리 짓고 떠나기만을 학수고대했다.

그렇게 고래 싸움을 지켜보는 새우 꼴이 되어 있는 참인데 무슨 손님타령이란 말인가?

루주는 귀찮은 듯 그에게 말했다.

"누구신지는 몰라도 다음에 오시던가, 아니면 잠시 기다려 달라고 전해라."

점소이는 머뭇거리며 대답했다.

"그게 저… 대금산장의 소장주라고 하시는데……."

"대금산장?"

익숙한 그 단어에 루주는 자기도 모르게 되묻고 말았다.

대금산장이란 천하에서 으뜸가는 전장의 이름이다. 그야말로 전 중원의 경제를 좌우지하는 곳의 이름이 바로 대금산장인 것이다.

그런 곳의 이름이 왜 이곳에서 언급된단 말인가?

그야말로 왕물주가 왔다, 하는 생각은 물론 전혀 할 수가 없었다.

황제조차도 부럽지 않을 그가 왜 이런 조그만—물론 나름대로의 자부

심은 있지만, 대금산장의 이름 앞에서는 누추한 초가집에 불과한 것이다—기루에 왕래한단 말인가.

'설마 우리가 대금산장의 사업에 방해한 것이 있었나?

천하의 돈줄을 쥐고 있는 그들에게 잘못 보이면, 산 채로 굶어 죽기 마련이다. 그것을 잘 알고 있는데 꿈속에서라도 그들에게 결례를 했을 리는 없다.

"왜, 왜 오셨다고 하더냐?"

루주는 반사적으로 그렇게 묻고는 곧 자신의 실수를 깨달았다.

한낱 점소이에게 방문 목적을 알릴 리가 없는 것이다.

점소이가 그를 맞이한 것은 그만한 이유가 있었다. 현재 혹시라도 소림사의 인물들에게 수상한 빛을 보이면 안 된다 싶어 수하들은 물론 취객들을 상대하기 위해 고용한 녀석들까지 모두 모습을 감추도록 해놓았으니 손님을 맞이할 사람이 없었던 것이다.

루주는 한평생 이런 저런 일들 속에서 온갖 일을 겪어봤지만 오늘 같은 날은 처음이었다.

그야말로 그녀의 한계를 넘어서고 있었다.

"저… 기다리라고 전해 드릴까요?"

점소이가 대청 안의 상황을 두리번거리다 다시 그렇게 묻자 루주는 정신이 번쩍 드는 것 같았다.

대금산장의 소장주를 기다리게 한다?

그건 말도 안 되는 소리였다.

"어서 안으로 모시거라."

이판사판 어찌 되든 난 모르겠다 하는 심정이었기에 루주는 오히려 차분히 그렇게 지시할 수 있었다.

심지어 마중을 위해 싸늘한 살기를 내뿜고 있는 십팔나한들 곁을 태연히 지나가기도 했다.

"실례하오."

부드러운 미소를 지닌 한 청년이 루주의 안내를 받아 기품있는 걸음걸이로 대청 안으로 들어섰다. 그는 우아한 백색 비단옷을 걸치고 있었는데 빨간 허리띠를 매어 왠지 날렵하고 경쾌해 보였다.

그리고 그 뒤를 이어 대여섯 명의 시종이 몸통만한 상자를 들고 공손히 뒤를 따르고 있었다.

그 청년의 모습을 본 굉무는 파안대소했다.

"대금산장의 소장주가 누군가 했는데, 서문평 네 녀석이었구나!"

온몸을 흔들며 웃었기에 그의 발목에 달려 있는 쇠사슬도 함께 춤을 추었다.

"아하, 굉무 사형도 계셨군요."

굉무를 본 서문평은 반색했다.

서문평은 무당파의 장문제자로서만 활동했고, 대금산장의 소장주란 신분은 유검과 장문인 등 몇몇 사람들만 알고 일체 강호에는 드러내지 않았다. 금전 관계를 다루다 보면 지저분한 일에 휘말리지 않을 수 없고, 그러다 보면 사문의 이름을 더럽힐 경우도 있을 것 같아 철저히 자신의 신분을 숨겼던 것이다.

그래서 굉무조차도 모르고 있었던 것이다.

서문평은 다우에게로 다가와 부드럽게 미소 지으며 말했다.

"네가 다우구나. 맞지?"

다우는 또 무슨 일인가 싶어 어깨를 움찔하며 고개를 끄덕였다.

"예……."

서문평은 그녀를 보고 흐뭇한 미소를 지었다.

"흐음… 역시 그 녀석의 눈은 낮지가 않군. 정말로 예쁘고 귀엽구나."

그 말에 다우의 얼굴이 빨개졌다.

잘생기고 우아한 청년이 진지하게 예쁘고 귀엽다고 말해 주니 싫지는 않았다.

서문평은 다시 온화한 얼굴로 말했다.

"난 유검 그 녀석의 친구다."

"아……!"

"난 본래 그 녀석의 병을 치료할 영약을 구하러 본가에 갔다가……."

"벼, 병요?"

"아, 그 녀석 주화입마를 당했거든. 근데 사실 의문이야, 정말 주화입마가 맞는지 어떤지. 하여간 난 이곳 낙양 지부에 천 년 묵은 산삼이 있다고 해서 들렀던 참인데, 그 녀석의 비밀 표식이 여기저기 그려져 있던군. 마침 그 녀석이 날린 전서구가 날아와서 이런 저런 사정을 알게 됐지. 그래서 약간 준비할 것을 챙겨서 이곳으로 온 거란다."

다우는 내심 의아해했다.

'어젯밤에 도대체 무슨 짓을 하고 다닌 걸까?'

단 하루가 되기도 전에 누군지는 모르지만 하여간 무지 높아 보이는 이런 사람들이 연이어 찾아오다니.

‘근데 저 사람 무지 부잔가 봐. 천 년 묵은 산삼이니, 낙양 지부니 하는 걸 봐서는 말야.’

서문평은 시종들에게 지시를 내렸고, 이에 그들은 가지고 온 상자를 다우 앞에 내려놓았다.

첫 번째 상자를 열자 다우는 탄성을 질렀다.

“와—!”

생전 처음 보는 옷들이 잔뜩 들어 있었다. 시종이 그것을 하나하나 들어 올려 그녀에게 펼쳐 보였다.

비단과 이름을 알 수 없는 천으로 만들어졌는데, 하늘하늘거리는 것이 마치 선녀의 옷처럼 보였다.

두 번째 시종이 상자를 열자 각종 보석과 황금으로 만들어진 아름다운 장신구들이 잔뜩 들어 있었다.

세 번째 시종이 상자를 열자 그곳에는 천하에서 진귀한 각종 천연 재료로 만들어진 화장품들이 들어 있었다.

그렇게 하나하나 마법의 상자를 열어젖히며 시종들은 그것이 무엇인지 친절히 설명했는데, 그때마다 다우는 얼이 빠져 멍하니 듣고만 있었다.

그녀는 내심 의아했다.

‘근데 왜 이걸 내게 보여주는 거지?’

루주는 옆에 서서 구경하고 있었는데, 상자 안의 보물들이 모습을 드러낼 때마다 기가 질렸다. 기루를 운영하면서 어지간히 화려한 보석들과 옷, 화장품 등을 보아왔지만 상자 안에 든 것들은 그녀의 상상을 초월한 것들인 것이다.

상자를 다 보이고 나자 서문평이 말했다.

"시간이 없어 일단 당장 필요해 보이는 것들만 가져왔다. 마음에 드는 것이 있으면 지금 입어보려무나."

그 말에 다우는 내심 고개를 갸웃거렸다.

'설마, 이것들을 내게 빌려준다는 이야기일까? 왜?

곧 피식 웃으며 고개를 저었다.

'말도 안 돼! 이렇게 비싼 것들을 입어보다가 혹시나 더럽히면 어떡해? 평생을 일해도 못 갚을 거야.'

서문평은 유심히 그녀의 표정을 살폈다. 기뻐하는 모습으로는 보이지 않았다.

"음… 네가 이런 걸 좋아한다고 그 녀석이 말했는데… 하여간 그 녀석 눈치없는 것은 유명하니 놀랄 일은 아니지."

그렇게 투덜대다가 다시 다우에게 말했다.

"필요한 게 있으면 말만 하거라. 뭐든지 구해주마."

다우는 무슨 말인지 알아듣지 못하고 커다란 두 눈만 끔벅거릴 뿐이었다.

그런 그녀의 모습이 못 견디게 귀여운 듯 서문평은 흐뭇한 미소를 지었다.

옆에서 보고 있던 굉무는 검미를 찌푸리고 있었다.

'으음… 그러고 보니 선물을 깜빡했군.'

굉무는 다우 앞으로 성큼 다가가 품속에서 하나의 사기로 만들어진 약병을 스윽 내밀었다.

"받거라. 출가한 땡중이다 보니 이것밖에 없군."

돌아가는 상황이 기묘한지라 그냥 지켜만 보고 있던 십팔나한들은 굉무가 내놓은 약병을 보고 기겁한 듯 소리쳤다.

"대환단(大還丹)!"

루주와 서문평도 깜짝 놀랐다.

대대로 장문인들에게만 겨우 한 알 전해줄 뿐이라는, 무림의 지보가 바로 대환단이다.

만약 강호로 흘러든다면 당장 그것을 쟁탈하기 위해 서로가 목숨을 내놓고 싸울 것이 분명한 그런 무림의 보물을 아무렇지도 않게 내놓은 것이다.

아직 장문인이 되지 못한 굉무가 그것을 가지고 있다는 것은, 사부에게서 받은 것이 틀림없었다.

십팔나한이 경동하려 하자 굉무는 크게 호통을 쳤다.

"멈춰라! 너희들은 감히 여기서 본 사의 위명을 떨어뜨릴 셈이냐!"

굉무는 그들을 쏘아보며 말을 이었다.

"생각해 보거라. 본시 이 육체조차 허망하기 그지없는 것인데, 내공 따위가 또 무어겠느냐? 그러니 대환단 같은 것은 몸 건강을 바라는 속인들에게나 필요한 것이지 불문의 사람들이 탐낼 만한 것은 못 된다. 불법을 수호하겠다는 너희 나한들이 그만한 도리도 모른단 말이냐!"

"그, 그러나……."

"본래 사부는 내게 면벽을 명하며 이 대환단을 주셨다. 무공을 높이기 위해서가 아니라, 보다 깊은 불법을 체득하라는 의미셨다. 하지만 이미 외손뼉 소리를 듣고 바닷속 진흙소가 온전히 모습을 드러내니 이

대환단은 이제 내게 풀뿌리나 마찬가지다. 그러니 다른 인연을 찾아 건네는 것이 실로 옳지 않겠느냐?"

외손뼉 소리를 듣고 바닷속 진흙소가 깨어났다는 것은 스스로 한 깨달음을 얻었다는 것을 노골적으로 비유한 것이었다.

그 말에 십팔나한들은 대환단을 꺼내놓았을 때보다 더 놀랐다.

"아미타불……."

불문의 제자들이 한평생 바라는 것이 깨달음을 얻어 생사 해탈을 얻는 것이다. 소림사 역시 비록 무림의 태산북두이기는 하나 본질을 살펴보자면 석가모니의 이십팔대 제자 보리달마가 소림사에 와서 면벽구년을 통해 깨달음을 얻고 선문의 전통을 세운 이래 많은 가자들을 탄생시킨 불문의 성지. 그러니 제자들 역시 으뜸가는 소망 역시 바로 그것인데, 굉무는 광오하게도 어느 누구의 인증도 거치지 않은 채 깨달음을 얻었다고 말하고 있는 것이다.

실로 그것이 사실이라면 나한들은 일제히 머리를 조아려 불법을 닦는 이들에게 가르침을 내릴 수 있는 선지식이 나왔음에 경의를 표해야 한다.

하지만 나한들은 본래 면벽 도중 달아난 그를 잡아가기 위해서 왔는데, 단지 그 한마디에 무릎을 꿇을 수는 없었다.

나한의 수장은 고뇌하다 깊이 합장하며 말했다.

"아미타불… 그것이 사실이라면 참으로 본 사뿐만 아니라 불문의 크나큰 경사이옵니다. 하지만 이 문제에 관해서는 저희들로서는 감히 관여할 수가 없습니다. 장문인께는 무어라 전해 올릴지……."

나한의 수장은 무위를 동원하기보다는 그의 말에 승복하는 것을 선택한 것이다.

"결코 허망하지는 않더라고 전해 드려라."

그 말에 나한들은 깊이 합장하고 훌쩍 몸을 날려 떠나 버렸다.

지켜보고 있던 서문평은 가볍게 휘파람을 불었다.

"휘유~ 대단하군!"

다우는 손 안에 놓여진 사기로 만들어진 약병을 보고 고개를 갸웃거리고 있었다.

'이게 대환단이라는 건가? 근데 대환단이라면… 이야기로 많이 들어본 것 같은데…….'

그녀는 큰일들이 벌어져 뭐가 뭔지 모르는 상태였다. 그러다 대환단과 관련된 한 이름이 불쑥 생각났다.

"앗! 소림사?"

소림사란 그녀에게 있어 공포의 대명사다.

"저… 나 이거 안 가질래요."

다우는 두려운 표정으로 대환단이 올려진 손을 굉무에게 내밀었다.

굉무는 두 눈을 부릅떴다.

"아니, 왜? 이건 몸에 좋은 거란다. 물 없이도 먹을 수 있으니, 그냥 꺼내서 삼키면 돼."

마치 이 소화제를 먹으면 속이 편해져, 하는 말투였다.

하지만 다우는 고개만 도리도리 저었다.

굉무는 난처한 얼굴로 대환단을 내려다보았다.

"안 받겠다면 이걸 어떡한다?"

무림의 기보인 대환단이 여기서 찬밥 신세가 되고 있었다.

굉무는 대환단이 든 약병을 루주에게 내밀며 말했다.

"그대가 가지겠소?"

루주는 황급히 고개를 저었다.

물론 가질 수만 있다면 얼마나 좋으랴. 하지만 분에 넘치는 보물은 명을 단축시킨다는 진리를 그녀는 몸속 깊이 터득하고 있었기에 빈 말이라도 욕심을 내진 않았다.

"할 수 없군."

굉무는 약병을 다시 품속으로 갈무리하며 말했다.

"다른 좋은 선물을 생각해 보마."

서문평이 웃으며 그에게 말했다.

"아름다운 소녀에겐 역시 이런 것들이 더 어울리지요."

그리고 상자들을 가리키며 다우에게 부드러운 말투로 물었다.

"어떠냐? 내 선물들은 받아주겠지?"

그제야 다우는 상자의 보물들이 자기에게 주려는 선물이라는 것을 눈치챘다.

놀라 잠시 멍하니 있다가 용기를 내어 그들에게 물었다.

"왜… 왜 내게 잘해주려는 거죠?"

다우는 속으로만 품고 있던 의문을 드디어 겉으로 표현했다.

그 말에 서문평은 오히려 의아해 되물었다.

"몰라서 묻느냐? 유검 그 녀석의 여동생이라면 곧 나의 여동생이기도 한 것이다. 그 녀석은 내게 부탁했어. 널 이 세상에서 가장 아름다운 신부로 만들어 달라고 말이다."

여동생이라는 말에 다우는 얼굴이 창백해졌다.

‘그, 그럼 정말로 날 여동생으로만…….’

잠시 생각이 끊어진 순간,

화악―!

갑자기 대청 안의 정경이 한눈에 빨려 들어왔다.

형형한 눈빛을 하고 있는 굉무와 부드러운 미소를 띠고 있는 서문평, 그리고 그 너머로 오늘 아침에 들이닥쳤던 무당파의 도사들과 또 무시무시한 십팔나한들의 모습도 함께 그려졌다.

하나같이 대단하기 그지없는 인물들이다.

산전수전 다 겪어 어지간한 일에는 눈썹조차 까닥이지 않는 루주가 그들의 등장에 말조차 제대로 못하고 식은땀만 흘리고 있을 정도다.

그럼 그들이 왜 여기 있는가?

모두 자기를 찾았다.

모두 유검 그 녀석 때문이다.

다우는 유검이 어쩌면 정말로 대단한 사람일지 모른다는 생각이 그제야 들었다.

그녀가 기억하고 있는 유검의 모습은 전혀 다른 것들이었다.

칼자국사내에게 붙잡혀 침상에 묶여 있는 모습, 자기를 업고 필사적으로 도망치는 모습, 엉뚱하게도 청동 인형이 되어 기루로 들어온 모습, 자기에게 창피를 당했으면서도 빗속에서 몇 시진이고 멍하니 기다리고 있던 모습 등…….

네가 생각하고 있는 것보다 훨씬 강하다면서 제발 자기를 믿어달라고 하던 유검의 모습도 떠올랐다.

‘그게… 허풍이 아니었어.’

허풍은커녕 스스로를 너무 과소평가한 겸손한 말이라고 해야 할 것이다.

다우는 자기가 품고 있던 유검에 대한 환상들이 모두 깨어지는 것 같았다. 한낱 기루의 조그만 동기에게 사랑을 느낀 세상 물정 모르는 순진한 청년의 모습은 가짜였다. 실로 그는 이런 대단한 사람들과 함께하는 하늘 위 구름 속의 사람인 것이다.

그녀는 유검이 단지 자기를 여동생으로 귀어워했을 뿐이고, 이렇게 대단한 사람들을 앞세워 정말로 혼례를 치를 생각이라는 것을 그제야 확신히 믿게 되었다.

다우는 자기가 이 빠진 한 늙은이와 호화스럽게 혼례를 치르고, 유검이 그 옆에서 흐뭇하게 웃으며 축하해 주는 모습을 상상하자 까닭 모를 슬픔이 복받쳐 올랐다.

다우의 두 눈에 곧 눈물이 글썽이기 시작했다.

그렇게 울먹울먹거리다 결국 울음을 크게 터뜨리고 말았다.

난데없이 다우가 울음을 터뜨리자, 서문평과 굉무는 당혹했다.

둘은 ‘우리가 뭘 잘못했지?’ 하는 얼굴로 서로를 마주 보았다. 도무지 이 조그만 소녀의 심중은 헤아릴 길이 없다고 생각했다.

“이 녀석은 도대체 어딨는 거야? 사람을 불러놓고 코빼기도 안 보이다니!”

서문평은 화가 난 듯 발을 굴리며 그렇게 소리쳤다.

굉무는 문득 생각난 듯 그와 십팔나한의 격투로 난장판이 되어 있는 대청을 가리키며 루주에게 말했다.

"기물 파손에 대한 배상은 이 친구가 책임질 테니 걱정 마시구려, 속세의 은자란 것을 제법 가지고 있는 모양이니까."

루주는 어색하게 웃으며 고개만 끄덕였다.

숨어서 지켜보고 있던 칼자국사내는 도무지 혼란스럽기 그지없었다.

그는 다우를 유심히 살펴보았다.

분명 코흘리개 시절부터 보아왔던 그 아이가 틀림없었다.

가끔 엉뚱하기는 하지만 그런 곳에 있는 아이답지 않게 참 밝은 아이였다. 어쩐지 보고 있노라면 그는 괜히 아버지가 된 듯한 기분에 은근히 그녀를 챙겨주곤 했다.

이번 백화원의 멸문 시에도 그녀가 무사한 것을 보고 내심 다행이라는 생각도 했다.

그렇게 그는 다우를 잘 안다고 여기고 있었기에, 눈앞에서 벌어진 일은 도무지 이해할 수가 없었던 것이다.

왜 소림사가 나오고 대금산장의 소장주가 나온단 말인가?

'혹시 저 녀석 본래 굉장한 신분을 가지고 있었던 것은 아닐까?'

그런 생각도 들었다.

그는 곧 냉정을 되찾고 일에 대해 집중하기 시작했다.

일이 이렇게 된 이상 사적인 감정은 금물이었다.

'저 녀석이 알 만한 정보들은 뭐가 있지?'

곰곰이 생각해 봤지만, 어차피 백화원이 괴멸된 이상 그다지 감춰야 할 정보는 없는 것 같았다. 기껏 백화루에 정체에 대한 정도였다.

하지만 자신의 얼굴을 알고 있다는 것은 제법 큰 문제라고 생각했다. 가능성은 낮지만 혹시라도 자기 얼굴이 드러나면 흑루의 일급살수 노릇은 그만둬야 하는 것이다. 물론 그만둘 때 자기 목은 이미 들개들의 먹이가 되어 있을 것이다.

물론 다우가 아무런 이유 없이 자기에 대해 폭로하지는 않을 것이다. 하지만 그 가능성이 조금도 없다고는 말하지 못한다. 저런 놈들과 함께 있다가 자칫 말실수를 할 수도 있지 않은가 말이다.

그는 조금 더 신중해야겠다고 생각했다.

진신무공으로는 저 흑포승이나 대금산장의 소장주에게 상대가 되지 않을지 몰라도 틈을 노려 기습하면 저 다우의 목숨을 빼앗을 수는 있을 것이라고 판단했다.

하지만 여기 백화루 내에서는 곤란했다. 괜히 그들의 이목을 이곳에 집중시킬 필요는 없는 것이다.

일단 다우가 다른 곳으로 떠날 때까지 기다리자고 결정했다.

서문평은 울고 있는 다우를 보고 검미를 찌푸렸다.

'왜 우는 거지?'

경사스런 자리를 위해 허겁지겁 달려왔는데, 정작 주인공은 기뻐하지 않다니 뭔가 잘못된 것이다.

굉무는 울고 싶을 때는 우는 게 좋지, 라고 무책임하게 한마디 중얼거리고는 합장한 채 염불만 외우고 있었다.

서문평이 그녀에게 다가가 부드럽게 물었다.

"왜 우는지 가르쳐 주겠니?"

다우는 자기가 사람들 앞에서 부끄러운 줄도 모르고 울고 있었다는 것을 그제야 자각하고는 새빨갛게 얼굴을 붉히며 뒤돌아 달아났다.

부지불식간에 경공술을 써서 달아나는 다우의 모습을 보고 루주의 안색이 창백해졌다.

"아……!"

무공을 드러내면 큰일이었다. 무공 자체야 백화원에서 흔한 것들을 가르쳤겠지만 누구에게서 배웠냐고 추궁해 들어가면 말문이 막힐 것이고, 그러다 보면…….

하지만 그녀의 걱정은 기우에 불과했다.

대청 안 어느 누구도 다우가 무공을 알고 있다는 사실에 전혀 의심을 품지 않았던 것이다.

서문평의 신형이 일렁였다. 유운신법을 펼쳐 단번에 다우의 앞으로 나아가 길을 가로막았다.

다우가 피해 달아나려 하자 서문평은 얼른 소리쳐 물었다.

"혹시 유검 그 녀석 때문이냐?"

다우는 흠칫하며 그 자리에 멈춰 섰다.

빨리 이 자리를 벗어나고 싶다고 생각했지만, 유검에 대한 이야기가 나오자 듣고 싶은 충동에 몸을 움직일 수 없었다.

서문평은 그녀 앞에서 무릎을 꿇어 자기를 낮추었다. 그녀가 겁을 먹지 않도록 하기 위해서였다.

그리고 부드러운 어조로 입을 열었다.

"본래 유검 그 녀석은 말이다, 내일 무림의 대혈겁이 일어난다 해도 나무 그늘 밑에서 낮잠이나 즐길 정도로 게으른 녀석이다."

그건 게으른 것과는 조금 다른 것 같다고 생각했지만, 유검이라면 어쩐지 그런 식으로 행동할 것 같은 생각이 들어 고개를 끄덕였다.

서문평은 함께 고개를 끄덕이며 말을 이었다.

"그 게으른 녀석이 모처럼 작정을 하고 움직이고 있어. 앞으로 무당파의 속가제자들은 물론 소림사와 본 대금산장의 인맥들이 모두 모여들 거다. 그뿐이 아니다. 유검 그 녀석은 사숙조와 강호를 돌아다니며 천하의 기인들과 수많은 인연을 맺었다. 어이없게도 스스로는 그게 별거 아니라고 생각하고 전혀 마음에도 두지 않고 있지만… 하여간 그 기인들 역시 소문을 듣고 가만히 있지는 않을 테지. 그렇게 되면 천하의 영웅들이 몰려오고 무림이 떠들썩해질 것이다."

다우는 일이 점점 더 커질 거라는 말에 움찔했다.

"말했지? 유검 그 녀석은 무지 게으른 데다 귀찮은 것은 질색하지. 그런 녀석이 이런 일을 벌인 거야. 왜 그랬을까?"

"나, 나 때문에?"

"그래, 모두 너를 위해서야. 무슨 오해가 있는지는 모르지만 절대적으로 너를 위해서라는 것은 틀림없다. 그 녀석은 너를 정말로 아끼고 사랑하고 있는 거야."

그 말에 다우의 마음은 바다 위로 떨어진 눈송이처럼 부드럽게 녹아내렸다.

'쳇, 어쩌면 재미로 장난친 것일 수도 있잖아.'

내심 그렇게 투덜거렸지만 무거운 짐을 내려놓은 것처럼 어쩐지 기분이 가벼워졌다.

다우는 다음에 유검을 만나면 자기 마음을 분명하게 밝혀야겠다고 결심했다.

서문평은 그녀의 기분이 어느 정도 풀린 듯하자 마음이 놓였다.

"근데 일단 거처를 옮기지 않겠니?"

"예?"

"생각해 보렴. 앞으로 점점 더 많은 사람들이 몰려오기 시작할 거고, 그러다 보면 이곳의 영업에도 피해를 줄 거야."

다우가 흘긋 돌아보니 루주는 세차게 고개를 끄덕이고 있었다. 그녀의 두 눈에는 제발 그렇게 해달라는 갈망이 어려 있었다.

다우는 고개를 끄덕이려다 옮기게 되면 유검이 자기 있는 곳을 모른다는 생각이 들어 황급히 입을 열었다.

"하, 하지만 그 녀석이 여기 왔을 때 내가 없는 걸 보면……."

"걱정 마라, 사람들을 풀어서 미리 연락을 해놓을 테니까."

그렇게 대답해 주다 그녀의 말투가 조금 이상함을 깨달았다.

'그 녀석?'

의남매를 맺은 오라버니를 그 녀석이라고 부르다니?

단지 사이가 안 좋다고 보기엔 그녀의 태도가 너무나 간절하고 절실해 보였다.

서문평은 곧 그녀의 심중을 헤아릴 수 있었다. 유검에 대해 같은 동등한 위치에 있고 싶다는 욕구가 그런 말투를 사용하게 한 것이라는 것을 깨달은 것이다.

그제야 그녀가 왜 울음을 터뜨렸는지 그 이유도 알 수 있었다.

서문평은 한참 동안 다우를 뚫어지게 바라보다 피식 웃고 말았다.

'휴우… 나도 눈이 삐었군. 이런 미녀를 코앞에 두고도 못 알아보다

니 말이다.'

실제 그녀의 천진난만한 분위기 때문에 더 어리게 보았고, 지인의 의동생이라는 선입감이 있어 제대로 보지 못한 까닭이었다.

그는 그제야 일이 대충 어떻게 된 것인지 짐작이 갔다. 그는 무당파의 장문제자이기 전에 눈치라면 두 번째 가면 서러울 정도의 상인 집안에서 자라난 두뇌의 소유자인 것이다.

서문평은 자신의 영혼을 그대로 투영해 낼 듯한 맑은 그녀의 두 눈을 보고 내심 침음성을 삼켰다.

'하지만 이건… 범죄다!'

나이가 열 살은 차이가 나 보인다. 그것 하나만으로도 충분히 범죄가 되고도 남는 것이다.

아직 피어나지 못한 꽃을 꺾으려 들다니!

그런 생각도 잠시, 곧 그의 입가에는 음흉한 미소가 떠올랐다.

'이건 꽤 재밌겠군.'

어릴 적 유검의 장난에 의해 골탕 먹었던 일들이 주마등처럼 스쳐 지나갔다.

'흐음~ 알고 보니 복수의 시간이었군!'

서문평은 자신의 짐작을 굉무에게 전음으로 몰래 말해 주었다.

굉무는 삐죽 나오려는 웃음을 억지로 참고 전음으로 찬동의 뜻을 표했다.

―아미타불! 먼저 적의 심기를 흩뜨려 놓는 것이야말로 병법의 이치에 부합하는 것, 그대의 의견에 아무런 의의가 없도다.

굉무의 마음속에 남아 있는 유일한 집착이 바로 유검과의 비무였다.

마지막 집착의 찌꺼기를 풀어놓는 한 마당의 살풀이일진대, 이왕이면 이기는 것이 좋지 않겠는가.

서문평이 다우에게 물었다.

"아참, 네 혼례의 대상은 누구냐? 그 녀석이 전서구에 그 사실은 빼놓았더군."

다우는 시무룩해져서 고개만 설레설레 저었다.

"음… 나중에 말해도 된다. 일단 거처부터 옮기자꾸나. 본래 낙양 지부로 할까 했는데, 아무래도 천하의 군웅들이 함께하기에는 좁지. 그래서 현빈장(玄牝莊)으로 갈까 한다. 우리 집안과도 제법 우의가 깊은 곳인데… 좁지는 않을 거야."

"예."

다우는 승낙하고 말았는데, 현빈장이 낙양제일의 부호로 알려진 진삼원의 장원이라는 사실은 모르고 있었다.

그렇게 해서 다우는 즉시 짐을 꾸려 거처를 옮기게 되었고, 루주는 일이 정말 잘됐다고 진심으로 축하해 주었다.

루주는 그녀를 깊이 품에 안고는 절대 널 못 잊을 거라며 눈물까지 글썽였는데, 거짓은 아니었다. 아무리 세월이 지난다 해도 어떻게 오늘과 같은 일을 잊을 수 있단 말인가.

다우는 짧은 시간이나마 몸을 담았던 백화루를 떠나며 서운한 마음이 들었다.

정이 들었던 동기들과 작별 인사를 나누며 속으로 자신의 운명을 갑자기 뒤바꿔 놓은 유검을 떠올렸다.

불만이 없을 리 없었다.

'그 녀석은 도대체 어디 있는 거야?'

동기들에게는 환하게 웃어 보였지만, 떠나는 순간부터 그녀의 아미는 찌푸려져 내 천(川) 자를 그리고 양볼은 불룩 튀어나와 잔뜩 화가 난 모습으로 변해 있었다.

감히 하려고만 한다면…

두 마리의 사자 석상을 좌우로 끼고 있는 대리석으로 만들어진 사십구 계단을 올라가면 마치 궁궐을 연상케 할 정도로 거대한 대문이 나타난다.

그 대문 양 옆으로는 형형한 눈빛을 뿌려대고 있는 열댓 명의 호위 무사가 삼엄한 분위기 속에 날카로운 창을 들고 서 있다.

유검은 계단을 올라 대문으로 다가간 후, 목을 한껏 위로 젖혔다.

대문 위에 황금빛 편액에는 현빈장(玄牝莊)이라는 세 글자가 용비봉무(龍飛鳳舞)의 자태로 그려져 있다.

'과연 여기가 맞군.'

혹시나 하고 확인해 봤지만 역시나구나 하는 감탄 속에서 유검은 뻣뻣해진 목을 바로 세웠다.

유검은 어젯밤 모든 수단과 방법을 가리지 않고 자기에게 도움을 줄 만한 사람들에게 연락을 취했다. 무당파의 표식을 낙양 곳곳에 새겨놓았고, 긴급 연락을 전문으로 행하는 비밀 집단을 급습하여 강제로 전서구를 천하 각지에 날리게 했으며, 또한 사람을 부려 청첩장을 만들게 하고 사주단자를 만들게 했다.

하지만 설마 하니 단지 하룻밤 만에 그렇게 많은 사람들이 모여들었을 줄은 그도 전혀 예상치 못하고 있었다.

실로 자기가 무림에서 차지하고 있는 비중이 어떤지를 본인은 정작 전혀 모르고 있었던 것이다.

호위 무사 중 한 명이 천천히 걸어나와 유검에게 정중히 포권하며 물었다.

“본 장원에 무슨 볼일이 계십니까? 미리 방문에 대한 연락은 해두셨는지요?”

“예, 그러니까…….”

유검은 다음 말을 꺼내기 위해 크게 심호흡을 했다.

한여름인데도 불구하고 어디선가 찬바람이 휘잉~ 불어오는 것 같았다.

저 먼 서쪽 하늘에는 서서히 낙조가 지고 있었다.

유검은 배에 잔뜩 힘을 주고 크게 외쳤다.

“귀 장원의 장주를 만나뵙고 싶습니다!”

그와 함께 은자 주머니를 당당하게 내밀었다.

호위 무사는 어이없는 눈으로 은자 주머니를 내려다보았다.

‘설마 뇌물?’

호위 무사는 정중히 거절했다.

"이런 것은 받을 수 없습니다. 그리고 죄송하지만 미리 연락을 통해 허락을 받지 않으셨다면 안으로 들어가실 수 없습니다."

유검은 풀이 죽었다.

'음… 역시 안 되나?'

그는 두 번째 단계로 낙양제일의 부호라는 진삼원을 만나보러 왔다. 물론 쉽지 않을 것이라 예상은 했지만 첫 번째 작전부터 완전히 빗나가 버릴 줄이야……

호위 무사는 유검의 위아래를 훑어보았다. 비에 젖은 채 밤새도록 돌아다닌 탓에 그의 차림새는 엉망이었다. 혹시나 성명이라도 물어볼까 하다가, 그 모습을 보고 역시 쓸데없는 짓이라 생각하고는 제자리로 돌아갔다.

원래 자리로 돌아간 후 호위 무사는 어리둥절해졌다. 조금 전에 있었던 유검의 모습이 온데간데없이 사라져 있었던 것이다.

"어라? 어디로 갔지?"

옆 동료들에게 물어보니 그들 역시 어리둥절해하기는 마찬가지였다.

"그러고 보니 갑자기 사라진 것 같군. 귀신한테 홀렸나?"

높이가 이 장은 넘어 보이는 담벼락이 끝없이 펼쳐져 있었다.

'이왕이면 정정당당하게 들어가고 싶었건만……'

마치 양심의 가책을 느껴 후회하고 있는 듯한 그런 뻔뻔스런 내심의 중얼거림과는 반대로 유검은 아무런 망설임 없이 훌쩍 현빈장의 담벼락을 뛰어넘었다.

만약 다른 무림인이 이 광경을 보았다면 자기 눈을 의심했을 것이다. 사람의 몸이 아무리 날렵하다 해도 어찌 이 장이나 되는 높이를 단숨에 뛰어넘는단 말인가?

그렇게 그 정도 재간을 지닌 이는 드넓은 강호에서도 한 손가락 안에 꼽힐 정도로 대단한 것이었지만, 정작 유검은 별것 아니라고 생각했다. 꿈속에서 행했던 그 일들에 비하면 오히려 갑갑하다고 느꼈다.

유검은 담벼락 안, 커다란 전각들 사이로 거침없이 숨어들어 갔다. 그의 경공술은 보다 발전하여 마치 한 덩이의 구름이 움직이는 듯 형체조차 구분할 수 없었기에 많은 호위 무사들이 두 눈을 부릅뜨고 지키고 서 있었지만 유검을 발견해 내지는 못했다.

유검은 장주라면 아마도 장원의 가장 깊은 곳에 거처를 두고 있을 것이라 생각하고는 안으로 안으로 들어갔다.

장원 안은 그야말로 광대했다.

가산(假山)과 인공 호수와 숲과 같은 정원을 몇 개나 거쳐왔는지 헤아릴 수도 없을 정도였다.

황궁도 이보다는 못할 것 같았다.

유검은 난감했다.

'이런 식으로는 도저히 못 찾겠다.'

아무래도 사람을 납치하여 장소를 물어보는 수밖에 없겠다는 생각이 들었다.

'참나, 내가 자객이라도 된 것 같군.'

그렇게 생각하며 거대한 전각 옆 숲 속으로 신형을 옮겼는데,

땡땡땡……!

급박한 종소리가 울려 퍼졌다.

'설마 나의 행적이 들킨 건가?'

유검은 나름대로 자신의 무공이 세속의 것을 초월해 있다는 것 정도는 자각하고 있었기에 들킨 것 같지는 않다고 생각했다.

'설마 하니 다른 자객이라도 숨어들었나?'

의아해하며 숲을 뚫고 신형을 빠르게 움직이려는데 갑자기 한 꼬마소년의 모습이 불쑥 나타났다.

그 역시 숲 속에서 어디론가로 가고 있던 중이었는지 네 발로 땅을 기는 모습이었다.

유검이 급히 소년의 아혈과 마혈을 제압하려는데, 꼬마가 탄식했다.

"하아… 들켰네."

유검은 꼬마가 비명을 지르지 않자, 일단 손쓰는 것을 보류했다.

곧 꼬마에게 흥미를 느꼈다.

처음 조우했을 때 꼬마는 약간 놀란 모습을 하기는 했지만, 곧바로 평정을 되찾고 안색이 차분해졌다. 아무래도 보통 꼬마 같지는 않아 보였다. 옷차림새를 보니 비록 단순한 백색 무복이었지만 고급스런 흰 비단으로 만들어진 것이었고, 또 대략 열두어 살 정도 되어 보이는 꼬마의 얼굴은 제법 귀티가 어려 있었다.

유검은 언제라도 손을 쓸 수 있게 대비한 다음 웃으면서 꼬마에게 물었다.

"꼬마야, 너 혹시 진삼원이라는 사람을 아니?"

꼬마는 잠시 놀란 표정으로 유검을 올려다보더니 곧 재밌다는 얼굴로 즉시 대답했다.

"예, 잘 알아요."

유검은 서둘러 물었다.

"그럼 그가 어디에 머무는지도 아니?"

꼬마는 빙긋 웃으며 고개를 끄덕였다.

"정말로?"

"예."

유검은 잠시 침묵했다. 뜻밖에도 일이 너무 잘 풀린 것이다.

'아무래도 이 녀석에게 잘 보여야겠다. 그런데 꿈속의 진삼원은 삼, 사십대 정도 되어 보였다. 혹시 이 꼬마는 그의 아들이 아닐까?'

혹시나 싶어 물어보니 꼬마는 고개를 저었다.

"그는 아직 부인도 없는데 무슨 저만한 아이가 있겠어요."

"그, 그래? 그렇겠지."

유검은 내심 실망했다. 만약 그에게 부인이 있다면 다우의 마음을 돌릴 수도 있지 않을까 잠시 생각했던 것이다.

'안 돼. 사심을 버리자.'

그렇게 마음을 가다듬고 나서 다시 꼬마에게 물어보았다.

"그럼, 그가 어디 있는지 가르쳐 줄 수 있니?"

"물론이죠."

"오……!"

"하지만 지금 가봤자 소용없을걸요. 지금은 그곳에 있지 않을 테니까요."

유검은 스스로 흥분하지 말자고 타이르며 다시 물어보았다.

"으음… 그럼 그는 어디에 있지?"

꼬마의 안색이 갑자기 굳어졌다.

"근데 왜 묻죠? 혹시 자객인가요?"

유검은 피식 웃었다.

"내가 자객이라면 그렇다고 순순히 실토하겠니?"

꼬마는 미간을 찌푸리며 제법 진지하게 되물었다.

"그럼 왜 그를 찾는 거죠? 사람들 몰래 숨어들어 와서 그가 있는 곳을 찾다니 참으로 수상하지 않나요?"

제법 이치를 따져 그렇게 말하자 유검은 꼬마를 얕보면 안 되겠다고 생각했다.

강제로 꼬마의 입을 열게 할 수도 있겠지만, 자기가 여기를 찾은 것은 어디까지나 다른 목적이 있어서다. 함부로 장원 내의 사람을 다치게 하는 것은 적절하지 못한 것이다.

유검은 신중해 생각해 보고 나서 다시 입을 열었다.

"난 수상한 사람이 아니다. 넌 그와 어떤 관계에 있지? 먼저 말한다면 나도 사연을 말해 주마."

"단지 수상한 사람이 아니라고만 말하면 제가 어떻게 믿을 수 있겠어요? 하지만 질문에는 대답할게요. 전 그와 꽤 가까운 사이예요."

꼬마는 싱글벙글 웃으며 그렇게 대답했다.

유검은 이 꼬마가 꽤 신기하다고 생각했다. 자기가 장원 내의 사람이 아니라는 것을 알면서도 꽤나 태연하기 그지없었다니.

"좋아. 비밀을 지킨다고 약속하면 말해 주지."

"장부는 한 입으로 두말하지 않습니다. 반드시 지킬게요."

꼬마가 스스로 장부라고 자처하자 유검은 절로 웃음이 나왔다.

"좋아. 말해 주지. 난 무당파의 제자 유검이라고 한다."

순간 꼬마의 두 눈이 크게 떠졌다.

"유검? 정말 유 대협이세요?"

얼마나 놀랐는지 몰라도, 목소리가 한껏 높아진 것은 틀림없었다.

근처에 있던 호위 무사들의 날카로운 외침이 들려왔다.

"저기다!"

숲 속으로 우르르 들어오는 발자국 소리에 꼬마는 자기의 실수를 깨달은 듯 검미를 잔뜩 찌푸렸다.

"아……."

순간 꼬마는 자기의 몸이 번쩍 들림을 깨달았다. 그리고 묵직한 체중의 느낌과 함께 시야가 흐릿해졌다. 온 세상이 갑자기 뒤집어져 보인 것이다.

정신을 차려보니 전각들이 장난감처럼 조그맣게 변해 있었다. 그제야 꼬마는 자기가 새처럼 허공 높이 떠 있다는 것을 깨달았다.

감탄사를 터뜨리려고 했지만 뭔가에 가로막힌 듯 말이 나오지는 않았다.

유검은 허공을 가로질러 전각을 뛰어넘더니 주위에서 가장 높은 오층 전각의 지붕 위로 올라가서야 꼬마를 내려다 주고 아혈을 풀어주었다.

꼬마는 자기가 하늘을 날았다는 사실에 잔뜩 흥분해 있었지만 곧 차분한 얼굴로 사과를 했다.

"미안해요. 일부러 소리 지른 것은 아니에요."

유검은 아무렇지도 않다며 손을 설레설레 저었다.

"그래, 그래, 너 역시 숨어 다니는 것 같았으니 일부러 그럴 리는 없겠지."

그렇게 대꾸하며 주위를 돌아보니 처마 끝 너머로 푸른 하늘밖에 보이지 않았다.

유검은 그 자리에 주저앉으며 말했다.

"여기라면 방해받지 않고 대화를 나눌 수 있을 것 같군."

꼬마는 역시 동감이라는 듯 고개를 끄덕이며 유검과 마주하고 앉았다.

그리고 눈빛을 반짝이며 말했다.

"유 대협의 경공술은 정말 대단하네요. 하늘을 새처럼 나는 것은 처음 봤어요."

유검은 검미를 찌푸리며 꼬마에게 물었다.

"너, 날 알고 있니?"

"그럼요! 서문 형이 오실 적마다 형 이야기를 듣곤 했는걸요. 그때마다 전 얼마나……."

꼬마는 그 다음 말을 잇지 못하고 얼굴이 붉어졌다.

유검은 고개를 갸웃거렸다.

"서문 형?"

유검은 서문이란 성씨를 듣고 한 사람이 떠올랐다. 자신을 잘 알고 있고, 또 서문이란 성을 가진 사람은 하나밖에 없었다.

"설마 하니 너, 서문평 그 녀석을 말하는 것이냐?"

"예!"

유검은 입맛을 다셨다.

"그참, 세상 좁군."

유검은 자신의 이름이 강호에 제법 알려진 것은 전혀 자각하지 못하고 단지 일이 공교롭다고만 생각했다.

꼬마는 곧 의아한 얼굴로 물었다.

"근데 왜 숨어들어 오신 거죠? 정문에서 신분을 밝혔으면 융숭히 대접받으며 들어올 수 있었을 텐데……."

유검은 피식 웃었다.

"애야, 어른들 세계는 그렇게 간단한 게 아니란다. 세상이 뭐 그렇게 만만한 줄 아니? 무당파라는 이름이 드높긴 해도 난 한낱 제자에 불과해. 그런데 여기 장주와 특별히 연도 없이 무슨 융숭한 대접을 받고 들어오겠냐?"

"하, 하지만 유 대협의 배분은……."

꼬마는 반사적으로 대꾸하다 황급히 입을 다물었다.

"내 배분이 뭐?"

"아, 아니에요."

꼬마는 황급히 화제를 바꾸었다.

"그런데 여기 장주를 왜 만나려 하시는 거죠? 은자가 필요한 가요? 은자라면 서문 형이 모른 척하실 리 없을 텐데……."

유검은 잠시 망설였다.

뭐, 다우에 대한 이야기가 특별한 비밀은 아니지만 어쩐지 말을 꺼내려니 쑥스러웠던 것이다.

하지만 한편으론 답답한 심정을 누군가와 나누고 싶은 마음도 있었

기에 말하기로 결심하고는 어젯밤에 있었던 다우와의 일을 간추려 말
해 주었다.

"혼례요?"

다 듣고 난 꼬마는 두 눈이 동그래졌다.

"그래. 음… 네 생각에는 어떠냐? 여기 장주가 혼례에 응해줄까?"

유검이 그렇게 진지하게 묻자 꼬마는 웃는지 우는지 모를 야릇한 표
정을 지었다.

꼬마는 길게 탄식하듯 말했다.

"근데요, 그거 핑계예요. 그냥 둘러댄 거라구요."

"응? 뭐, 뭐가?"

"혼례 말이에요. 그 다우란 사람은 여기 현빈장의 장주를 한 번도
만나보지 못했어요. 그런데 어떻게 좋아할 수 있겠어요."

"응? 그, 그걸 네가 어떻게 아느냐?"

"여기 현빈장의 장주는 한 번도 밖으로 나가 보지 못했어요. 그렇다
면 그녀가 여기 몰래 숨어들어 와서 훔쳐봤겠어요? 유 대협조차 장주
가 어디 있는지 모르는데 말이에요."

유검은 꼬마의 말을 듣고 보니 제법 일리가 있다고 생각했다.

'정말 둘러댄 거라고? 도대체 왜? 그냥 상대가 없다고 말하면 되지
말야.'

말하도록 몰아세운 게 자기였다는 것을 자각 못하고 그렇게만 생각
했다. 어쨌거나 유검은 투덜거리면서도 마음이 흐뭇해져 웃음을 금치
못했다.

"그리고 보다 결정적인 이유는……."

꼬마의 말이 이어지자 유검은 눈빛을 반짝이며 진지하게 들었다.

"음……."

꼬마는 유검이 애가 타든 말든 팔짱을 끼고 서산에 지는 낙조를 한참 동안 바라보며 생각에 잠겼다.

유검은 빨리 듣고 싶어 안달이 날 정도였지만, 꼬마의 비위를 거스르면 안 된다 싶어 꾹 참았다.

약간 찬바람이 느껴질 무렵 꼬마가 드디어 입을 열었다.

"그 결정적인 이유는 나중에 말씀드릴게요. 제게 세 가지 요청이 있어요."

유검은 입맛을 다셨다.

'꽤 영악한 꼬마로구나. 날 꼼짝 못하게 만들어놓고서 협상을 벌이다니… 뭐, 상인의 재능으로 보자면 좋은 건가?'

그렇게 생각하며 꼬마에게 물었다.

"좋다. 너의 세 가지 요청을 들어주면 날 도와줄 테냐?"

꼬마는 뜻밖에도 고개를 가로저었다.

"아뇨. 유 대협이 요청을 들어주시든 말든 전 있는 힘껏 도와드리겠어요. 장주를 만나게 해달라면 그렇게 도와드릴 것이고, 또 다우란 누나와 잘되기를 바라시면 그렇게 도와드리겠어요."

꼬마가 단번에 정곡을 찔러오자 유검은 뜨끔했다.

"누, 누가……."

황급히 부정하려다 눈치 빠른 이 꼬마는 속일 수 없다 싶어 그만두었다.

"난 그 녀석이 행복해지기만을 바랄 뿐이다."

그렇게 중얼거리며 고개를 젓는데, 꼬마가 진지하게 말했다.

"만약 그 누나가 정말로 여기 장주와 혼례를 원한다면 그것도 도와 드리겠어요."

꼬마의 말치고는 꽤나 광오했다.

하지만 유검은 그 꼬마의 그런 호기로운 태도가 마음에 들었다.

꼬마가 말을 이었다.

"지금 당장에라도 유 대협을 도와드리고 싶지만, 만약 그렇게 되면 저의 요청을 들어주실 수 없게 돼요. 그래서 지금 순수하게 부탁을 드리려는 겁니다."

유검은 꼬마의 두 눈을 바라보았다. 맑은 눈빛이었다. 결코 자기를 속이거나 이용하려는 것 같아 보이진 않았다.

유검은 꼬마가 점점 더 마음에 들었다.

"좋다."

유검은 자기 가슴을 두드리며 호탕하게 외쳤다.

"너의 요청을 듣겠다. 네가 나에게 힘을 빌려주든 말든 네 요청을 들어주마. 이것은 나의 언약이다!"

형형한 눈빛으로 꼬마를 쏘아보며 팔짱을 끼고 있는 그의 모습. 그제야 숨겨져 있던 무림의 협객다운 풍도가 드러나는 것 같았다.

그 모습을 보고 꼬마는 슬그머니 고개를 숙이며 얼굴을 붉혔다.

'어릴 적부터 나의 영웅이었던 사람……'

유검은 부드럽게 웃으며 물었다.

"자, 첫 번째 요청은 뭐지?"

꼬마는 동경에 찬 눈빛을 반짝이며 말했다.

"장원 밖으로 나가는 것요! 그리고 낙양 주위의 유명한 곳들을 구경하고 싶어요!"

유검이 꼬마의 요청에 따라 제일 먼저 간 곳은 낙양 시내에서 조금 떨어진 곳에 자리한 관림당(關林堂)이었다. 이곳은 삼국지로 유명한 관우를 기리는 곳이었는데, 관우가 번성에서 오나라 장군 여몽에게 패하여 살해된 후, 이곳에서 제사를 지내면서 최초의 관제묘가 창건된 것이다.

꼬마는 관림당 내 장대한 관우상에게 절을 올린 후, 팔각의 붉은 담으로 둘러싸인 관우의 머리를 묻었다는 무덤으로 향했다.

꼬마는 감격에 겨운 듯 한참 동안 그곳에서 멍하니 있다가 용문석굴로 가고 싶어했다.

날은 이미 어두워져 유람을 나온 사람들도 하나둘씩 돌아가고 있었지만, 꼬마 소년은 전혀 지칠 줄을 몰랐다.

보이는 것 모두가 경탄의 연속인 것 같았다. 심지어 저잣거리에서 파는 호떡을 보고서도 신기함을 금치 못하고 있었다.

유검은 꼬마의 요청이란 것이 겨우 이런 것일 줄은 몰랐기에 조금 황당한 기분이었지만 성실히 그의 요구를 들어주었다.

차라리 속시원하게 자신이 원하는 것을 밝히는 소년의 태도가 오히려 마음에 들었다.

유검은 사람들 눈에 띄지 않게 꼬마를 데리고 경공술을 펼쳐 용문석굴로 향했다. 경공술을 펼치는 내내 꼬마는 즐거워했다.

이하(伊河)의 양안에 있는 용문산과 향산의 암벽에는 천여 개가 넘는 석굴이 몇 리에 걸쳐 뻗어 있고, 그 속에 약 십만여 개에 이르는 불상이 있는데 이를 일러 용문석굴이라 했다.

유검은 꼬마를 데리고 여기저기를 구경했다.

날이 어두웠기에 횃불을 준비해서 부분적으로만 비춰볼 수밖에 없었지만, 그것만으로도 꼬마는 충분히 감격한 것 같았다.

불상들은 하나같이 석질이 단단하고 암벽에 직접 조각되어 있었는데, 하나같이 표정이 풍부해 마치 살아 있는 듯했다.

유검은 꼬마를 데리고 사람들에게 물어 고양동(古陽洞)을 거쳐 북위 때 이십사 년에 걸쳐 인부 팔십만의 노력으로 이루어졌다는 빈양동(賓陽洞)으로 향했다.

그곳에서 불상에 빠져 있는 꼬마를 보고 유검이 말했다.

"오늘 밤새도록 구경한다 해도 다 못 볼 거다. 오늘은 이만 쉬고 내일 또 보도록 하자꾸나."

꼬마는 고개를 저으며 다시 눈빛을 반짝였다.

"여기는 대충 구경한 것 같아요. 이제 다른 곳으로 가요!"

유검은 그런 꼬마의 모습에 내심 실소가 나왔다.

'마치 세상 구경을 처음 해보는 것 같군.'

그렇게 생각하며 고개를 저었다.

"안 돼. 오늘은 늦었다. 너도 잠을 자야지. 그렇지 않으면 몸이 배겨나지 못할 게다."

꼬마는 입을 삐죽 내밀었다.

"시간이 아깝잖아요."

그 말에 유검은 흠칫했다.

“혹시… 너 불치의 병에 걸린 거냐? 그래서 죽기 전에 이런 저런 구경을 하려고…….”

유검이 진지하게 그렇게 묻자 꼬마는 박장대소했다.

“설마요! 난 튼튼하다구요!”

“그럼 왜 시간이 아깝다는 거냐?”

꼬마는 시무룩하게 대꾸했다.

“유 대협의 시간을 많이 빼앗을 수는 없으니까요. 저도 그 정도는 생각하고 있어요.”

꼬마는 진지하게 말을 이었다.

“유 대협께선 사마외도의 무리들을 소탕하고 무림의 협기를 되살리는 데 촌각의 시간조차 아까워하실 터에 이런 저와 함께 시간을 보내주시다니… 전 정말로 감사하고 있습니다.”

그리고는 허리를 꾸벅 숙였다.

유검은 꼬마가 자기를 마치 무림의 대협객처럼 말하는 것을 보고 머리만 긁적거렸다.

‘음… 소년의 꿈이란 건가?’

좀 더 그럴듯하게 보여야 하나 고민하고 있는데, 꼬마가 허리를 펴면서 씨익— 미소를 쪼갰다.

꼬마는 작은 목소리로 속삭이듯 말했다.

“사실은… 상관없는 거죠? 무림이 어떻게 되든 말든 사실 별 신경 안 쓰잖아요. 그렇지 않아요?”

유검은 자기도 모르게 웃고 말았다.

“이 녀석! 날 놀리다니!”

꼬마의 머리를 움켜쥐고 꿀밤을 가볍게 먹였다.

"그렇다. 이 유 모는 하늘도 땅도 두려워 않는다. 무림이 어떻게 되든 말든 내 상관은 아니지. 왜 그런 거창한 짐을 일부러 내 어깨 위에 올려놓겠느냐?"

그 말이 마음에 든 듯 꼬마는 헤헤거리며 웃었다.

유검은 웃으며 말을 이었다.

"나는 꿈속에서 여러 가지를 깨달았다. 그중 하나는 영웅은 자기 마음속에 있다는 것이다. 즉, 자기 스스로가 자기 인생의 영웅인 것이다. 때론 다른 사람에게 영향을 받기도 하지만 그 역시 자신의 선택일 뿐이다. 조금 이상하게 들릴지 모르겠지만… 네가 보고 있는 그 모든 것이 너의 우주이다. 그리고 네가 그 우주의 중심인 것이다. 그런데 사람들은 스스로를 병들기 쉽고 부서지기 쉬운 육체를 자기라고 생각하고, 운명에 끌려가는 미천한 존재라고 스스로 한계 지우고 있을 따름인 것이다. 항상 스스로 자신의 운명을 선택하고 있으면서 말이다. 실로 각자는 오직 자기 인생에 있어서만 책임을 져야 한다. 그것이 내가 얻은 깨달음 중의 하나이다."

조금은 황당하기까지 한 유검의 말이었지만 꼬마는 왠지 모르게 깊이 감명받은 것 같았다.

"정말… 인가요? 내가 나의 운명을 스스로 선택할 수 있는 건가요?"

"네가 감히 하려고만 한다면!"

"……."

꼬마는 속으로 계속 중얼거렸다.

'하려고만 한다면…….'

유검이 말을 이었다.

"생각해 보거라. 현실과 꿈이 과연 차이가 있겠느냐? 만약 꿈속에서 이것이 꿈이라는 것을 안다면, 얼마든지 스스로 꿈을 바꿀 수 있을 것이다. 현실도 그리 다르지 않다. 단지 시간이 조금 더 걸릴 뿐이지. 이것이 각자가 우주의 중심인 이유다."

꼬마는 입술을 질끈 깨물고는 유검을 향해 강렬한 눈빛을 했다.

"미리 세 번째 요청을 드릴게요. 그래도 되죠?"

"상관없지. 그런데 왜 두 번째는 건너뛰는 거냐?"

"두, 두 번째는……."

쑥스러운 듯 꼬마의 얼굴이 붉어졌다.

"혀, 형이라 불러도 돼요?"

유검은 싱긋 미소를 지었다.

"안 그래도 자꾸만 유 대협, 유 대협 해서 속내가 간지러웠다. 그래, 지금부터 형이라 부르도록 해라."

꼬마의 두 눈에 기쁨의 빛이 일렁였다. 환호성을 지르고 싶은 것을 간신히 참는 듯한 표정이었다.

유검은 미소 지으며 지켜보다 천천히 물었다.

"자, 마지막 세 번째 요청은 뭐냐?"

꼬마는 흠칫했다.

막상 다시 말하려니 주저되는 것 같았다.

"난……."

꼬마는 마치 주문처럼 속으로 되뇌었다.

'감히 하려고만 한다면……!'

드디어 결심이 선 듯 깊이 심호흡을 하고 나서 크게 외쳤다.

"난… 무림인이 되고 싶어요!"

염원을 반영하는 꼬마의 목소리가 석굴 안을 메아리쳤다.

쥐고 있던 두 주먹은 가슴에서 치미는 격정을 못 이겨 부들부들 떨리고 있었고, 꼬마의 작은 몸 역시 예외는 아니었다.

유검은 불을 뿜는 듯한 꼬마의 두 눈을 똑바로 쳐다보았다.

작은 그 눈동자 안에서 무슨 일이 있어도 이루고 말겠다는 강력한 신념을 볼 수 있었다.

유검은 꼬마를 쏘아보며 딱딱하게 말했다.

"무림은 거친 세계다. 내일의 목숨조차 보장할 수 없는 곳이 바로 강호다. 넌 한평생 안락한 생활을 보장받고 있는데 왜 그런 거친 세계로 뛰어들려 하는 거지? 낙양제일의 부호 진삼원 나으리."

꼬마의 두 눈이 커졌다.

"아, 알고 있었어요? 언제부터……."

"지금. 네 꿈을 듣고 나서."

유검은 전혀 눈치채지 못하고 있었다. 지금에서야 꼬마에게서 꿈속에서 본 천하제일검 진삼원의 모습을 느끼고 정체를 깨달았다.

그제야 꼬마의 행동이 모두 이해가 되었다. 그리고 자신을 도와줄 수 있다고 큰소리친 이유도 알 수 있었다.

유검은 내심 탄식했다.

'후아… 꿈속에서 나타난 그 재수없는 녀석이 실제로는 이런 꼬마였다니……!'

유검은 의심스런 눈으로 그의 아래위를 훑어보며 물었다.

“근데 너 정말로 다우를 본 적이 없냐?”

꼬마 진삼원은 어깨를 으쓱거렸다.

“어떻게 생겼는데요?”

“뭐… 못생기진 않았어.”

“제가 본 여자는 시녀들뿐이에요. 부모님은 일찍 돌아가셨기에 전 할아버지 밑에서 자랐죠. 몇 년 전부터 할아버지는 제게 장원의 모든 것을 맡기고 은거해 버리셨구요. 음… 백 총관 아저씨가 도와주셔서 제가 할 일은 도장 찍는 것뿐이긴 하지만…….”

유검이 그의 말을 뒤이었다.

“어쨌거나 한평생 장주 노릇에 매어 있는 게 싫다는 거로군. 아직 나이도 어린데 과중한 책임에 치여야 하니까 그것도 싫고…….”

꼬마 진삼원은 움찔하다 천천히 고개를 끄덕였다.

유검은 그의 마음을 이해할 수 있어 함께 고개를 끄덕여 주었다. 이 녀석 또래라면 한참 놀고 싶은 게 당연하다. 또 정해지지 않는 자기 나름대로의 꿈을 펼쳐 보고 싶고.

“너, 혹시 장원 밖으로 나와 본 게 처음이냐?”

“예. 본래 상인의 일이란 신용이 첫째예요. 근데 본 장원의 주인이 꼬마란 사실이 알려져 보세요. 아무래도 신용에 문제가 생기겠죠. 그래서 전 서문 형과 같은 몇몇 사람을 제외하곤 일체 외부 사람들을 만나 볼 수가 없었지요. 오늘 모처럼 마음먹고 밖으로 탈주하려 했는데…….”

“기막힌 우연으로 날 만난 거로군. 장원이 갑자기 뒤집어진 것도 네가 없어진 탓이었고.”

"헤헤……."

유검은 문득 한 가지 생각이 떠올라 물었다.

"혹시 네가 말한 결정적인 이유라는 게……?"

"다우 누나는 열여섯 정도라면서요? 그 나이 또래는 흔히 연상을 꿈꾸지 연하를 좋아하진 않는 법이에요."

"……."

유검은 속으로 탄식했다.

'이 꼬마 녀석과의 혼례 이야기는 다우 그 녀석이 아무렇게나 둘러댄 게 틀림없군. 이게 무슨 꼴이람. 아는 친구들을 모두 불렀는데… 얼른 돌아가 취소를 시켜야겠어.'

유검은 이미 그렇게 많은 사람들이 요란 번쩍 지근하게 모여들어 있을 줄은 상상도 못하고 있었다.

단지 어젯밤 표식을 하고 전서구를 날렸으니, 서문평이나 무당파의 속가제자들 중의 몇몇이 수일 후에 도착하겠거니 그렇게만 생각하고 있었다.

유검은 안색을 굳히고 팔짱을 꼈다.

"이제 너의 세 번째 요청에 대해 말해 봐라."

꼬마 진삼원은 잔뜩 긴장했고, 유검은 먼저 그의 뜻을 물었다.

"먼저 너의 꿈을 말해 봐라. 단지 자유롭고 싶어 무림인이 되고픈 게냐, 아니면……."

꼬마 진삼원은 흠칫했다. 말해도 될지 어떨지 망설여지는 것이다.

'엉뚱한 헛소리라고 웃어버리면 어떡하지?'

내심 그런 생각에 마음이 약해지는데, 유검이 한 말이 떠올랐다.

‘감히 하려고만 한다면······.’

꼬마 진삼원은 이를 꽉 깨물었다.

‘그래, 난 이 우주의 중심이다. 감히 하려고만 한다면 뭐든지 될 수 있어!’

그리고는 배에 잔뜩 힘을 주고 외쳤다.

“저, 전······!”

꼬마 진삼원은 석굴이 무너져라 더욱 크게 소리쳤다.

“천하제일검이 되고 싶어요!”

일단 입 밖으로 내자 꼬마 진삼원은 더 이상 주저할 게 없는지 거침없이 말을 이었다.

“제 말이 황당하게 들리실지 몰라도 전 진지해요! 기억도 나지 않는 어린 시절부터 전 오로지 그 꿈밖에 없었어요! 비록 이 나이 되도록 무공에 대해 한 번도 배워본 적도 없고 고사리 손으로 사람 한 번 패본 적도 없는 나지만······.”

유검은 왜 그런 헛된 꿈을 꾸냐는 식으로 되묻지는 않았다. 대신 멀뚱한 얼굴로 무심히 고개만 끄덕여 주었다.

“누가 뭐래냐? 넌 반드시 천하제일검이 될 거다.”

그 말을 듣자 꼬마 진삼원은 뿌연 눈물이 나와 시야가 흔들리는 것 같았다.

‘미, 믿어주는 건가?’

자기 이야기를 부잣집 도련님의 철부지타령이 아니라 진지하게 받아들여 주자 꼬마 진삼원은 감동했다.

‘역시 내가 동경하던 그 사람이야! 서문 형에게 들은 거랑 똑같아!’

유검은 꼬마 진삼원을 쏘아보며 진지하게 물었다.

"그렇다면 넌 나의 제자가 되고 싶은 거냐?"

꼬마 진삼원은 세차게 고개를 저었다.

"아뇨. 단지 가르쳐만 주세요. 천하제일검이 되는 방법을요!"

이때 바람이 불어와 미약하게 일렁이고 있던 횃불이 꺼져 버렸다.

석굴은 어둠에 잠기고, 그 속에서 형형하게 빛나는 유검의 두 눈은 마치 맹수가 숨어 있는 듯했다.

그 두 눈 아래, 돌연 한 가닥 하얀 선이 그어졌다. 유검이 미소 지은 것이다.

"좋다. 너의 세 번째 요청을 받아들이겠다! 네게 천하제일검이 되는 방법을 일러주마!"

第四章

정체를 알 수 없는 비밀 세력이 있다

정체를 알 수 없는 비밀 세력이 있다

힐끔.

고요한 달빛과 뿌연 수증기 속에 대리석으로 조각된 나체 여인상들의 관능적인 모습이 보였다.

조각된 여인들의 풍만한 가슴을 보자 다우는 왠지 위축되어 코밑까지 물속으로 몸을 가라앉혔다.

주위를 돌아보니 대리국에서 수입해 온 대리석으로 만들어졌다는 이 욕탕은 수십 명이 들어가도 썰렁해 보일 정도로 거대하기 그지없어 다우는 자기가 마치 숲 속의 호수에 홀로 있는 듯한 느낌이 들었다.

똑— 똑—

천장에 맺힌 수증기가 물방울이 되어 떨어지는 소리가 정적을 깨뜨리고 있을 뿐 사방은 고요하기 그지없었다.

다우는 물 위로 장미꽃잎들이 둥둥 떠다니는 것을 바라보다 고개를 들었는데 마침 떨어진 물방울이 그녀의 이마 가운데를 쳤다.

몽롱해 있던 다우는 다소 정신이 드는 기분이었다.

다우가 현빈장으로 오면서 서문평과 굉무는 물론 무당파의 사람들까지 한꺼번에 몰려왔다. 그와 함께 근처의 무림인들까지 합세하여 마치 장대한 영웅대회를 여는 듯한 분위기가 되어버렸다.

하지만 현빈장 주인의 모습은 보이지 않고 유검은 도대체 어디로 갔는지 코빼기도 보이지 않는다.

다우는 자기 홀로 동떨어진 세계에 있는 것처럼 느껴져 어쩐지 쓸쓸한 마음을 금할 길이 없었다.

자기가 왜 여기에 있어야 하는 걸까 하는 외로운 느낌만 들었다.

다우는 천천히 몸을 일으켰다.

뿌연 수증기 속에 그녀의 나신이 드러났다.

잡티 하나 없는, 문자 그대로 백옥 같은 피부에 아직 여물지는 않았지만 봉긋한 가슴과 대나무살처럼 휘어진 허리의 인체 비례는 자연계의 황금률을 그대로 따르고 있어 마치 살아 있는 예술 작품을 보는 듯했다.

다우는 호화스럽기 그지없는 욕조를 바라보며 여기 주인은 진짜 부자가 보다는 생각이 들었다. 황제조차도 이런 호사스러움을 맛보지 못할 것 같았다.

그러다 문득 한 가지 생각이 떠올랐다.

"아……!"

그녀의 두 눈이 커졌다.

다우는 수증기로 아른거려 그 그림자만 보이고 있는 입구 쪽의 두 시녀에게 황급히 물었다.

"혹시 여기 장주의 성이 진씨 아닌가요?"

나긋한 목소리로 그렇다는 대답을 듣는 순간 다우는 눈앞이 캄캄해졌다.

'속았어!'

서문평의 부드러운 미소는 단지 자신을 속이기 위한 가증스런 위장이었구나 하는 생각이 들어 분노가 치밀어 올랐다.

또한 자신의 어리석음에 대해서도 화가 났다.

낙양에 이렇게 거대한 장원을 가진 사람이 둘이 있을 리가 만무한데 자신이 너무 늦게 깨달은 것이다.

다우는 자신이 범의 굴속으로 들어왔다고 생각했다.

'이대로 그런 늙은이와 혼례를 치를 수는 없어!'

그런 절박한 심정 속에 고사리 같은 두 주먹을 부르르 떨었다.

깊은 어둠 속에서 칼자국사내는 신의 작품과도 같은 다우의 나신을 바라보고 있었다. 그는 다우의 목숨을 취할 기회를 노리며 암중에 숨어 있었던 것이다.

그는 내심 혀를 찼다.

'조금만 더 자라면 천하일색이 되었을 텐데… 아깝군.'

철저히 살수 수업을 받은 그가 여인의 나신을 보고 숨결을 흩뜨리는 일은 없었다. 다만 어릴 적부터 보아왔던 한 꼬마 숙녀의 목을 취해야 한다고 생각하니 여태껏 한 번도 느껴보지 못한 거북한 느낌이 들었다.

다우는 뭐가 그리도 급한지 비단으로 만든 수건만 몸에 두르고 황급히 자기 처소로 달려갔다.

칼자국사내는 그 뒤를 소리도 없이 따랐다.

이제야 그녀는 홀로 남게 되었고, 가장 적절한 기회를 맞이하게 되었다고 판단했다.

다우는 자기 방에 도착하자마자 수건을 벗어 던지고 옷을 찾았다.

불조차 켜지 않았기에 방 안은 달빛만이 고요할 뿐이었는데, 그 어둠 속에서 칼자국사내가 천천히 걸어나왔다.

그는 차분히 다우를 불렀다.

목숨을 빼앗기 전에 마지막 그녀의 유언을 들어주려는 호의를 베풀기 위해서였다.

뒤돌아본 다우는 놀라는 것이 아니라 오히려 반색했다.

"아저씨—!"

다우는 마치 헤어진 가족이라도 만난 듯 너무도 반갑고 감격에 겨운 모습으로 그의 품속으로 달려들었다.

그녀는 아직 고의만 걸친 상태였다.

칼자국사내는 그녀의 환대에 얼굴을 찌푸렸다.

목숨을 취할 상대와 감정을 나눈다는 것은 금기 사항.

사내는 그녀의 가슴을 가리고 있는 보라색 비단 천을 힐끔 내려다보며 딱딱하게 입을 열었다.

"미안하지만 내가 여기 온 것은……."

다우는 그의 말을 들을 생각도 않고 울먹거리며 애원했다.

"제발 절 여기서 데리고 나가 주세요. 제발요!"

"착각하지 말아라. 내가 여기 온 것은……."

"제발요! 내 힘으론 여길 빠져나가지 못해요. 하지만 아저씨라면 할 수 있잖아요. 네?"

"내 말부터 들어! 내가 여기 온 것은 너의 목숨을 취하기 위해서란 말이다!"

칼자국사내가 단호하게 잘라 말했지만 다우는 그 말은 듣지도 못한 듯 여전히 그의 가슴팍에 매달려 애원 어린 얼굴로 올려다보고 있었다. 오로지 그의 고개가 끄덕이기만을 기다리고 있는 것이다.

'하여간 옛날부터 이 녀석은…….'

칼자국사내는 배꽃처럼 젖어 있는 그녀의 맑은 두 눈을 내려다보다 얼굴을 찡그리며 고개를 끄덕이고 말았다.

"좋다. 널 밖으로 데려다 주지."

다우가 기뻐 환호하려 하자 사내는 얼른 그녀의 입을 막았다.

"일단 옷부터 입거라. 그 모습으로 나갈 거냐?"

"앗—!"

다우는 그제야 자신이 고의만 걸친 상태라는 것을 깨닫고 얼굴을 붉히며 침상의 이불 속으로 뛰어들어 갔다.

"쳇, 엉큼해요! 미리 말도 안 해주시고!"

혀를 낼름 내밀며 그렇게 말하고 나서 옷가지를 이불 속으로 끌어당겨 그 안에서 구시렁거리며 옷을 갈아입었다.

칼자국사내는 창문 밖으로 시선을 돌렸다.

'하긴 이 장원에 시체를 놔두는 것보다 밖으로 데려 나가 처리하는

게 더 낫긴 하지.'

이해할 수 없는 자신의 선택에 대한 변명거리를 대충 그런 식으로 합리화시켰다. 천장에 밧줄을 걸어 그녀를 목매달고 자살로 처리하면 가장 간단할 텐데 말이다.

그는 알고 있었다.

자기가 이 조그만 숙녀에게 어떤 감정과 느낌을 가지고 있든 간에, 오랜 세월 행해온 살업(殺業)은 자신의 육체로 하여금 결국 그녀의 목숨을 빼앗게 만들 것이라는 사실을.

창밖의 달을 바라보는 무심한 그의 두 눈에는 자신의 숙명에 대한 메마른 슬픔이 어려 있었다.

*   *   *

"첫 번째 네가 터득해야 할 것은 '천 개의 눈' 이다."

유검은 꼬마 진삼원과 다시 낙양으로 향하는 어두운 밤길을 함께 걸으며 가르침을 시작했다.

"천 개의 눈요?"

"그렇다."

꼬마 진삼원이 주저하며 물었다.

"저… 처음에는 무공 초식부터 익히는 게 아닌가요? 그러니까 무당파나 소림사, 혹은 다른 유명한 문파에 들어가 무공을 익히는 게……."

"네가 바란 것은 물고기였느냐, 아니면 낚시하는 방법이었느냐?"

그 말에 꼬마 진삼원이 당혹해하는 것을 보고 유검은 싱긋 웃었다.

"천하제일검이 되기 위해서 가장 먼저 익혀야 할 것은 무공 따위가 아니다. 육체를 단련하고 내공을 쌓고, 초식이나 무공을 익히는 것으로는 단순히 남의 길을 따르는 것밖에 되지 않는다. 그것으로 훌륭한 무인이 될 수 있을지는 모르지만 천하제일검과는 거리가 멀지."

"아……!"

"무엇보다도 먼저 자신의 감각에 눈을 떠야 한다. 그리고 그것의 완성이 바로 '천 개의 눈'인 것이다."

꼬마 진삼원은 서문평에게 이런 저런 무림의 이야기를 들었기에 어느 정도 지식이 있었다.

그래서 무당파의 무공과 같은 현묘한 초식과 내공을 열심히 익히기만 하면 언젠가는 고수가 되고 천하제일검이 될 거이라 생각하고 있었는데, 유검의 말은 전혀 의외였다.

하지만 참으로 일리가 있다는 생각이 들었다.

'남이 만든 길을 따라가는 것으로는 천하제일이 되지 못한다.'

꼬마 진삼원은 내심 그 말을 단단히 기억해 두었다.

유검은 그가 음미할 수 있도록 천천히 말을 이었다.

"이 천 개의 눈이라는 감각만 네가 터득할 수 있다면 다른 이들과 똑같은 무공을 배우고 익히더라도 터득하는 요령과 속도가 다를 것이다. 심지어 그 무공의 허실을 깨닫고 네 나름대로 응용할 수도 있겠지. 그 뿐이랴. 일상생활 그 자체가 바로 무공을 수련하는 것이나 마찬가지가 될 테니, 그 진보에 있어서 남들보다 월등하지 않겠느냐?"

꼬마 진삼원의 두 눈이 동그래졌다.

"고수가 되기 위한 조건으로 먼저 오성과 근기를 말한다. 무엇이 오성이고 근기겠느냐? 오성에 있어 자각을 능가하는 것이 없고 근기에 있어 인내보다 더한 것이 없다. 인내는 너도 알 터이고, 천 개의 눈이란 바로 '자각'을 말하는 것이다."

"저… 자각이 뭐죠?"

유검은 어깨를 으쓱거렸다.

"말로써는 뭐가 뭔지 잘 모를 테고, 그보다 먼저……."

이때 꼬마 진삼원은 뭔가 미끈하고 차가운 것이 등 쪽으로 쑤욱 들어오는 것을 느꼈다.

'배, 뱀?'

휘영청 밝은 달빛 아래 나뭇가지들은 바람에 끊임없이 흔들리고 있었다. 그 바람에 나뭇가지 위에 있던 뱀이 자기한테 떨어진 것이 틀림없다고 생각했다.

"우왓! 우와와와왓!"

물리면 죽는다는 공포심에 꼬마 진삼원은 얼른 옷가지를 벗어 던지려 했지만 당황하여 손이 말을 듣지 않았다. 그는 땅을 구르기도 하고, 발작하듯 펄쩍펄쩍 뛰기도 했지만 등 속의 차갑고 미끈거리는 감각은 여전했다.

'이, 이렇게 죽고 마는가?'

그의 이마에선 식은땀이 비 오듯 줄줄 흘러내렸다.

유검은 그에게 알밤을 먹이며 말했다.

"소란 떨지 말고, 네 옷 속으로 들어간 것이 뭔지 살펴봐라."

꼬마 진삼원은 그제야 침착성을 되찾고, 떨리는 손으로 윗옷을 벗었다.

뱀이라고 생각한 것은 알고 보니 조그만 얼음덩어리였다.

'한여름에 왜 얼음덩어리가 있단 말인가?'

그런 의문이 일었지만, 그제야 자신의 공포는 단지 허상에 불과했음을 깨닫고 완전히 안심했다.

숨을 몰아쉬고 있는데 유검이 말했다.

"대개 사람들이 느끼는 공포심도 이와 같다. 대부분 터무니없는 망상을 지어내어 스스로 공포 속으로 들어가는 것이다. 그게 무엇인지 똑바로 알아차린다면 그러한 두려움은 환상에 지나지 않는다는 것을 알게 되지. 일반 무사들이 쉽게 흥분하고 싸움을 일으키는 것은 내면 속의 두려움 때문이다. 그것을 벗어나고자 분노를 일으키는 것이지. 고수가 될수록 마음은 명경지수와 같아 생사를 건 대결에서도 중심이 흩어지지 않는다. 넌 이것을 먼저 배워야 하고, 그러기 위해서는 온전히 깨어 있어야만 한다. 마음의 속삭임을 무시하고 바로 볼 수 있어야 하는 것이다. 그때서야 비로소 넌 네 몸을 의지 속에 둘 수가 있게 된다."

유검은 자기 말을 알아듣는 듯 고분고분 고개를 주억거리고 있는 꼬마를 보고 있다가 이상하다는 얼굴로 고개를 갸웃거렸다.

"흠… 근데 너 정말로 천하제일검이 되고 싶은 거냐?"

꼬마 진삼원은 의아해하며 고개를 끄덕였다.

"꽤 힘들 텐데… 그거 사람들이 별로 안 알아줘. 괜히 이런 저런 놈팡이들이 찾아와서 시비를 걸기도 하고, 또 암습당할까 봐 한순간도 마음 편히 있을 수 없게 되지."

"……."

"두 번째로 네게 가르치려 했던 게 뭔지 아냐? 하루 한 끼 먹기다. 기름진 음식은 몸을 둔하게 만들지. 그래서 하루 한 끼 밥과 소채만 먹고살아야 하고, 술은 물론 물조차 마음대로 마셔서는 안 된다. 무인들이 내공을 익힐 때 가장 우선시 여기는 것이 양기인데, 물을 많이 마시게 되면 그 양기를 손상케 하거든. 또 여자는 어떻고? 내공이 보다 정순해지려면 여자를 가까이 해서는 안 돼. 너, 평생을 그렇게 살고 싶은 게냐? 넌 최소한 지금 남들보다 더 좋은 환경에 있는데 그렇게 일부러 사서 고생을 하고프냔 말이다."

"전……."

꼬마 진삼원은 입술을 질끈 깨물었다.

"전 살아 있다는 것을, 살아 있다는 것을 느껴보고 싶어요!"

"응?"

"난… 나 자신이 가치있다는 것을 스스로 증명해 보이고 싶어요. 제게 부자 할아버지가 있다는 것만으로 어른들이 제게 굽실거려요. 제가 좋든 싫든 항상 웃는 얼굴을 보이죠. 그 속에서 전… 죽어 있었어요! 도무지 살아 있는 것 같지 않다구요! 호위 무사가 없으면 전 마음 놓고 돌아다니지도 못해요. 이런 저의 생활이 정말 행복한 건가요?"

유검은 할 말이 없어 머리만 긁적거렸다.

"그렇긴 하네."

밤하늘을 올려다보니 적적한 허공에 밝은 달이 덩그러니 걸려 있었다. 내일 또 비가 오려는지 달무리가 져 있었다.

유검은 씨익 웃으며 꼬마 진삼원에게 말했다.

"뭐, 힘들긴 해도 말이다, 천 개의 눈이 열리게 되면 다른 세계가 열린다. 다른 사람들과는 다른 공간, 다른 시간대 속으로 들어가게 되지. 그것은 꽤 근사해. 그것만은 약속하지.”

꼬마 진삼원은 가슴이 두근거렸다.

그것이야말로 진정 듣고 싶었던 무엇이었던 것이다.

“자, 무엇보다 몸으로 익혀야지!”

유검은 두 개의 나뭇가지를 꺾어 들어 하나를 그에게 건네주며 말했다.

“나는 이제부터 이것으로 널 공격할 것이다. 네가 할 일은 간단하다. 막던가 피하던가 날 공격하는 것. 알겠지?”

“예? 아… 예!”

갑자기 실전으로 들어가자 꼬마 진삼원은 당황스러웠지만, 곧 각오를 단단히 하고 힘차게 대답했다.

꼬마가 고개를 끄덕인 순간 나뭇가지가 허공을 날았다.

퍼억!

꼬마 진삼원은 수박 깨지는 소리를 분명히 들었다. 동시에 정수리로 파고드는 강렬한 통증과 함께 별들이 우수수 쏟아지는 것을 볼 수 있었다.

당장에라도 주저앉고 싶었지만 이를 꽉 깨물고 신음 소리조차 내지 않았다.

“간다.”

유검의 무심한 목소리와 함께 또다시 나뭇가지가 허공을 갈랐다. 이번에 나뭇가지는 그의 옆구리를 파고들었다.

퍼억!

꼬마 진삼원은 숨을 쉴 수가 없었다.

한평생 숟가락보다 더 무거운 것은 들어보지도 못한 그의 연약한 팔과 육체가 견디어낼 리 만무했다.

당장 그 자리에 주저앉아 누런 위액을 토해내고 말았다.

유검의 무심한 목소리가 들려왔다.

"아참, 만약 견디기 힘들면 언제든지 말해라, 즉시 멈출 테니까. 난 남에게 강요하는 것은 질색이거든."

"계, 계속해요!"

악을 쓰듯 그렇게 외치며 다시 일어섰다.

그 이후로도 나뭇가지는 수없이 그의 몸을 두들겨 팼다.

대략 수백 번 정도 얻어맞고 나서야 유검의 공격은 무척 단순하다는 사실을 깨달았다. 위에서 정수리를 향해 내려치던가, 아니면 옆구리를 노리고 횡으로 그리던가 둘 중 하나였다.

꼬마는 나뭇가지가 정수리로 떨어져 내릴 때는 좌우 어디론가 피하면 되고, 횡으로 그어올 때는 뒤로 물러나던가 아니면 허리를 굽히면 된다는 것을 알았지만, 행동으로 옮길 수는 없었다.

말은 쉽지만 둘 중 어떤 공격인지 미리 파악할 수가 없었던 것이다.

유검의 말이 떠올랐다.

"똑바로 보라!"

꼬마는 두 눈을 부릅떴다.

하지만 대낮도 아닌 이 밤중에 어른거리는 나뭇가지의 움직임을 바로 본다는 것은 불가능했다.

계속해서 나뭇가지에 얻어맞으며 꼬마는 초조해했다.

'도대체 어떡해야 저 나뭇가지의 움직임을 볼 수 있을까?

그러다 꼬마 진삼원은 맞을 때마다 몸이 오히려 가벼워지고 있다는 것을 깨달았다. 비록 아프기는 하지만 맞는 게 그리 두려운 것은 아니라고 생각했다.

그제야 두려움이 다소 가시며 나뭇가지의 움직임에 보다 집중할 수 있었다.

어느 순간 꼬마는 공세가 시작되기 전 유검의 손목 부위가 먼저 아른거리며 움직이는 것을 포착했다.

'저거다!

꼬마는 어떤 깨달음을 얻은 듯해 기뻤다.

나뭇가지만 보는 것이 아니라, 유검의 손목의 움직임까지 함께 보면 보다 더 많은 정보를 얻을 수 있다는 것을 알게 된 것이다.

하지만 여전히 공세를 피할 수는 없었다.

비록 공세의 시작은 짐작할 수 있게 되었지만, 나뭇가지가 어디로 향하는지는 아직 알 수 없었던 것이다.

꼬마는 한 가지 심득을 얻어 유검의 모든 것에 집중하기 시작했다.

그의 시선이 어디로 향하는지, 그의 어깨와 발과 허리 등은 어떻게 움직이는지…….

수없이 얻어맞으면서도 유검의 전체를 한눈에 보기 위해 집중하고 또 집중했다.

어느 순간 꼬마는 자신도 모르게 왼쪽으로 몸을 날렸다. 유검의 나뭇가지는 처음으로 허공을 가르게 되었다.

꼬마는 기뻤다.

하지만 그것은 우연인 듯 그 다음부터는 계속해서 얻어맞을 뿐이었다.

'어떻게 해서… 어떻게 해서 피할 수 있었지?

꼬마는 한 가닥 실마리를 얻은 듯 더욱 집중했다.

또다시 유검의 나뭇가지가 떨어져 내리고 있었다.

이 순간 꼬마는 기이한 감각을 느꼈다.

분명 이 어둠 속에서 나뭇가지가 눈에 보일 리는 없다. 그런데도 마치 나뭇가지의 움직임을 알 것 같았던 것이다.

'왼쪽.'

머리 속에서 그렇게 중얼거리기도 전에 몸은 이미 왼쪽으로 피하고 있었다.

순간, 꼬마는 강렬한 충격을 받았다.

'보는 것은 두 눈만이 아니다! 판단하는 것은 머리가 아니다!'

어둠 속에서 갑자기 빛을 본 듯했다.

두 눈만 나뭇가지와 유검의 움직임을 쫓는 게 아니었다.

수없이 두들겨 맞으면서 생존을 위해 전신의 모든 감각이 깨어나고 있었다. 두 귀로 나뭇가지가 흩뜨린 공기의 움직임을 보고, 코로 공세가 반복되는 리듬을 보고, 무엇보다 전신의 피부로 어떤 공간을 느끼고 있었다.

꼬마는 그 모든 감각이 눈이라는 것을 그제야 알 수 있었다.

그리고 그 감각들은 저마다 판단 장치를 가지고 있는 것처럼 머리의 판단과는 전혀 상관없이 먼저 움직이고 있었다. 마치 뜨거운 물체에 손이 닿으면 머리로 판단하기도 전에 손을 빼는 것처럼.

꼬마는 전신의 감각을 모두 집중하여 나뭇가지와 유검의 움직임을 쫓았다.

평상시 잠자고 있던 감각들이 깨어나기 시작하자 마치 검은 물질이 땀과 함께 밖으로 빠져나오고 있는 듯한 느낌이 들었다. 그와 함께 속살이 드러난 것처럼 전신이 욱신거리고 아파왔는데, 그 통증은 형언할 길이 없을 정도였다. 나뭇가지의 타격은 오히려 시원하게 느껴질 정도였다.

하지만 그 검은 물질이 빠져나가고 나면 통증은 사라지고 보상이라도 하듯 황홀한 쾌감이 뒤따랐다.

유검의 공격은 차츰차츰 빨라지고 있었는데, 꼬마는 그것을 눈치채지 못했다. 오로지 나뭇가지를 피하는 데만 열중하고 있었다. 이 순간 꼬마는 고승이 선정(禪定)에 든 것처럼 깊은 평화를 느끼고 있었다.

어느 순간 꼬마는 자신의 몸이 무척이나 가벼워져 있다는 것을 깨달았다. 가벼운 정도가 아니라 아예 사라져 버린 것 같았다. 그리고 자신은 어떤 깊은 공간에 머물러 자신의 육체와 주변의 모든 것을 함께 지켜보고 있는 것 같았다.

주위는 보이지 않는 은은한 빛으로 가득 차 있는 것 같았다.

'이게… 뭐지?'

시간이 느리게 흘러가고 있었다. 아니, 아예 멈춰 버린 것 같기도 했다.

이때 자신의 의지와는 상관없이 들고 있던 나뭇가지가 처음으로 움직였다. 그리고 그것은 유검이 나뭇가지를 휘두르는 순간, 그의 품속으로 파고들어 심장을 찔렀다.

뚝—

나뭇가지의 끝이 부러져 나갔다.

그것을 내려다보며 유검의 무심하던 얼굴이 처음으로 풀렸다.

"훌륭하구나."

"헤헤……."

엉망이 된 꼬마의 얼굴에 웃음이 떠올랐다.

유검은 쓰러지는 꼬마를 품에 안으며 부드럽게 말했다.

"그 감각을 잊지 말아라. 일상에서도 자연스럽게 그 감각을 유지할 수 있게 되면, 그리고 존재 전체를 자각하게 되면 넌 천 개의 눈을 성취한 것이다."

꼬마는 그 말을 듣지 못했다. 이미 깊은 잠 속으로 빠져든 것이다.

유검은 그를 등에 업으며 내심 투덜거렸다.

'이 녀석, 천재군. 그래도 일별에 최소한 보름은 걸릴 줄 알았는데 말야.'

만약 서문평이 유검의 내심의 말을 들었다면 어이없다는 얼굴로 반박했을 것이다.

"도대체 누가 누구보고 천재라는 거야?"

그 특유의 정중한 빈정거림과 함께 천재라는 말보다 괴물들이라고 말하고 싶었다며 부언하면서 말이다.

유검은 꼬마를 등에 업은 채 가벼운 발길로 현빈장으로 향했다.

교교한 달빛을 뿌리고 있는 허공의 만월을 보고 다우를 떠올렸다.

‘그나저나 그 녀석은 지금쯤 뭘 하고 있으려나.’

아마도 베개를 끌어안고 침을 질질 흘리며 행복한 꿈나라로 가 있을 거라 생각했다. 맛있는 것을 실컷 먹는 꿈을 꾸면서.

유검은 투덜거렸다.

‘이봐, 조금 양심의 가책이라도 느껴보지 그래? 날 이만큼 고생시켰으면 마땅히 그래야 옳은 거 아냐?’

왠지 까닭 모를 조바심이 나서 경공술을 펼쳐 달리기 시작했다.

*　　　*　　　*

장원을 지키고 있는 호위 무사들은 칼자국사내에게 있어 눈뜬장님이나 마찬가지였다. 칼자국사내는 고위대관뿐 아니라 무림 일문의 종주들조차도 두려워한다는 흑루의 초일급살수로서 은신과 잠입의 달인이었으니 당연한 결과였다.

그렇게 칼자국사내는 다우를 허리에 끼고 야음을 틈타 현빈장의 담벼락을 넘었다. 그리고 동쪽 야트막한 야산(野山)의 숲으로 향했는데, 그 모습이 마치 거대한 야조(夜鳥)가 움직이는 듯했다.

숲 속 빈 공터에 도착하자 칼자국사내는 다우를 내려놓았다.

다우는 혹시나 자기의 실수로 들킬까 봐 절대 신음 소리가 삐져 나오지 않도록 입을 꾹 다물고 있었는데, 그제야 긴장을 풀 수 있었다.

“후아… 숨 막혀 죽는 줄 알았네!”

그 자리에 주저앉아 헥헥거리며 숨을 고르는 모습이 마치 자기가 경공술을 펼쳐 온 것으로 착각하고 있는 것 같았다.

“고마워요, 아저씨!”

다우는 밖으로 나올 수 있게 된 것만으로도 벌써 유검을 만난 기분이 되어 무척 들떠 있었다.

그녀가 얼마나 기뻐하는지 칼자국사내는 왠지 보람까지 느낄 정도였다. 그 기분 탓인지 곧 그녀의 목숨을 취해야 하는데 쓸데없이 묻고 말았다.

“근데 넌 왜 그렇게도 밖으로 나오고 싶어했던 거냐?”

“그야 당연히…….”

당당하게 유검을 만나 한 방 먹여주기 위해서라고 대답하려다, 문득 자신의 마음을 자각하고 의아해졌다.

유검이 못 견디게 보고 싶었다.

그를 생각하는 것만으로 가슴이 터질 듯했다.

“왜지? 왜…….”

도대체 언제부터였을까?

그냥 만나면 재밌고 즐거운 그런 녀석이었는데, 언제부터 보고 싶어 미칠 정도로 좋아하게 된 걸까?

만난 지 얼마나 됐다고…….

멍하니 밤하늘을 올려다보는 그녀의 두 눈에서 맑은 액체가 주르르 흘러내렸다.

칼자국사내는 눈살을 찌푸렸다.

가슴에서 느껴지는 이상한 느낌 때문이었다.

그것이 단순히 아름다운 여인에 대한 욕정인지, 아니면 그녀의 아버지가 된 듯한 부성애 같은 것인지, 그도 아니라면 단지 오랜 살수 생활

끝에 한 번쯤 찾아온다는 회의와 권태감에 의한 단순한 일탈 욕구인지 애매모호했다.

그러다 문득 그 느낌의 정체를 깨달았다.

'그냥 정(情)이 든 거로군.'

사내는 실소하며 습관적으로 자신의 감정을 지웠다.

그의 소맷자락 안에서 날카로운 비수가 소리도 없이 손바닥으로 떨어졌다.

'되도록 고통없이…….'

내심 그렇게 중얼거리며 비수로 그녀의 목줄기 경동맥을 향해 찔러갔다. 겨냥하기에 조금 어려운 부위기는 하지만 성공만 한다면 고통을 느낄 사이도 없이 즉사할 것이다.

다우는 사내의 움직임을 전혀 눈치채지 못하고 멍하니 밤하늘의 달님만 바라보며 눈물을 흘리고 있었다.

날카로운 빛이 그녀의 목을 파고들려는 순간, 사내는 손등을 파고드는 통증에 비수를 떨어뜨리고 말았다. 살수의 본능 탓에 비명을 지르지는 않았다.

그는 자신의 손등에 나뭇잎이 꽂혀 있는 것을 보고 내심 신음성을 흘렸다.

'적엽비화(摘葉飛花)!'

사내는 그제야 근처에 고인이 왕림했음을 깨달았다.

"아미타불……!"

한 나무 위에서 검은 그림자가 떨어져 내렸다.

"오랜만에 외워본 염불이라 그런지 꽤 어색하군."

그렇게 중얼거리며 달빛 속으로 천천히 걸어나오는 흑포승의 모습은 낯익었다. 굉무였다. 발에 매달린 쇠사슬은 떼어냈는지 그의 발걸음은 경쾌하기 그지없었다.

그를 본 다우는 안색이 창백해질 정도로 놀랐다.

"앗—!"

다우는 칼자국사내의 소맷자락을 끌며 황급히 소리쳤다.

"어, 얼른 달아나요!"

굉무는 그녀의 태도를 보니, 자신을 악당으로 생각하는 것 같아 쓰게 웃었다.

칼자국사내가 다우의 손길을 뿌리치며 싸늘하게 외쳤다.

"바보 녀석, 난 너를 죽이려 했다! 그리고 저놈이 그걸 방해한 거고."

"아이 참, 날 죽이는 건 나중에 하고 일단 달아나자고요!"

칼자국사내의 관자놀이가 불끈 튀어나왔다.

"임마! 남의 말이 무엇을 뜻하는지 생각 좀 해라! 난 널 죽이려 했다니까! 지금도 그 생각은 변함이 없고!"

고함을 지르자 그제야 다우는 재촉하는 것을 멈췄다. 그녀는 충격받은 얼굴로 멍하니 사내를 올려다보았다.

"나, 날 죽여요? 왜요?"

"흥!"

굉무가 그들 앞으로 다가서며 크게 불호를 외쳤다.

"아미타불! 시주들의 대화에 끼어들어 실례합니다만……."

굉무는 다우에게 부드럽게 말했다.

"다우라고 했지? 난 복잡한 것은 생각할 줄 모른다. 일체중생이 다 부처인데 내가 어찌 옳고 그른 것을 가리겠느냐. 다만 너의 의사를 물을 뿐이다."

굉무는 곧 형형한 눈빛을 칼자국사내에게로 돌리며 말을 이었다.

"간단히 말해서 저 시주를 제압하고 싶다. 네가 반대하지 않는다면 말이다."

칼자국사내의 입가에 비릿한 미소가 지어졌다.

"흥, 오만한 땡초가 입을 함부로 놀리는구나!"

말과 함께 그의 소맷자락이 허공에 뿌려졌다.

여섯 가닥의 날카로운 빛줄기가 굉무를 향해 쏘아져 갔다.

터터팅!

날아간 비수들은 흑포승의 몸에 닿자 더 이상 파고들지 못하고 이상한 타격음과 함께 모두 땅바닥으로 떨어져 버렸다.

그것을 본 칼자국사내는 내심 경악했다.

'호, 호신강기? 아니면 금강불괴신공?

이 한 수만 보아도 짐작한 대로 흑포승의 무공은 자신의 상대가 아니었다. 그렇다면 도망치는 수밖에는 없는데, 아무래도 그 역시 어려워 보였다.

사내의 시선이 힐끔 다우를 향했다.

'이 녀석을 제압하고 인질로 삼는다면……!'

그는 자신을 조소했다.

그녀를 죽일 수는 있어도, 인질로 삼고 도망치는 따위의 꼴불견인 모습은 보이고 싶지 않았던 것이다.

사내는 눈빛을 빛내며 품속에서 한 쌍의 원앙월(鴛鴦月)을 꺼내어 양 손에 찼다. 숨겨놓은 마지막 병기였다.

'살수 나부랭이의 최후치고는 제법 그럴듯하군. 소림사 십팔나한조 차 감당할 수 없는 고수와 겨루다니.'

내심 그렇게 중얼거리며 굉무 앞으로 걸어가려는데 다우가 그의 옷 자락을 붙잡았다.

그녀의 두 눈에는 '왜……?' 하는 의문과 믿었던 사람에게 배신당 한 슬픔이 가득했다.

"행복하거라. 그러고 보니 그 녀석과 제법 어울리는군."

피식 웃으며 그렇게 말하고 나서, 가볍게 그녀의 손길을 떨치며 비 장한 모습으로 굉무를 향해 발걸음을 떼어놓는데…….

퍼억!

수박 깨지는 소리와 함께 칼자국사내의 발걸음이 멈춰졌다. 그는 그 자리에서 기절해 버린 듯 땅바닥을 향해 그대로 일직선으로 넘어졌다.

그리고 달빛 아래 유검이 등에 웬 꼬마를 업고 나뭇가지를 든 채 우 뚝 서 있었다.

그 모습을 보자 다우는 사정이 어떻게 된 것인지 깨달았다.

"뭐야? 비겁하게 왜 등 뒤에서 암습한 거야?"

다우는 발끈해 유검에게 소리쳤다.

유검은 머리에 커다란 혹이 난 채 쓰러져 있는 칼자국사내를 가리키 며 어깨를 으쓱거렸다.

"저 녀석 너를 죽이려 했잖아. 그러니 등을 돌려 빈틈을 보일 때 얼 른 제압해야지."

"하지만 날 죽이진 않았어!"

"그리고 저 녀석, 전에 날 암습했단 말이다. 그러니 이번에 빚을 갚는 게 당연해!"

"웃기지 마! 그땐 그냥 네가 약해서 잡혔을 뿐이라구!"

다우는 괜히 화가 났다.

자기를 죽이려 했든 어쨌든, 죽음을 각오하고 장렬히 산화하려는 사나이의 최후를 저런 식으로 웃기게 끝내다니! 그것도 그렇게 한 장본인이 자기가 목메어 기다리고 있던 유검이라니!

뭔지는 몰라도 다우는 이건 뭔가 이상하다고 생각되었다.

쓰러진 사내에게로 달려가는 다우를 보고 유검은 억울한 듯 투덜거렸다.

"젠장, 왜 내게 화를 내는 거야?"

굉무가 한숨을 내쉬며 다가와 유검의 등을 두들겼다.

"휴우… 임마, 나도 벌써 손을 쓰고 싶었지만 저 다우란 아이 때문에 그냥 지켜보고만 있었다. 이왕 손을 쓰려면 좀 더 멋진 모습으로 나타날 것이지……."

"나도 그냥 보고만 있었지. 근데 이 녀석 왠지 멋진 모습을 보이려고 하잖아. 그런 꼴을 어떻게 지켜봐?"

굉무는 뜨악해졌다.

'질투였군.'

유검은 쓰러진 사내의 머리 혹을 불쌍한 눈길로 쓰다듬고 있는 다우를 쏘아보다 문득 떠오른 듯 고개를 갸웃거렸다.

"어라? 그리고 보니 저 녀석 왜 여기 있는 거야? 지금쯤 한참 꿈나라로 가 있을 줄 알았더니……."

그러다 괭무를 돌아보았다.

"그리고 넌 또 왜 어떻게 여기 있는 거냐? 면벽 중 아니었나?"

"네 의동생의 혼례……."

"아, 그거? 미안하지만 이번 혼례는 없었던 걸로 하자. 뭔가 일이 이상하게 꼬였던 것 같아. 넌 얼른 소림사로 돌아가라."

이번 혼례는 없었던 걸로 하자는 유검의 태연한 말에 갑자기 괭무의 이마에 힘줄이 파직 튀어나왔다.

"아미타불―!"

괭무는 심중의 분기를 누그러뜨리려는 듯 크게 불호를 외쳤다. 사자후 신공이 담긴 그 불호에 산천초목이 부르르 떨리는 것 같았다.

괭무는 얼떨떨해하는 유검을 향해 형형한 눈빛으로 소리쳤다.

"난 사부의 명을 거역하고 면벽까지 깨고 나왔다! 그대의 전서구 하나를 믿고! 확실히 믿고! 그런데 없었던 일로 하자고?"

"응? 그 전서구는 네게 보낸 게 아니었는데……."

"하여간 내가 본 것은 사실이다!"

이때 숲 속에서 한 미공자가 천천히 걸어나왔다.

서문평이었다.

그는 부채를 부치며 느긋한 목소리로 말했다.

"나도 이번 혼례를 없었던 일로 하는 것은 찬성할 수가 없군."

괭무가 눈살을 찌푸리며 중얼거렸다.

"숨어 있었나?"

서문평은 가까이 다가와 다우를 가리키며 말을 이었다.

"물론. 저 녀석의 소중한 의동생! 이 납치되는데 따라 나오지 않을 수 없지."

그는 의동생이라는 말에 특히 힘을 주었다.

유검은 서문평을 보자 어깨를 움찔거렸다.

"너도 와 있었군. 미안하지만 이번 혼례는 없었던 걸로 하고, 그냥 모처럼 친구들끼리 만났으니 술판이나……."

서문평이 피식 웃으며 말했다.

"난 이미 대금산장의 장주이신 아버님께도 연락을 취했다. 그분이야 발 빠르기로 유명하신 분, 벌써 상계의 인물들에게 초청장을 보냈을 것이다."

"…엥?"

"그뿐인 줄 아느냐? 본 파의 현수 사숙은 사형제 분들과 와 계신다. 네 녀석의 사부도 며칠 내로 도착하실 테고, 장문인께서도 다른 장로들과 함께 오실 것이다."

유검은 두 눈만 끔뻑거렸다.

"현풍 사부님이 오시는 거야 그렇다 쳐도 장문인과 장로들께선 왜 오신단 말인가?"

기껏해야 제자 의동생의 혼례인데, 왜 산을 내려오신단 말인가? 유검은 그렇게만 생각했다.

"나도 알 수 없지. 하여간 이름 모를 천하영웅들이 네 녀석의 초청을 받고 여기로 몰려들고 있단 말이다. 그런데 없었던 일로 하자고? 그게 가능할 거라 생각되나?"

유검은 뜨악해졌다.

'도대체 하루 만에 일이 왜 이렇게 커져 버린 거야?

무당파의 일개 제자의 의동생 혼례에 천하의 영웅들이 앞 다투어 온다는 말이 믿기지 않았다.

자신의 실제 신분과 역량을 모르고 있는 유검으로선 그렇게 의아해 할 수밖에 없었다.

"그나저나 현수 사숙과 사형제들께서 하산하셨다니, 어디에 묵고 계시는가?"

서문평은 조용히 부채로 한밤중에도 불야성처럼 불이 커져 있는 야산 아래 거대한 장원을 가리켰다.

"현빈장?"

현빈장의 장주 꼬마 진삼원이 서문평과 친하다는 사실이 떠올랐다. 꽤나 공교롭다고 생각했다.

서문평은 침중한 목소리로 말했다.

"하여간 이제 와서 없었던 일로 할 수는 없다. 만약 그랬다간 넌 당장 파문은 물론 공적으로 한평생 쫓겨 다니며 살아야 할 것이다."

"뭐, 파문이니 공적이니 그 딴 건 상관없어. 기껏해야 목에 대접만한 흉터가 남겠지."

물론 둘이 친한 사이다 보니 과장된 이야기들이 오간 것이었지만 듣고 있던 다우는 진짜로 알아들었다.

그녀의 안색이 창백해졌다.

"나… 나 할 테니까, 그러니까……!"

그렇게 더듬거리며 소리치는 그녀의 두 눈에선 눈물이 주르르 흘러내렸다.

그녀가 생각하기에도 일은 너무도 커져 버렸다. 이번 혼례를 그냥 없었던 일로 하는 것은 도저히 불가능해 보였다.

만약 취소하게 되면 유검이 커다란 피해를 입는다.

어쩔 수 없다.

자기는 현빈장의 장주와 혼례를 치러야만 하는 것이다.

유검은 업고 있던 꼬마 진삼원을 서문평에게 건네주고 나서, 다우에게로 천천히 걸어가 부드럽게 그녀의 머리를 가슴팍으로 끌어안았다.

"괜찮아, 괜찮아. 내가 알아서 해결할 테니까. 네가 하기 싫으면 천하의 누구도 네게 강요하지 못한다."

"하지만… 하지만……."

서문평은 유검에게서 받아 든, 품속에서 자고 있는 꼬마 진삼원을 보고 의아해하고 있었다.

'저 녀석, 설마 현빈장의 장주를 납치했나? 아니면 납치된 것을 구해온 건가?'

그리고 궁금해하던 것을 물었다.

"근데 네 의동생은 도대체 누구와 혼례를 치르기로 되어 있는 거냐?"

"응? 아……!"

유검은 품속에서 울고 있던 다우의 어깨가 움찔거리는 것이 느껴졌다.

유검은 미간을 찌푸렸다.

그녀의 내심을 알게 된 지금에 와서 본래 서문평이 안고 있는 그 꼬마와 혼례를 치르기로 되어 있었다고 말할 수는 없다.

차라리 본래 자기와 혼례를 치르기로 한 거라고 둘러댈까 하는 생각도 했지만, 그것은 곧 적절하지 못하다고 여겨졌다.

물론 언젠가는 다우에게 청혼할 생각이지만, 이렇게 옴짝달싹할 수 없는 상황에서 그렇게 말해 버리면 그것은 그녀에게 강요하는 것이나 마찬가지다. 그렇다고 그녀에게 자기와의 혼례 의사를 물어보는 것도 부적절했다. 이런 상황에서 그녀는 좋든 싫든 고개를 내젓지는 않을 테니까.

밤하늘을 올려다보며 무슨 뾰족한 수가 없을까 생각하다가 문득 백마사로 왕림을 바란다던 백발노인의 일이 불쑥 떠올랐다.

'가만 생각해 보면, 꽤 큰일이지?'

그들이 백화루에서 물러나며 자기에게 정중히 대해주던 걸로 봐선 그다지 큰 악의는 없어 보였다. 하지만 그들이 백화원을 괴멸시킬 때의 행사를 보면 악독하기 그지없었다. 결코 좋은 무리들은 아닌 게 분명했다.

그렇다면 대충 이용해 먹어도 아무 상관 없을 것 같았다.

'날 용서해 주구려. 뭐, 날 그만큼 괴롭혔으니 인과응보라고 해둡시다.'

내심 그렇게 중얼거리고 나서, 유검은 낯빛을 굳히고 침중한 목소리로 말했다.

"아참, 자네들도 들었나?"

"응? 무슨……?"

"지금 무림에 커다란 먹구름이 몰려오고 있다는 소문 말일세."

"……?"

난데없는 유검의 말에 굉무와 서문평은 얼떨떨해졌다.

누구와 혼례를 하기로 되어 있냐며 짓궂게 물었을 뿐인데, 왜 갑자기 무림에 암운(暗雲)이 끼었다는 이야기가 나온단 말인가?

침묵이 흘렀다.

"하하핫……!"

돌연 굉무와 서문평이 서로 얼굴을 마주 보고 크게 웃었고, 유검도 그들을 따라 웃었다. 그렇게 왠지 웃어야 할 것 같은 분위기라 다우까지 헤헤 하며 웃었다.

"뭐야? 재미없는 농담이나 하고 말이야."

"하지만 혼례를 취소시키려는 수작치곤 너무 단순해."

"그런가? 하하하……."

싸늘해진 분위기가 화기애애하게 변했는데, 유검이 다시 낯을 굳히며 말했다.

"그런데 내 말은 진짜야. 정체를 알 수 없는 비밀 세력이 있어. 얼마 전에도 낙양 근처에서 혈겁이 일어났지. 모르나?"

또다시 침묵이 흘렀다.

유검은 진지한 얼굴로 말했다.

"그 세력이 어느 정도인지는 나도 아직 몰라. 그런데 만약 내 짐작대로 큰 세력이라면 분명 머지않아 무림에 혈풍이 몰아칠 걸세."

굉무와 서문평은 침음성을 흘렀다.

"그게 사실인가?"

유검은 무겁게 고개를 끄덕였다.

"마침 그들의 행적을 발견했다네. 그들을 좀 더 지켜본 후에 말하려 했네만……."

굉무와 서문평은 서로 얼굴만 마주 보았다.

유검의 말이 사실인지 어떤지 분간할 수 없었던 것이다.

"하여간 지금은 혼례가 문제가 아닐세. 하지만 그 덕분에 마침 천하의 군웅들이 모인다니, 잘됐군. 내가 그들을 조사하여 만약 짐작이 사실로 드러나면 당장 천하영웅대회를 열어 대책을 의논하면 될 테니까."

서문평은 혼례를 천하영웅대회로 만들겠다는 말이 나오자 그제야 유검의 속셈을 파악했다는 듯 피식 웃었다.

"나참, 정말 기가 막힌 계략이군. 그런 식으로 혼례를 천하영웅대회로 만들어 유야무야시키려 하다니 말이야."

유검은 입맛을 다셨다.

'역시 안 통하나? 하지만 거짓말은 아닌데…….'

서문평이 웃음을 머금고 부채를 살랑거리며 말을 이었다.

"게다가 네 녀석이 언제 무림의 일에 그렇게 열심이었지? 마치 무림의 협객이라도 된 것처럼 말하니까 내가 헷갈리고 있잖나."

옆에서 굉무가 그 말에 찬성이라는 듯 웃으며 고개를 끄덕였다.

유검은 머리만 긁적거렸다.

본래 백발노인의 일이 참으로 수상쩍다는 생각을 한 것은 사실이다. 또 그들을 찾아가서 그 정체를 살펴야겠다는 생각을 한 것도 사실이다.

하지만 마침 다우의 혼례가 걸린 일이 아니었다면 이렇게 무림의 일을 걱정하는 협객처럼 진지하게 천하영웅대회 따위의 낯간지러운 말은 꺼내지 않았을 거라는 것은 틀림없었다.

그저 지나가는 말투로 언질만 해두고 홀로 행동했을 것이다.

'예리한 녀석!'

서문평에 대해 내심 투덜거린 후 단호히 말했다.

"좋아! 증거를 가지고 오지!"

그리고 다우에게 말했다.

"다녀올 동안 너는……."

다우는 유검의 옷자락을 꼭 붙잡으며 소리쳤다.

"나, 나도 따라갈래!"

"안 돼! 위험한 곳이야."

단호히 거절하고 나서, 그녀의 귓가에 대고 속삭였다

"임마, 무림의 암중 세력을 살피러 가는데 너와 함께 가면 이상하잖아."

다우는 세차게 고개를 저었다. 이제야 겨우 만났는데, 무슨 일이 있어도 유검과 헤어지고 싶지는 않았던 것이다.

서문평이 다가오며 말했다.

"괜찮아. 우리가 함께 가는데 설마 하니 네 의동생 하나 못 지키겠냐?"

굉무는 동감이라는 듯 불호를 외웠다.

"아미타불!"

유검은 둘을 쏘아보며 투덜거렸다.

"친구인 날 못 믿는군. 비밀 세력을 살피러 가는데 이렇게 떼거지로 몰려가잔 말인가?"

굉무가 어깨를 으쓱거리며 대꾸했다.

"널 믿었지. 그 결과가 이렇고……."

서문평이 문득 생각난 얼굴로 말했다.

"아참, 내일쯤이면 여문 사매도 올 텐데……."

그 말에 유검은 움찔했다.

"여문?"

의아한 눈으로 올려다보는 다우에게 유검은 황급히 변명했다.

"아, 아냐. 단지 사매일 뿐이야!"

그리고는 굉무와 서문평을 쏘아보며 순순히 승낙했다.

더 이상 반항해 봤자 자기를 잘 알고 있는 서문평의 입에서 무슨 이야기가 나올지 모른다는 사실을 자각한 것이다.

"좋다. 함께 가자! 하지만 내 말을 따라야 한다. 위험한 곳이니까 함부로 행동하면 안 돼!"

서문평이 말했다.

"너도 명심해 둬라. 최소한 우린 무림공적이 되고 싶진 않아."

유검은 그 말이 무엇을 뜻하는지 알아채고 투덜거렸다.

"설마 하니 내가 아무런 근거 없이 선량한 문파를 암중 세력으로 몰겠냐? 내가 무슨 악당이라도 되는 것처럼 말하지 마!"

서문평은 건성으로 고개를 끄덕이며 밝게 외쳤다.

"자, 그럼 쇠뿔도 단숨에 빼랬다고, 지금 당장 출발하자! 무림의 암중 세력을 향해!"

유검은 그의 품속에서 자고 있는 꼬마 진삼원을 가리키며 떨떠름하게 물었다.

"어이, 설마 안고 있는 그 꼬마도 함께 데려갈 셈은 아니겠지?"

"안 될 게 뭐가 있나? 제법 재밌는 구경거리일 테니까 봐두는 것도 좋겠지."

유검은 탄식했다.

"하아… 내 말을 철저히 안 믿는군. 위험한 곳이라고 말했는데 말이다."

그 한숨에 서문평이 오히려 어이없다는 얼굴이었다.

"비무 약속을 지키겠다며 혼자 소림사로 쳐들어간 녀석의 입에서 위험한 곳 어쩌구 하는 소리가 나오다니…….."

굉무가 고개를 끄덕이며 맞장구쳤다.

"당시 본 사의 장문방장님과도 싸우려 들었지."

"……."

다우는 유검을 올려다보았다.

'알고 보니 무척 무서운 사람이었구나.'

하지만 자기에게 상냥하게만 대해주면 상관없다고 생각했다.

그러다 쓰러져 있는 칼자국사내를 보고 흠칫했다.

'그냥 이대로 놔두면 끌려가서…….'

무시무시한 고문을 당하는 가운데 끝까지 침묵을 지키다 비참하게 죽어가는 모습이 상상되었다.

그건 너무 불쌍하다고 생각하고 주저주저하며 입을 열었다.

"저… 저 아저씨도 함께 가면 안 될까요? 반드시 도움이 될 거예요."

함께 다니다 보면 도망갈 기회를 얻을지 모르고, 또 혹시라도 공을 세우면 봐줄지 모른다는 생각에 그렇게 요청한 것이다.

서문평과 굉무는 동시에 유검을 바라보았다.

대번에 짐작이 갔다.

그런 수상쩍은 살수 한 명이 죽든 말든 그들로서는 전혀 신경 쓸 거리가 못 된다.

하지만 만에 하나라도 유검의 말이 진짜라면, 그래서 지금 가는 곳이 정말로 위험한 곳이라면 수상쩍은 살수와 동행하는 것은 뭔가 꺼림칙하다.

그래서 서문평은 만에 하나를 생각해 물었다.

"근데 그 암중 세력을 살피기 위해 어디로 가야 하는 거지?"

"…백마사(白馬寺)."

서문평의 긴장된 얼굴이 일시에 풀어졌다.

"그렇다면 끼워줘도 되겠군."

"다시 말하지만 위험할지 몰라."

"백마사라면 낙양의 유명한 명소, 도대체 어떻게 해야 그곳이 용담호혈(龍潭虎穴)이 될 수 있는지 묻고 싶군."

유검은 백발노인을 떠올리며 내심 투덜거렸다.

'왜 하필 약속 장소를 그런 곳으로 정한 거지?

유검은 주위를 둘러보았다.

굉무와 서문평이 동행하는 것은 그렇다 쳐도, 아름다운 소녀와 꼬마 한 명, 그리고 기절해 있는 수상쩍은 살수도 함께 무림의 암중 세력을 탐색하러 간다는 것은 뭔가 조금 이상해 보였다. 엄밀히 말해 조금이 아니라 많이 이상한 게 틀림없었다.

유검은 달을 올려다보며 크게 탄식했다.

"도대체 내 말을 왜 안 믿는 거지? 최소한 위험할지도 모른다는 것은 진짜라구!"

서문평이 의아해하며 물었다.

"그곳에 여문 사매가 오기라도 하나? 네가 두려워하는 상대는 그녀뿐이잖아."

서문평은 곧 다우를 물끄러미 바라보며 말을 정정했다.

"아, 둘인가?"

유검은 더 이상 입을 열 수가 없었다.

달빛 고요한 밤이었다.

아무것도 아닌 일

아무것도 아닌 일

여명이 터오는 이른 새벽.

아침 안개에 싸인 백마사는 이른 새벽인데도 불구하고 참배객들이 줄을 잇고 있었고 절 안에서는 은은한 독경 소리가 끊임없이 들려왔다.

평화로운 광경이었다.

유검 일행은 입구 두 마리의 백마상이 내려다보이는 숲 속에 숨어 있었다.

"흐음… 저 안에서 만나기로 했단 말이지?"

서문평은 조용한 절간의 광경을 수상쩍은 눈으로 보기 위해 애를 쓰면서 그렇게 물었다.

유검은 묵묵히 고개만 끄덕였다.

그의 눈은 이틀 동안 자지 못한 탓에 다소 충혈되어 있었다.

여기 백마사로 오는 동안 유검은 굉무와 서문평에게 다우에 대한 이야기만 빼고 백화원 등에서 자기가 겪었던 일들을 말해 주었다.

예상했던 것처럼 둘의 표정은 심드렁했다.

자기가 백화루라는 곳에 사로잡힌 것은 그렇다 처도, 무슨 집채만한 거대한 검을 휘둘렀다느니, 절벽을 가로질러 허공을 걸었다느니, 또 백발노인에게 얼음 비수를 던졌는데, 노인이 갑자기 공손하게 태도를 바꿔 자신를 초청했다느니 하는 따위의 이야기는 역시 순순히 믿기에는 너무 황당했던 것이다.

"계속 이렇게 있을 게 아니라 일단 들어가자. 그래야 내 말이 맞는지 아닌지 알 거 아냐."

유검이 그렇게 말하며 몸을 일으키자 굉무가 난감해했다.

"잠깐만. 설마 정문으로 들어간단 말인가?"

"그럼 몰래 숨어 들어가려고? 그들이 어디서 어떻게 기다리고 있는지도 모르는데?"

굉무는 떨떠름한 얼굴로 자기 차림새를 내려다보았다.

이렇게 검은 승복은 천하 어디에도 없다. 오로지 소림사 십팔나한 관문을 통과한 자에게만 주는 특수한 신분의 표상이었다. 소림사는 무림의 태산북두일 뿐만 아니라 불문의 성지, 당연히 백마사의 승들도 알아보지 못할 리 없다.

백마사의 승들이 몰려와서 인사치레를 하고 야단법석을 떠는 상상을 해보니 골치가 지끈 아파왔다.

게다가 자신은 일단 쫓기는 몸이 아닌가 말이다.

서문평이 굉무의 고민을 알아채고 웃었다.

"옷을 갈아입고 변장을 하면 되겠군."

머리의 계인은 면벽 중 머리카락이 약간 자란 탓에 보이지 않았다. 옷만 살짝 갈아입으면 대충 정체를 숨길 수는 있을 것 같았다.

할 수 없이 귀찮지만 일행 중 한 사람이 낙양 시내로 가서 옷을 사 오기로 했다.

그리고 그 귀찮은 일은 당연하게도 이번 일의 주동자인 유검의 몫이 었다.

"흥, 어차피 파계승이나 마찬가지다. 술도 함께 사 오라구!"

자랑과 긍지의 상징인 흑포를 갈아입어야 한다는 말에 굉무는 자포 자기한 모습으로 이왕이면 술과 기름기가 좔좔 흐르는 개다리두 가져 오라며 큰소리쳤다.

유검이 건성으로 고개를 끄덕이며 길을 떠나려 하자 깨어난 칼자국 사내가 입을 열었다.

"먹을 것도 함께 사 오는 게 좋겠소. 안으로 들어가서 적의 음식을 먹는다는 것은 다소 위험할 수 있으니 미리 배를 채우고 들어가는 게 좋을 거요."

그는 깨어나서 장차 소림과 무당의 장문인이 될 두 사람과 함께 있 다는 것을 알고 어이가 없어 망연자실해 있었다.

사내는 그들이 한마디라도 사신가나 흑루에 대해 추궁하면 입속의 독단을 깨물어 자살할 생각이었다.

하지만 그들은 자기에게 아예 신경도 쓰지 않았다.

또 그들이 탐색하려는 대상이 백화원을 괴멸시켰던 그 무리들에 대 한 것임을 다우에게 듣고 달리 생각하기로 했다.

그래서 협조의 뜻을 드러내기 위해 조언을 준 것이다.

서문평은 사내의 말에 감탄한 듯 고개를 끄덕였다.

"흐음, 과연 일리가 있군. 좋아, 먹을 것도 추가다!"

유검은 마치 자기가 하인이 된 듯한 느낌에 기분이 떨떠름했지만, 어쨌거나 오랜만에 지인들을 만나 기쁘다, 라고 애써 스스로를 위로했다.

유검은 따라나서려는 다우를 겨우 달래놓고는 낙양 시내로 갔다.

사오십 리 정도의 거리야 경신술을 펼치면 지척이나 마찬가지다. 하지만 굳이 서둘고 싶지는 않았기에 느긋하게 걸어 다녔다.

포목점에 들러 굉무의 덩치에 맞는 커다란 옷을 사고, 아직 문도 열지 않는 객잔을 두드려 만두와 술과 기름에 튀긴 오리 등을 샀다. 덤으로 다우에게 선물할 비녀를 샀고, 또 참배객으로 보이기 위해 붉은 향과 지전(紙錢)도 몇 뭉치 샀다.

그렇게 일을 마치고 나서 백마사로 참배 오는 사람들 틈에 끼어 천천히 길을 올랐다.

유검은 사람들의 평화로운 행렬을 바라보다 자기를 기다리고 있을 일행을 떠올렸다. 아마도 느긋하게 나무에 기대어 휴식을 취하고 있을 것이다.

'설마 소풍 온 것으로 착각하고 있는 건 아니겠지?'

아무래도 너무 긴장감이 없는 것 같다고 투덜거렸다. 어떻게 해야 경각심을 불러일으킬까 고민했다.

태양은 벌써 제 모습을 드러내며 밝은 빛을 비추기 시작했다.

날은 여름 날씨답게 점점 더워져 갔다.

참배객 중에는 별의별 사람이 있게 마련이다. 그중 어떤 중년의 부인은 아이 둘을 데리고 있었는데, 아이들은 집으로 돌아가고 싶다며 계속 칭얼대고 있었다.

그런 아이들의 표정을 살피다 유검은 문득 깨달았다. 서문평이나 굉무가 자기 말을 믿지 않은 것은 자신의 태도 때문이었음을.

사람은 자기의 의사를 입으로만 전달하는 게 아니다. 오히려 태도나 표정이 더 강력한 의사 전달의 도구인 것이다. 자기가 입으로는 아무리 위험할지 모른다고 떠들어도 전혀 다급하거나 긴장된 모습을 보이지 않으니 믿지 않았던 것이다.

'호오~ 그랬던 거군!'

유검은 와락 얼굴을 일그러뜨렸다. 긴장되고 두려워하는 모습을 연습해 본 것이다.

"우와앙―!"

힐끔 뒤돌아본 꼬마 아이가 유검을 보고 울음을 터뜨렸다.

유검은 고개를 설레설레 저었다.

'틀렸어. 이건 그냥 인상 쓴 것에 불과해.'

아무래도 뭔가 두렵다는 감정 자체가 소실되어 버린 것 같았다.

설령 죽음이 눈앞에 닥친다 해도 내면에 자리한 존재의 중심으로부터 우러나오는 깊은 평화는 절대 깨어지지 않을 것 같았다.

긴장이란 그저 차가운 공기와 같은 상쾌한 기분처럼 느껴졌고, 두려움이란 단지 호기심에 불과했다.

유검은 다우를 떠올렸다.

천변만화, 어떻게 튈지 모르는 그녀의 감정 변화를 보고 있노라면 자신도 함께 동화되어 자기도 인간이라는 것을 느낄 수 있었다.

'어쩌면 그래서 끌리는지도……'

그렇게 생각하며 바보처럼 히죽 웃다가 갑자기 걸음을 멈췄다.

그의 검미가 치켜세워졌다.

'칼 소리?'

유검의 심연한 시선이 백마사 오르는 길의 좌측에 자리한 숲 속을 향했다.

차차창―!

마치 현악기를 높게 튕기는 소리 같았다.

숲 속으로 가늘게 비쳐든 햇살에 검신이 흰빛으로 번쩍거리며 비수들을 단번에 튕겨내면서 난 소리였다.

검의 소유자는 검은 무복을 걸친 아름다운 여인이었는데, 물속의 인어처럼 머리카락을 허공에 하늘거리며 허리를 비틀고 있었다.

살기 어린 표정의 대여섯 명의 대한이 그런 그녀의 뒤를 쫓아 신형을 날리며 칼을 휘둘렀다.

"죽어라!"

비수들을 쳐내느라 신형이 흐트러진 여인은 극히 위험한 처지에 놓인 듯했다.

하지만 여인은 살짝 발끝으로 지면을 박차며 날아올라 나뭇가지 위로 가볍게 신형을 뽑아 올려 공격을 피했다.

그 모습은 우아하기 그지없었다.

여인이 아래를 내려다보며 차갑게 소리쳤다.

"너희들은 누구지? 왜 날 이유없이 공격하는 거지?"

"흥, 알게 뭐냐?"

칼 소리를 듣고 한 보따리의 짐을 든 채 쫓아온 유검은 한 여인과 우악스런 사내들이 불공평한 혈전을 벌이고 있는 것을 보고 즉시 끼어들려 했다. 하지만 여인이 다름 아닌 백추상이란 것을 알고 잠시 지켜보기로 했다.

그녀의 무공이 낮지 않다.

최소한 이 한 무리의 사내들은 무공으로 그녀의 상대가 되지 못한다.

그렇게 판단한 것도 있지만, 그녀는 자기가 도와주는 것을 좋아하지 않을 것이라고 생각해서였다.

용호관에서 그녀가 했던 말이 떠올랐다.

"전 부처에 귀의한 몸, 피와 고름 주머니에 불과한 이 몸에 대해 아무런 집착이 없습니다. 이제 남은 속세의 연을 풀기 위해 왔으니 더 이상 그대와는……."

또 마지막 그녀의 말도 떠올랐다.

"이미 말하지 않았나? 날 으슥한 곳으로 데려갈 수 없을뿐더러, 함께 운기조식하는 따위는 불가능하다고 말야. 또 은자를 아무리 많이 줘도 안 된다고 분명히 말한 것 같은데……."

유검은 투덜거렸다.

'나참, 별걸 다 기억하고 있었군.'

어쨌거나, 아름답기 그지없지만 얼음 가루를 풀풀 날릴 듯 차가워 보이는 그녀의 모습을 보고 유검은 역시 끼어들지 않는 게 좋겠다고 생각했다.

"쳐라!"

고함 소리와 함께 여섯 명의 사내 중 세 명이 칼을 휘두르며 그녀를 향해 훌쩍 몸을 날렸다.

동시에 밑에 있는 세 명은 즉시 품 속에서 암전(暗箭)을 꺼내어 대비했다. 그녀가 몸을 날리는 순간 던지기 위해서였다.

유검은 그것을 보고 만일의 경우를 대비해 몇 개의 돌멩이를 손가락에 끼웠다. 여차할 경우 암기로 쓰기 위해서였다.

하지만 그것은 기우에 불과했다.

검의 그림자가 허공에 뿌려진 순간, 달려든 세 명의 사내는 비명과 함께 피를 뿌리며 바닥으로 떨어졌다.

그리고 아래 세 명은 순간적으로 시야에서 그녀를 놓쳐 버렸다.

암전을 미쳐 던지지 못하고 우왕좌왕하는데, 떨어지는 사내 속에서 여인이 공중제비를 돌며 튀어나왔다.

"크으윽―!"

세 명은 일시에 비명을 지르며 쓰러졌고, 그녀는 다시 한 번 허공을 크게 공중제비를 돌아 선녀처럼 사뿐하게 땅에 착지했다.

백추상은 여기저기 피를 뿌리며 쓰러져 있는 사내들을 향해 차갑게 소리쳤다.

"목숨에 지장 있을 정도는 아니다. 꺼져라!"

사내들은 이를 갈았지만 대꾸 한 번 못하고 서로 부축하며 그 자리를 떠났다.

'끝났군. 뭐, 워낙 똑똑한 여자니까 어련히 알아서 하리라 생각은 했지만……'

유검은 고개를 들어 나뭇가지 사이로 새어 들어오는 햇살을 바라보았다.

'녀석들, 많이 기다리겠군. 얼른 가자.'

그렇게 생각하고 보따리를 들고 자리에서 일어나려는데 날카로운 비명 소리가 뒤에서 들려왔다.

"아아악—!"

황급히 돌아보니 백추상은 피로 물든 왼쪽 어깨를 움켜쥐고 나뭇등걸에 몸을 기댄 채 쓰러져 있었다.

그리고 그녀 앞에 여우 가면을 쓰고 있는 자가 나타나 있었다. 그는 오른팔이 없든 듯 오른 소매가 헐렁했다.

유검은 침음성을 삼켰다.

'독심호리!'

백추상이 잔뜩 아미가 찌푸리며 그를 향해 말했다.

"그놈들은 미끼로 썼군! 내가 방심하기를 기다리며……!"

"미끼라니? 흥, 그냥 여흥거리야."

독심호리가 가볍게 대꾸하는 순간, 백추상은 어느새 바닥에 떨어진 장검을 주워 들고 그의 심장을 찔러가고 있었다.

하지만 상처를 입은 데다 무공의 격차가 너무 컸다.

게다가 독심호리는 조금도 방심하지 않고 있었다.

그가 오른 소맷자락을 흔들자 혼신의 힘을 다한 그녀의 검은 여지없이 튕겨 나갔다.

퍼억!

독심호리의 오른발이 그녀 복부를 깊숙이 찔러 들어갔다.

그녀의 신형은 등을 떠받치고 있는 나무에 의해 물러설 수 없어 허공에 떠 있는 모습이 되었다. 마치 독심호리의 발이 창이 되어 그녀를 나무와 함께 꿰뚫어 버린 것 같았다.

"끄으윽……."

백추상은 고통에 못 이겨 두 눈이 크게 떠져 있었고, 그녀의 입에선 맑은 액체가 흘러나왔다.

독심호리가 가볍게 말을 이었다.

"물론 여흥은 이제부터 시작이라고 생각하지만 말이다."

그가 발을 떼자 그녀의 신형은 바닥으로 털썩 떨어져 내렸다.

"자, 먼저 그놈은 어딨지? 물론 천천히 기억해도 돼, 시간은 충분하니까."

그 말과 함께 독심호리의 오른발이 이번에는 그녀의 가슴을 짓눌렀다.

그녀는 자신의 젖가슴이 흙발에 짓밟히자 수치심에 바르르 몸을 떨었지만, 저항할 힘은 전혀 남아 있지 않아 입술만 피가 나도록 깨물었다.

독심호리가 빈정거리듯 그녀를 내려다보며 말했다.

"설마 기억나지 않는다고는 말 못하겠지? 내 오른팔을 가져간 놈 말이다!"

그러면서 발바닥을 그녀의 왼쪽 어깨 상처 부위로 가져가 비틀었다.

"아아악—!"

백추상은 고통에 못 이겨 비명을 지르고 말았다.

"흐음~ 듣기 좋군. 하지만 지겨워. 이번에도 벙어리 흉내를 내겠다면 네 예쁜 얼굴을 박살 내주지."

백추상은 있는 힘을 다해 그의 얼굴을 향해 침을 내뱉었다. 침이라기보다는 흥건한 피에 가까웠다.

"지독한 년!"

뺨에 달라붙은 침을 닦아내는 독심호리의 두 눈은 지독한 살기로 번들거렸다.

"그놈은 따로 찾도록 하지."

독심호리는 크게 살심이 치솟아 왼손에 한껏 공력을 끌어올렸다. 그리고 그녀의 머리를 향해 일장을 크게 휘두려는데, 숲 속에서 검은 그림자가 그를 향해 날아왔다.

독심호리는 그 움직임을 감지는 했지만 너무 빨라 피할 수는 없었다.

퍼엉—!

밀물처럼 몰려오는 거대한 충격에 독심호리의 몸뚱어리는 뒤로 팅겨졌다. 달려오는 마차에 부딪힌 강아지를 연상케 했다.

그의 신형이 나무에 부딪치자 여전히 막강하게 남아 있던 여력에 의해 옆으로 팅겨났고, 다시 나무에 부딪치고 또 부딪쳤다.

그렇게 수십 번을 나무에 부딪치고 나서야 그의 신형은 드디어 평화의 장소인 땅바닥에 드러누울 수 있게 되었다.

"휴… 다행히 먹혔군."

유검은 자신의 일격이 먹혀든 것이 다행이라고 생각하며 백추상에게로 시선을 돌렸다.

"이봐, 괜찮아?"

백추상은 아미를 찌푸리며 힘겹게 고개를 끄덕였다.

그 모습을 보고 유검은 쓴웃음을 지었다.

'나도 이상한 질문을 했군. 괜찮을 리가 없잖아.'

그녀의 어깨 상처는 내상에 비하면 오히려 가벼운 편이었다. 아마도 독심호리의 내가중수법에 당해 내장이 뒤틀린 것 같았다.

유검은 그녀를 부축해 몸을 일으켜 주었다.

그녀는 부축의 손길을 거부하지는 않았다.

유검은 부축하다 그녀의 온몸이 식은땀으로 젖어 있는 것을 알았다. 단지 고통 때문만은 아닐 것이다. 조금 전 그녀는 생사의 관문에 서 있었다. 그 긴장이야 말할 바 못 되는 것이리라.

그녀는 이를 꽉 깨물고 있었는데 무척이나 고통이 심해 보였다. 하지만 일체 신음 소리는 내지 않았다.

절대 약한 모습을 안 보이려고 발악하는 것 같았다.

'조금 약한 모습을 보여도 될 텐데…….'

그렇게 생각하며 부드럽게 말했다.

"조금만 기다려 줘. 일단 저 여우 가면부터 처리를……."

이때 미약한 파공성과 함께 두 개의 암기가 그녀를 향해 날아오는 것이 느껴졌다.

그녀를 안고 피할 수는 없었기에 유검은 소맷자락을 휘둘러 쳐내었
다.

펑!

날아오던 그 물체는 격타당하자 분홍빛 연기를 뿜어내며 터져 버렸
다.

"이런……!"

단지 암기라고만 생각했던 유검은 자신의 실수를 그제야 깨달았다.

유검은 존재의 중심으로부터 의식의 진동을 높였다. 순간 의식은 주
변의 공간으로 확장되어 나갔다. 분홍빛 연기를 이루는 알갱이들이 하
나하나 잡힐 듯 선명하게 보였다.

일명 천 개의 눈이라 유검이 불렀던 특수한 공감각 능력이었다.

'궐음력이라고 했던가?'

꿈속에서 느꼈던 그때의 감각을 떠올리며 유검은 소맷자락을 휘둘
렀다.

순간 주위의 공기가 회오리바람을 일으키며 한곳으로 모여들었다.
분홍빛 연기도 그와 함께 한곳에 모이더니 조그만 분홍색 덩어리가 되
어 유검의 손바닥으로 떨어졌다.

꿈속에서의 일이 비록 그 규모가 작긴 해도 현실상으로 가능하다는
사실에 나름대로 충격을 받았지만 놀라고 있을 틈은 없었다.

유검의 신형이 소리도 없이 나무들 사이에 엎어져 있는 독심호리를
향해 날아갔다.

"낄낄낄……."

독심호리는 통쾌하다는 듯 키득거리며 웃고 있었다.

"무슨 짓을 한 거냐!"

그의 멱살을 잡고 호통 쳤다.

"흥, 네 녀석을 위해 특별히 준비한 거다. 해약도 없는 춘약이지. 킬킬… 발정난 개처럼 헉헉대다가 지옥으로 떨어져라!"

독심호리는 유검의 일격에 갈비뼈가 우수수 부러져 나가 일어서기도 힘든 상황이었는데도 불구하고 최후의 기력을 짜내어 암수를 날린 것이다.

유검이 재차 그의 멱살을 잡고 다그치려는 순간, 그는 입가에 거품을 물고 있었다. 이미 스스로 독단을 깨문 것이다.

독심호리는 일격을 당한 순간 자신이 상대할 수 없는 초고수가 나타났음을 깨달았다. 기력을 짜내어 상대를 본 순간 그는 절망했다. 도대체 무슨 영문인지는 몰라도 자신이 상대할 수 없는 그 초고수는 바로 자기의 오른팔을 가져갔던 유검이었던 것이다.

그는 결국 달아나기보다 최후의 발악을 선택했다.

유검이 백추상과 함께 욕정에 몸부림치다 결국 탈진되어 해골처럼 말라 죽어가는 모습을 꿈꾸며.

그는 여우가 아니라 투견이었다, 자기가 죽든 말든 기어코 상대를 물어 죽여야만 성이 차는.

독심호리는 명을 다했는지 눈을 까뒤집으며 마지막 숨을 몰아쉬다가 축 늘어졌다.

'달콤한 냄새가 난다 싶었는데, 춘약이었군.'

그리고 보니 하단전에 뜨거운 기운이 올라오는 게 느껴졌다.

유검은 죽어버린 독심호리를 내버려 두고 백추상에게로 돌아왔다.

그녀는 호흡을 거칠게 몰아쉬고 있었는데, 얼굴이 빨갛게 달아올라 있었다.

'이미 중독되었군.'

유검이 부축하여 몸을 다시 일으켜 주려 하자, 그녀는 최후의 발악을 하듯 손길을 뿌리쳤다.

"꺼, 꺼져! 얼른 가버리라구!"

유검은 길게 한숨을 쉬었다.

독심호리는 죽기 전 발악을 하듯 크게 소리쳤다. 당연히 그녀도 들었을 것이다. 그때 아마도 그녀는 자기가 욕정에 몸부림치며 유검에게 매달리는 그런 상상을 떠올렸는지도 모른다.

'그런 추한 모습은 보일 수 없다고 생각했겠지.'

유검은 아마 자기가 피해주지 않는다면 그녀 스스로 자결할지도 모른다는 생각이 들었다.

그녀 성품을 보면 그러고도 남았다.

"이것 참 곤란하군. 무슨 좋은 수가 없을까?"

백추상은 두 팔로 자신의 가슴을 꽉 껴안고 있었다. 놓는 순간 가슴이 터져 버리기라도 할 듯. 그녀의 손가락은 맞잡고 있는 팔을 절대 놓지 않겠다는 듯 꽉 움켜쥐고 있었다. 얼마나 세게 쥐었는지 뻘건 피가 번져 나오고 있었다.

그녀는 숨을 거세게 몰아쉬며 유검을 쏘아보았다. 왜 얼른 떠나지 않느냐고 힐책하는 것 같았다.

그녀의 눈빛이 끊임없이 흔들리고 있는 것으로 보아 안간힘을 다해 이성의 끈을 쥐고 있는 게 분명했다.

백추상은 입술을 깨물며 몸을 일으켰다.

유검은 그녀의 몸에 손을 대지 못하고 그냥 지켜만 보았다.

그녀는 결국 자기가 떠나자고 결심했는지 비틀비틀거리며 걸음을 옮기기 시작했다.

천천히 멀어져 가는 그녀의 뒷모습을 바라보다 유검은 시선을 하늘로 돌렸다.

'난감하군.'

이대로 떠나 버리면 그녀는 죽고 말 것이다.

그렇다고 별 뾰족한 수도 없다.

설령 그녀의 욕정을 강제로 해소시켜 준다 해도 소용없을 것이다. 독심호리의 말대로라면 진액이 고갈되어 말라죽을 때까지 욕정에 몸부림쳐야 할 모양이니까.

그것은 남의 이야기만은 아니었다.

유검 역시 그녀를 안고 싶은 욕망이 강렬히 일어나고 있었으니까.

그녀의 뒷모습을 보고 있노라면, 옷자락을 뚫고 그녀의 나신이 보일 정도였다.

이런 저런 고민을 하다 다시 그녀에게로 시선을 돌렸다.

그녀는 몇 걸음 채 걷지 못하고 이미 지쳐 버린 듯 한 나무에 기대어 숨을 몰아쉬고 있었는데 언제 쓰러져도 이상하지 않을 정도로 위태로워 보였다.

"어쨌든 그냥 내버려 둘 수 없는 것은 분명하군."

그렇게 중얼거리며 유검은 그녀에게로 성큼성큼 걸어갔다.

다가가 백추상의 어깨에 손을 대는 순간, 그녀가 앙칼지게 소리쳤다.

“손대지 마!”

하지만 그녀의 행동은 말과 달랐다.

몸을 와락 돌려 두 팔로 유검의 목을 휘감으며 몸을 밀착해 왔던 것이다. 결국 이성의 끈이 끊어지고 만 것 같았다.

유검은 부드러운 여체가 느껴지자 전신이 짜릿해졌다. 쾌감의 홍수가 밀려와 정신이 몽롱해지는 것 같았다. 하마터면 의식이 날아가 버릴 뻔했다.

“미안하지만…….”

유검의 주먹이 그녀의 복부를 찔렀다.

퍼억!

그녀의 허리가 새우 등처럼 휘어질 정도의 강력한 타격이었다.

목을 휘감고 있던 그녀의 두 팔이 풀렸다.

그녀는 정신을 잃고 파도에 모래성이 허물어지듯 스르르 무너져 내렸다.

혈도를 제압하는 것만으로는 춘약의 기운을 이길 수 없을 것 같아 거친 방법이지만 그냥 기절시키고 만 것이다.

유검은 쓰러지는 그녀를 떠받쳐 안았다.

마치 잠들어 있는 듯한 그녀의 모습은 평화스러웠다.

하지만 시간이 흐르면 그녀는 깨어날 것이고, 그때면 욕망의 불길은 더욱 거세어져 있을 것이다.

더 이상 같은 방법은 통하지 않는다.

“자, 이제 어떡한다?”

유검은 하늘을 올려다보았다.

나뭇가지 사이로 비쳐 들어오는 햇살의 위치를 보건대 제법 시간이
흐른 것 같았다.

서문평 등은 아마도 투덜거리며 자기를 기다리고 있을 것이다.

밤새도록 굶었으니 지금쯤 배고프다고 징징거리고 있을지도…….

유검은 일행에게 돌아가 의논하고 싶었지만 그럴 수는 없었다.

그들 역시 무슨 뾰족한 수가 있을 리 만무할 것이고, 무엇보다 백추
상은 자기가 춘약에 중독된 모습을 여러 사람들에게 보이고 싶지 않을
것이다.

유검은 뚜벅뚜벅 걸음을 옮기기 시작했다. 목적지는 없었다. 그냥
정처없이 걷기 시작한 것이다.

"좋아, 이렇게 어여쁜 소저를 안고 숲 속을 산책하는 것은 일생에 한
번 있을까 말까 한 행운이지."

제법 만족스러운 얼굴로 그렇게 중얼거렸다.

고요한 숲 속의 맑은 공기를 마시며 걷다 보니 마음은 평화로워졌고
기분 또한 상쾌해졌다.

나무 사이를 걸어가다 문득 유검은 의아심이 일었다.

'근데, 난 왜 이렇게 멀쩡한 거지?

물론 분홍빛 연기가 피어오를 때 즉시 호흡을 멈췄기에 들이마신 양
이 적어서일 수도 있다. 하지만 꼭 그것만이 이유는 아닌 것 같았다.

물론 의지가 높아서도 아니었다.

어쨌든 좀 전에만 하더라도 그녀를 안고 싶은 강력한 충동이 일었는
데, 지금은 멀쩡했다. 이처럼 맑은 의식을 유지하고 있을 때면 춘약에
중독되어 있다는 사실을 실감할 수 없을 정도였다.

어쨌든 뭔가 실마리가 될 듯해서 그 이유에 대해 생각하며 걷다가 무심코 돌부리를 걷어차고 말았다.

순간 짜르르한 통증이 발가락에 스며들었고, 그것은 전신의 신경을 일깨웠다.

유검은 그녀를 안은 채 그 자리에 주저앉았다.

돌연 당장이라도 그녀의 옷을 갈기갈기 찢어버리고 덮쳐 버리고 싶은 강력한 충동이 일어났다.

그와 함께 수많은 벌거벗은 여인들의 환상도 나타났다.

그녀들은 신음성을 흘리며 두 다리를 벌리고 제발 와달라고 애원하고 있었다.

'쳇, 난 비싼 몸이니까 함부로 가줄 수야 없지.'

환상은 그렇다 쳐도 안고 있는 그녀의 감촉과 여인의 체취는 무시하기 힘들었다. 그것은 환상보다 훨씬 강력했다. 정신을 바짝 차려도 눈앞에 실제하고 있었으니까.

유검은 춘약의 기운은 사라진 게 아니라 단지 잠들어 있었을 뿐이라는 것을 그제야 깨달았다.

몇 차례 심호흡을 하며 심신을 다스리고 있는데, 눈앞에 바가지가 내밀어졌다. 그 바가지 안에는 맑은 물이 찰랑거리고 있었다.

유검은 바가지를 건네받아 단숨에 마셨다.

마음이 조금 진정되는 것 같았다.

"고맙습니다."

유검은 그제야 몸을 일으켜 상대를 바라보았다. 삼십대 정도 되어 보이는 유삼 차림의 사내였다.

사내가 정중히 포권하며 물었다.

"혹시 제가 도와드릴 일이 없는지요?"

꽤 예의가 바른 사람이라고 생각하며 유검은 고개를 저었다.

"아, 이젠 괜찮습니다."

사내는 유검이 안고 있는 백추상을 가리키며 다시 물었다.

"이런 말씀을 불쑥 드려 죄송하지만, 저분 소저께서 혹시 악독한 약에 중독되신 것은 아닌지요? 아마도 신양지기(腎陽之氣)를 발동시켜 음욕(淫慾)을 일으키게 만드는 따위의……."

유검은 흠칫했다. 기절해 있는 그녀의 모습을 보고 단번에 증상을 알아차리다니.

사내가 약간 수줍은 얼굴로 변명하듯 말했다.

"의학을 조금 공부한 적이 있어서……."

"그렇군요."

"혹시 제가 도움이 될지 모르니 사정을 말씀해 주시겠습니까?"

유검은 수상쩍은 얼굴로 사내를 노려보다 밑져야 본전이라는 생각에 자초지종을 단숨에 말해 주었다.

들고 난 후 사내는 조금 약간 놀라는 얼굴이었다.

"독심호리라면……."

"그자를 알고 있습니까?"

"조금 악연이 있다고 해야겠지요. 그자가 제 사부님의 약을 훔쳐 갔으니까요."

그리고 이어 물었다.

"혹시 이분 소저께서 분홍빛 연기를 맡지 않으셨습니까?"

"그렇습니다만……."

"휴우… 그렇다면 역시 그 약에 중독되신 것 같군요."

유검은 다급히 물었다.

"혹시 해약이 있습니까?"

사내의 얼굴이 찌푸려졌다.

"본래 제 사부님은 이런 저런 약을 만드는 것을 지고의 낙으로 삼았지요. 즉, 아무도 해독할 수 없는 독약을 만든 다음 그 해약을 연구하는 식의… 그 와중에 의학의 더 깊은 경지를 탐구해 들어가게 되는 거지요. 이분 소저께서 중독된 그 음약도 사부님이 만들어놓고 해약을 연구 중이셨는데, 독심호리에게 강탈당한 것입니다."

유검은 희망의 빛이 보이는 것 같았다.

"혹시 해약이 완성되었습니까?"

사내는 조심스럽게 말했다.

"여기서 이럴 게 아니라 일단 제 사부님께로 함께 가시는 게 어떻겠습니까? 저 역시 모든 내막을 알지 못하니, 그분에게 직접 물어보시는 것이 좋으리라 생각되는데요?"

춘약을 만든 당사자가 해약을 연구하고 있다. 이 상황에서 그를 찾아가는 것보다 더 좋은 방법은 찾기 힘들 것이다. 출구 없는 막다른 길에 놓여 있던 유검으로선 당연히 거절할 까닭이 없다.

하지만 일이 너무 잘 풀린다는 한 가닥 의혹이 일었다.

"실례가 되지 않는다면, 귀 사부님의 고명하신 존함을 여쭈어보아도 괜찮겠습니까?"

사내는 웃으며 서슴없이 말해 주었다.

“진(陳) 자 성에 함자는 성(醒) 자를 가지고 계십니다.”

유검은 내심 고개를 갸웃거렸다.

‘진성? 한 번도 들어보지 못한 이름인데…….’

그러면서도 왠지 귀에 익은 느낌이었다.

어쨌거나 지금 상황에선 백추상이 깨어나기 전에 한시라도 빨리 그를 찾아가는 수밖에 없다고 판단했다.

“그렇군요. 그런데 이렇게 불쑥 찾아뵈어도 실례가 되진 않겠습니까?”

사내는 어깨를 으쓱거렸다.

“그럴 리가요? 그렇지 않아도 사부님께선 유 대협께서 왕림해 주시기만을 손꼽아 기다리고 계시는데 말입니다.”

‘유 대협?’

유검은 사내가 자기를 알고 있다는 사실에 흠칫했다.

그리고 그의 사부가 자신을 기다리고 있다는 말에는 경계심보다는 어안이 벙벙해졌다.

“왜 저를…….”

“이미 사부님께선 유 대협께서 왕림해 주십사 말씀드린 것으로 압니다만…….”

“저를 만났단 말입니까?”

사내는 의아해하며 되물었다.

“이미 사부님을 몇 차례 만나뵈지 않으셨나요?”

“…….”

유검은 자기 품 안에서 잠들어 있는 백추상을 묵묵히 바라보다 단호히 말했다.

"일단 가봅시다!"

설령 알지 못한 적의 음모가 숨어 있다 하더라도 지금으로선 어쩔 수 없는 것이다.

유검의 승낙에 사내의 안색이 환해졌다.

사내는 곧 정중히 포권하며 정식으로 예를 차렸다.

"유 대협의 왕림을 진심으로 환영합니다. 사부님께선 백마사 안에서 기다리고 계십니다."

백마사라는 말을 듣는 순간 유검은 백발노인의 모습을 떠올렸다.

'설마, 혹시······?'

사내는 대불전과 대웅전을 지나, 그 뒤편에 자리한 한 건물 안으로 유검을 데리고 들어갔다.

크지는 않았지만, 방이 세 개는 되어 보이는 아담한 건물이었다.

그중 하나의 방으로 들어가니 한 노인이 조그만 불상 앞에서 불경을 읽으며 앉아 있었다.

노인을 본 순간 유검은 속으로 침음성을 삼켰다.

불심이 깊은 척하고 있는 그 노인은 자신이 추측한 대로 백화원을 괴멸시켰던 바로 그 백발노인이었던 것이다.

백발노인 진성은 그 살벌한 모습은 어디로 갔는지 인자한 미소를 지어 보이며 부드럽게 환영의 말을 건넸다.

"못난 제자가 결례를 하진 않았는지 모르겠소이다. 본래 여기는 스님들이 참선하며 공부하는 곳으로 일반 참배객들은 올 수 없는 곳이외다. 근데 은자면 귀신도 부린다고 법회를 크게 열고 시줏돈을 넉넉히 주었더니 이렇게 빌려주더구려.”

유검은 백추상을 바닥에 눕혀놓고 주위를 돌아보았다.

밖에선 새들이 지저귀는 소리뿐, 조용하고 평화로웠다. 그가 거느리고 있던 무시무시한 수하들의 모습은 코빼기도 보이지 않았다.

하지만 바로 이곳이 일행과 함께 잠입해 탐색해 보려던 바로 그 위험한 장소였다.

유검은 상상했다.

“역시 위험한 놈들이었어. 이렇게 무시무시한 춘약까지 만들고 말야. 그리고 여기가 바로 그 본거지지.”

그렇게 열변을 토하면 서문평과 굉무는 떨떠름한 얼굴로 자기 말은 못 들은 척 무시하고 바깥에 지저귀는 새소리나 감상할 게 분명했다.

자신도 더 이상 끝까지 우길 자신이 없었다.

분명 해약도 없는 춘약을 만든 것은 뭔가 수상쩍지만, 그렇다고 무림에 먹구름이 몰려온다고 말할 정도로 무시무시한 암중 세력이라고 말하기엔 스스로 생각해도 무리가 있어 보였던 것이다.

‘아냐, 보이는 것에 속으면 안 돼.’

여기까지 오는 동안 참배객은 물론 스님들까지 보지 못했다. 그랬다면 정신을 잃고 있는 백추상을 안고 있는 자기 모습을 보고 한바탕 소동이 일어났을 것이다.

분명 진성이 백마사에 무슨 사전 조치를 취한 게 틀림없었다.

그렇다면 백마사 주지를 움직일 수 있는 힘을 지녔다는…….

‘나참, 그래서 어쨌단 거지?

유검은 떠오르는 생각들을 지워 버리고 눈앞의 일에 집중했다.

그사이 사내에게 자초지종을 들은 노인의 안색은 무겁게 가라앉아 있었다.

"이거 큰일이군요. 하필 그 음약에 중독되고 말았다니……."

백발노인 진성이 백추상을 보고 혀를 차며 그렇게 말하자, 유검은 자신의 의문점은 당분간 덮어두기로 하고 다급히 그에게 물었다.

"해약이 있습니까?"

노인은 곤혹스러운 얼굴로 유검을 빤히 바라보다 불쑥 물었다.

"그대도 혹시 함께 중독된 것 아니오?"

그 말에 얌전히 지켜보고 있던 사내가 깜짝 놀랐다. 그는 유검이 중독되어 있다는 것을 눈치채지 못했던 것이다.

그리고 그는 의아해했다.

'그 지독한 약에 중독되고서 왜 아무렇지도 않단 말인가?'

유검은 긍정도 부정도 않고 묵묵히 있었다.

아직 노인이 적이라 생각하고 있었기에, 그 앞에서 자신의 약점을 순순히 긍정할 수 없었던 것이다.

진성은 탄식하며 말했다.

"그 지독한 약의 기운을 이겨내다니, 그대의 정력(定力)은 정말 놀랍기 그지없구려. 하지만 그대도 알고 있을 것이외다, 해약을 복용하지 않는 한 그 음약의 기운은 단지 잠들어 있을 뿐임을."

"……."

"일이 이렇게 된 것, 솔직하게 말하겠소이다."

진성은 사내를 물리고 나서, 무겁게 입을 열었다.

"본래 그대가 그분의 환생인지 아닌지 알기 위한 몇 가지 시험을 해 보려 했소. 그런데 그 시험할 약을 독심호리가 훔쳐 가버렸지요. 또 일이 공교롭게도 하필……."

유검은 기가 막혔다.

'알고 보니 내게 먹이기 위해 그 약을 만들었단 말이군, 해약도 없는 지독한 음약을.'

그리고 의아했다.

도대체 무엇을 알아보기 위해 그런 이상한 시험을 한단 말인가?

어쨌거나 지금은 그의 도움이 필요했기에 그런 의문점은 속으로 묻어두고, 단도직입적으로 물었다.

"해약은 있습니까?"

진성은 낯빛을 침중하게 굳히며 말을 이었다.

"그 음약은 본 문에 전해지는 비전을 토대로 십여 년 전에 만들어둔 것으로 애당초 해약을 염두에 두고 만든 약이 아니었소이다."

"그런 걸로 내게 시험을……?"

"만약 그대가 진정 그분의 환생이라면, 보잘것없는 이 내가 만든 약 따위는 스스로의 힘으로 해독시켰을 것이기에 상관없소이다."

"시험에 실패할 수도 있지 않습니까?"

"그땐 죽는 수밖에요. 그대가 그분의 환생이 아니라면 더 이상 그대의 목숨에 신경 쓸 이유가 어디 있겠소?"

뻔뻔스런 그 말에 유검은 어이가 없었다.

유검의 안색이 차가워졌다.

"흥, 결국 해약은 없단 말씀이군?"

말투는 하대로 바뀌었으며, 목소리에는 싸늘한 살기까지 어렸다. 당장에라도 손을 쓸 듯한 태도였다.

하지만 진성은 그런 것에는 전혀 신경도 쓰지 않는 모습으로 품속에서 하나의 사기로 만든 약병을 꺼내었다.

그가 손에 힘을 가하자 약병은 마치 모래로 만들어진 듯 부스스 힘없이 부서졌다.

사기로 만들어진 조그만 약병을 단지 악력만으로 부수다니 일반 무림인이 보았다면 그 심후한 내공에 오싹하는 공포까지 느꼈을 것이나, 유검이 그런 것을 마음에 둘 리 만무했다.

하지만 약병을 부수고 나온 물건에는 관심이 있었다.

밀랍으로 싸여진 동전만한 단약이 진성의 손바닥 위에 놓여져 있었는데, 은은한 사향 냄새가 벌써부터 진동하고 있었다.

유검은 흥분해 물었다.

"혹시 이것이……!"

"애당초 해약을 염두에 둔 것은 아니지만, 본시 의학에 관심이 많았기에 개인적으로 연구를 하던 중이었소. 그리고 일단 완성은 했소이다."

"일단?"

"시험은 못해봤지만 효과는 있을 거라 자신하오. 하지만……."

진성의 두 눈이 번쩍 빛났다.

"이 한 알뿐이오. 약재들이 희귀한 것들이기에 한 알밖에 만들지 못했소이다."

진성은 딱, 하고 단약을 유검 앞에다 놓았다.

그리고는 벌떡 몸을 일으켰다.

"어떻게 쓸지는 그대에게 맡기겠소. 복용하는 방법은 침에 녹여 삼키면 되오."

그 말을 끝으로 그는 성큼성큼 걸어서 방 밖으로 나가 버렸다.

홀로 남겨진 유검은 멍하니 단약만 바라보다 단상 위 놓여진 불상으로 시선을 옮겼다.

'부처님, 난 도가의 몸으로 그대를 믿는 것은 아니지만, 어쨌거나 이번 한 번만 도와주시구려. 어떡하면 좋겠습니까?

사람은 둘, 해약은 하나.

어떻게 해야 할까?

물론 선택은 하나여야만 한다.

유검은 단약을 싸고 있는 밀랍을 벗겼다. 좀 전과는 비교도 되지 않는 강렬한 약 냄새가 방 안을 진동했다.

냄새를 맡는 것만으로도 정신이 상쾌해지고 힘이 나는 것 같았다. 희귀한 약재로 만들었다는 노인의 말이 거짓이 아닌 듯했다.

유검은 단약을 노려보며 중얼거렸다.

"젠장, 누구에게 먹이느냐는 목숨이 걸린 문제잖아. 좀 더 고민해 봐야 하는 거 아냐? 이렇게 쉽게 결정해 버리면 뭔가 이상하잖아!"

"으음……."

마침내 백추상이 깨어나고 있었다.

유검은 정신이 번쩍 드는 것 같았다.

그녀는 몸을 일으키며 몽롱한 시선으로 주위를 두리번거리더니 유검을 발견하고는 와락 달려들었다.

"아……! 나를… 나를……!"

그녀는 유검의 다리를 꼭 껴안고 얼굴을 부비며 신음 소리를 흘렸다.

"잠깐만! 이 약을 먹어!"

유검은 억지로 그녀의 입속으로 단약을 밀어 넣었지만 약은 곧 바닥으로 굴러 나오고 말았다. 단약은 그녀가 원하는 물체가 아니었던 것이다.

"이러면 나도 참기 힘들잖아. 너 비구니가 되려고 했지? 저기 부처님이 보고 계시잖아. 얼른 정신 차리라구!"

애써 말해 봤지만 이미 이성의 끈이 끊기고 동물의 욕정만이 남아 있는 그녀에게 말이 통할 리는 없었다.

그녀가 얼굴을 자기 하체 쪽으로 가져오자 유검은 일시에 힘이 빠져 뒤로 넘어지고 말았다.

"할 수 없군. 다른 방법을……."

유검은 노인이 말했던 복용법을 떠올렸다.

"침과 함께라……."

유검은 얼른 바닥을 굴러다니는 단약을 주워서 입 안에 삼키곤 오물오물거리며 씹었다. 무엇으로 만들어졌는지 침에 쉽게 녹았다. 곧 향기가 입 안 가득해졌다.

유검은 벌떡 몸을 일으켜 강제로 그녀의 어깨를 바닥에 내리눌렀다.

그녀는 유검의 거친 반응에 한껏 달뜬 얼굴로 갈망 어린 시선을 보냈다.

"이봐. 평소에도 그런 눈으로 좀 봐주면 얼마나 좋아?"

입 안에 침이 가득했기에 어물거리는 말투로 그렇게 한마디 해주고 나서 그녀의 입술을 덮쳤다.

그녀는 무척 목이 마른 듯 세차게 빨아 당기고 있었기에 약을 건네 주는 것은 그리 어렵지 않았다.

그녀의 머리카락을 쓰다듬어 주며, 마치 엄마가 먹이를 씹어 어린아이에게 건네주듯 조금씩 약을 흘려보냈다.

백추상은 그렇게 말 잘 듣는 어린아이처럼 약을 빨아먹으면서 조금씩 진정되어 갔다.

본래 성적인 흥분이란 굉장한 신경의 긴장을 요구한다. 약효에 의해 진정되자 과도한 긴장이 일시에 풀리면서 그녀는 스르르 잠이 들었다.

그렇게 일이 해결되었지만 유검은 그녀를 안고 입을 맞춘 채 여전히 그렇게 있었다.

하나의 문제는 해결되었지만 또 다른 문제는 여전히 남아 있었다.

약을 먹이기 위해 그녀와 입을 맞추게 되자, 잠들어 있던 춘약의 기운이 제철 만난 망둥이처럼 발작하기 시작한 것이다.

'일어나야 해! 일어나지 않으면 죽는다!'

내심 그렇게 중얼거렸지만 유검은 그녀의 품에서 일어설 수가 없었다. 부드러운 여체 속으로 한없이 녹아 들어가고 싶었다.

그녀의 옷을 갈기갈기 찢는 따위의 거친 행동을 하지 않고 그냥 가만이 있는 것만으로도 모든 의지는 소진되어 버린 것 같았다. 이 상태로 조금이라도 움직이게 되면 자신이 무슨 행동을 하게 될지 모른다.

아마도 예상해 본다면 자기는 끝없이 여체를 탐하다가 피골이 상접해서 말라 죽고 말 것이다.

그리고 그녀는 치욕을 당했다 여기고…….

'일어서라, 유검! 넌 할 수 있어!'

주문을 외우듯 그렇게 반복해 소리쳤지만, 역시 움직일 수 없었다. 아니, 그녀를 안고 있는 두 팔에 오히려 더 힘을 가하고 있었다.

그래도 의식은 맑았다.

유검은 생각했다.

'사실 좀 전만 해도 괜찮았다. 그런데 지금은 왜 이렇게 되었지? 어떤 때는 춘약의 기운이 잠들고, 어떤 때는 발동하게 된다. 왜 그렇게 되는 거지? 좀 전에도 괜찮았다면, 다시 그 상태로 돌아가면 되지 않는가?'

그때와 지금의 유일한 차이는 그녀를 안고 있는 이 감각이 아니었다. 여기까지 그녀를 안고 왔을 때도 이러한 감각은 있었으니까.

단 한 가지 확실한 것은 음약이 자기의 마음을, 기분을, 의지를 완전히 좌우하는 것은 아니라는 것이다.

유검은 의문을 일으켰다.

애당초 왜 그녀를 안고 싶어할까?

죽을지도 모르는데 말이다.

냉정하게 말해 사랑이라는 감정 따위는 전혀 아니었다. 지금 어떤 여인이 눈앞에 있다 할지라도 무조건 안고 싶어질 테니까.

그렇다면 지금의 욕망은 단순히 자연스런 하나의 현상인가?

물론 그럴지도 모른다.

하지만 분명 그렇게 만든 역학 관계는 있다.

'더 기분 좋은, 행복한 상태가 되고 싶은 욕구'가 바로 그것이다.

유검은 생각했다.

그렇다면 해결은 의외로 간단하다.

그녀를 안고 있는 것보다 더 기분 좋은, 행복한 상태가 되면 되는 것이다.

그리고 그것은 외부에서 찾을 수는 없다.

지금 현재 눈앞의 여인보다 더 큰 욕망의 대상이 있을 리 없을 테니까.

그렇다면 내면으로… 내면으로 들어가는 수밖에 없다.

그렇게 판단한 순간 유검은 내면으로 들어가기 위해 의식을 존재의 중심으로 향했다. 그러나 유검은 당혹할 수밖에 없었다. 평상시와는 달리 안개에 가려진 듯 그 중심을 찾을 수 없었던 것이다.

분명 욕망의 불길이 전신을 덮칠 듯 타오르고 있어 마음이 심하게 요동치고 있기 때문이 틀림없었다.

애써 마음의 평온을 유지하기 위해 노력했지만 쉽지 않았다.

그렇게 힘들게 애를 쓰다 문득 저 멀리서 둥둥 하는 북소리를 들었다. 그 북소리를 마치 자장가처럼 유검의 마음을 평온하게 만들어주었다.

유검은 그제야 내면의 중심을 자각하고 의식을 안으로 집중할 수 있었다.

외부의 감각 대상으로 향했던 모든 의식들이 하나둘씩 물러나기 시작했다. 마치 잠들 때처럼. 다만 잠들 때와 다른 점은 의식을 가진 채 내면으로 들어선다는 점이었다.

그렇게 유검의 의식은 생각과 감정, 그리고 오감과 분리되어 안으로 안으로 깊이 들어갔다.

어느 순간 유겸은 천 개의 눈이라 불렀던 그 각성 상태를 지나 더 큰 고요함으로 나아갔다. 모든 생각과 번뇌와 욕망을 내려놓고 한없이 고요한 장소로 들어선 것이다.

그곳은 무한히 풍요롭고 행복한 고요함만이 존재하고 있었다. 은은한 빛이 충만해 있었는데, 마치 어머니의 양수 속에 들어 있는 듯한 기분이었다.

그곳에는 무한히 확장된 '내가 존재한다' 는 의식만이 있었다.

대상이 사라지고 주체만이 남아 있었다.

그 속에서 여인을 욕구하는 욕정은 거대한 해류에 휘말린 돛단배처럼 강렬한 희열과 의식의 빛 속에서 흔적도 없이 사라지고 말았다.

보다 더 깊이 들어가려는 순간, 아직 완전히 끊어지지 않고 외부 세계와 연결되어 있던 희미한 의식의 끈 속에서 유겸은 귀에 익은 음성을 들었다.

"거짓말 마! 여기로 들어오는 것을 분명히 봤다는데 왜 잡아떼는 거냐구!"

순간 유겸은 한 소녀의 모습이 떠올랐다.

'다우?'

의식이 다시 천천히 바깥으로 부상했다.

춘약의 기운은 잠들었는지 아니면 완전히 해독되었는지 알 수는 없었지만, 의식은 투명하게 맑았고 기분은 상쾌했다.

눈을 뜬 유겸은 자기가 백추상의 가슴에 얼굴을 파묻고 있는 것을 발견했다. 그리고 자기를 도와준, 저 멀리서 들려오는 북소리는 바로 그녀의 심장 소리였음을 그제야 깨달았다.

왈칵 문이 열리는 소리가 났다.

고개를 들어보니 다우가 자기를 빤히 바라보고 있었다.

"아… 너구나."

의식이 아직은 외부 세계에 적응되지 않아 유검은 지금의 상황에 대해 아무런 판단도 하지 못하고 있었다.

단지 다우가 왔다. 인사를 건넸다. 아무런 문제가 없다. 그렇게만 인식하고 있었다.

그것도 잠시 유검은 곧 자신이 어떤 모습으로, 어디에 있는지 자각했다.

백추상의 몸 위에 올라타 그녀의 가슴에 얼굴을 파묻고 있다가 오른손으로 그녀의 가슴을 애무하듯 짓누르며 몸을 일으키고 있는 모습.

게다가 그녀의 옷차림은 좀 전의 일로 잔뜩 헝클어져 있었고, 자기 역시 예외는 아니었다.

식은땀이 유검의 이마 위로 줄줄 흘러내렸다.

"아……! 자, 잠깐, 오해하면 안 된다."

"누, 누가 오해한대? 그, 그 까짓 것 가지고… 그런 건 아무것도 아니라구! 우린 만날 하는데 뭐."

다우 역시 당황했는지 대꾸가 뭔가 이상했다.

그녀의 모습 위로 서문평의 얼굴이 불쑥 나타났다.

"흐음, 홀로 위험한 곳으로 잠입하여 드디어 적을 정복하다, 이건가?"

"……."

마땅히 대꾸할 말을 찾지 못해 입만 다물고 있는데 아직도 유검의 몸 아래 깔려 있던 백추상이 서서히 정신을 차리고 있었다.

"으음……."

미약한 신음 소리와 함께 그녀의 두 눈은 조용히 떠지고 있었고, 참으로 안타까운 일이지만 유검은 그녀와 정면으로 눈이 마주치고 말았다.

유검은 이보다 더 나쁜 상황은 아무리 궁리해도 더 이상 상상할 수 없을 거라고 생각했다. 또 태어나 그런 상황을 맛보는 것도 그렇게 나쁜 경험 같아 보이진 않는다고 애써 자위했다.

그렇게 스스로를 위로하는 데 몰두하는 바람에 유검은 여전히 그녀의 몸 위에서 내려오지 못하고 있었다. 물론 오른손은 그녀의 가슴에 얹혀져 있는 그 상태였다.

"그까짓 것… 아무것도 아닌데……."

다우는 두 눈을 깜빡거리며 계속 그 말만 중얼거렸다.

살인귀

"자네가 하도 오지를 않아 할 수 없이 먼저 행동했다네. 물론 자네의 충고를 귀담아들었지. 이 위험한 곳을 함부로 들어오는 것은 적절하지 못하다 생각한 거야. 그래서… 근데 괜찮나? 누워서 안정을 취해야 하는 것 아냐?"

"아, 견딜 만해. 계속해."

서문평은 꽤나 걱정스런 표정으로 유검의 위아래를 훑어보았다. 옷은 넝마가 되어 있었고, 얼굴은 방망이로 두들겨 맞은 것처럼 퉁퉁 부어 있었다.

"뭐, 그 다음이야 뻔하지. 은신과 잠입의 달인께서 홀로 백마사 안을 조사한 거야. 그러다 자네가 이 안으로 들어오는 것을 보았고 우리에게 말해 주었지. 우린 뭔가 이상하다고 생각했지. 자네가 어떤 소저를 안고 어떤 사내의 뒤를 따라 이 '위험한 곳'으로 홀로 들어오다니 말일세. 그래서 우린 일이 심상찮다고 판단하고 즉시 자네를 찾아 들어왔지. 아참, 여기 백마사의 절밥이 맛있다던데 먹어는 봤나?"

"아직……."

"그럼 먹으러 가자고. 다들 먹고 있을 테니까. 그 노인네가 여간 사근사근한 게 아니야. 꽤 대접할 줄 알더군 그래. 여기 백마사의 주지까지 불러서 인사를 시키고 말야. 하하하."

유검이 사양하자 서문평은 절밥을 얻어먹으러 가겠다고 방을 나가버렸다.

"혼자 신났군."

그렇게 투덜대고 있는데 천장에서 굉무가 훌쩍 떨어져 내렸다.

"보이기 위한 말과 행동이지. 그 녀석도 저 노인이 충분히 수상쩍다는 것은 이미 눈치채고 있으니까. 저 녀석이 본래 저렇게 수다쟁이는 아니었잖아."

"물론 수다쟁이는 아니지. 하지만 쓸데없는 소리는 잘해."

"또 흑루의 살수도 겉으로 드러내진 않지만 노인을 예리하게 살피더군. 뭔가 살기를 억지로 감추고 있는 듯했어."

"결국 서로가 웃음 속에 칼을 감추고 있는 형국이란 말이군."

유검은 고개를 주억거리다 의아한 듯 물었다.

"근데 자넨 왜 숨어 다니나?"

굉무가 피식 웃으며 대꾸했다.

"이 복장으로 사람들 앞에 나서란 말인가?"

굉무는 그제야 자기가 중이라는 사실이 생각난 듯 단상 위에 놓여진 불상을 향해 깊이 합장 배례했다.

그리고 나서 유검에게 말했다.

"하여간 좀 더 살펴보자구. 여기 백마사 주지와도 친분이 있다면 함부로 죄를 뒤집어씌우진 못해."

"죄를 뒤집어씌운다는 표현은 좀 그렇군."

그리고 유검의 참혹한 모습을 위아래로 훑어보며 걱정스러운 듯 물었다.

"근데 정말 몸은 괜찮은가? 대환단이라도 줘?"

"대환단? 그거… 음약도 해독 가능한가?"

"음약? 음… 그건 모르겠는걸?"

"그럼 관둬라. 소림사 십팔나한이 날 쫓아다니는 건 상상만 해도 끔찍하니까."

"근데 왜 난데없이 음약 이야긴가? 누가 중독되기라도 했나?"

"아… 아무것도 아니야."

굉무는 다시 불상을 향해 합장한 뒤 유검에게 말했다.

"난 아무래도 낙양 시내로 가서 다른 복장으로 갈아입고 와야겠어."

그렇게 말하고 방을 빠져나가려다 다시 고개 돌려 유검에게 확인하듯 물었다.

"근데… 저 노인이 무림 암중 세력의 괴수인 것 맞지?"

"아마도……."

자신없게 대답하며 유검은 한숨을 쉬었다.

"휴… 그나저나 너 스님 말투가 그게 뭐냐? 넌 장차 무림의 우두머리가 될 거잖아. 그러니까 촐싹대지 말고 좀 무게있게 말하라구. 농담

같은 것도 삼가고 말이다.”

굉무는 어이가 없는 얼굴로 유검의 위아래를 훑었다.

그리고 유검 입에서 무게 운운하는 이야기가 나온 걸 보면, 어디 머리를 잘못 맞은 게 분명하다고 중얼거리며 훌쩍 사라져 버렸다.

사실 굉무가 흉허물없이 대하며 가벼운 모습을 보이는 것은 유검이나 서문평 앞에서일 때뿐이었기에 그와 같은 평은 사실 억울한 것이라 할 수 있었다.

홀로 남은 유검은 멍하니 천장을 바라보았다.

“흠……”

유검은 허공을 부유하는 먼지의 숫자를 열심히 헤아리다 문득 할 일이 생각나 천천히 몸을 일으켰다.

방문을 나서니 다른 방에서 웃고 떠드는 소리가 났다. 대부분 서문평과 노인의 목소리였다. 다우도 그 안에 함께 있을 텐데, 그녀는 침묵을 지키고 있는지 목소리가 들리지 않았다.

유검은 생각했다.

자신의 몰골이 조금 달라진 것은 말하자면 다우 때문이었다.

하지만 그렇다고 절대 그녀에게 두들겨 맞은 것은 아니었다.

그녀는 계속 웃으며 ‘그까짓 것 아무것도 아냐!’ 라면서 위로해 줬다.

그리고 한마디 할 때마다 손과 발로 다정하게 쓰다듬어 주었다.

“괜찮아.”

그렇게 말하고선 손으로 머리를 툭!

“그런 건 별일 아니래도. 힘내!”

그러면서 발로 종아리를 툭!

갸륵하게도 그렇게 열심히 위로해 줬고, 그 결과 자신의 신체가 아주 약간 변형되었을 뿐인 것이다.

'착한 녀석 같으니. 마음도 넓지. 모두 이해해 주고 말야.'

그에 비하면 다른 녀석들은 어떤가?

서문평은 당연히 그럴 만한 녀석이라며 너무 쉽게 납득해 버렸고 굉무는 색즉시공 공즉시색이라며 상관없다는 태도였다.

그런 무심한 녀석들에 비하면 다우는 얼마나 정이 깊은가 말이다.

유검은 진심으로 납득한다는 듯 계속 고개를 주억거렸다.

하지만 그녀가 있는 방 안으로 들어가지는 않았다.

물론 천사표 마음씨를 가진 그녀의 손길이 두려운 것은 아니었다.

단지 그녀가 자기를 위로하기 위해서는 상당한 체력 소모가 뒤따랐다는 것을 알기에, 그녀의 식사 시간을 방해하고 싶지 않은 것뿐이었다.

단지 그뿐이었다.

그래서 발소리까지 죽이며 조심스레 밖으로 나갔다.

얼얼한 턱을 어루만지며 나와 보니 햇살은 여전히 환했다. 근처에 사람들의 왕래가 없어 주위는 새소리뿐 한적하기 그지없었다.

그리고 백추상은 길 옆 조그만 바위 위에 앉아 숲 속을 망연히 바라보고 있었는데 마치 백치처럼 아무런 생각 없는 얼굴이었다.

'약의 부작용치곤……'

깨어난 그녀는 전혀 과거를 기억하지 못했다. 심지어 말조차 하지 못했다. 하지만 그렇다고 백치가 된 것은 아닌 듯했고, 사리 분별은 있는 것 같았다.

유검은 머리를 긁적거리며 그녀 옆으로 다가가 앉았다.

"알아듣는지 어떤지는 모르지만… 뭐 혼잣말이니 상관없겠지."

무림의 암중 세력이 있는 곳치곤 꽤 평화롭다고 생각하며 유검은 허공에 대고 말했다.

"기억하는지 모르겠다만 넌 어떤 지독한 음약에 중독되고 말았어. 넌 그 자리를 피하기 위해 비틀거리며 걷다가 어느 나무 옆에 기대어 섰지. 그러다 정신을 잃고 쓰러져 버렸어. 근데 재수 좋게도 해약을 가진 사람을 만난 거야. 난 조금 거친 방법으로 네게 약을 먹였고… 그러다 네가 깨어난 거지. 뭐, 그사이 아쉽게도 아무런 일은 없었어. 정말 아쉽게도 말야."

조금 각색했지만 보다 사실에 가까웠다. 자존심 강한 그녀가 수치심을 느낄 만한 내용만 살짝 빼버렸으니까.

"맘대로 나 혼자 결정해서 미안해. 하지만 넌 정신을 잃고 있었으니 어쩔 수 없었다구."

유검은 할 말을 다했다는 듯 자리를 털고 일어났다.

"아, 그리고……."

유검은 지나가는 말투로 말했다.

"사람들은 네가 그냥 독약에 중독된 걸로 알고 있어. 덕분에 난 변명거리가 없어 변태가 되고 말았지만… 뭐, 상관은 없어. 난 본래 그런 놈으로 여겨졌으니까 오해하고 말고도 없는 거지. 하하하……."

그렇게 말해 주고 나서 그녀 곁을 떠나는데 언뜻 무슨 소리를 들은 것 같았다. 꿈결처럼 아주 작은 목소리였다.

유검은 흠칫하여 뒤를 돌아보았다.

하지만 그녀는 망연한 모습으로 여전히 숲 속을 바라보고 있을 뿐이었다. 자기에게 말을 건넨 것 같지는 않았다.

"잘못 들었나?"

고개를 갸웃거리며 유검이 떠난 후, 그녀의 입술이 살짝 열렸다.

그리고 들리지도 않을 작은 목소리가 새어 나왔는데, 그녀의 입술 모양은 '고마워' 라는 말하는 것처럼 보였다.

유검은 즉시 방으로 들어가 벽을 마주하고 쪼그려 앉았다.

'젠장! 춘약이 완전히 해독된 게 아니었군!'

그녀 옆에 앉아 있으니 좋은 냄새가 났다. 그래서 그 냄새를 깊이 들이마셨을 뿐이다. 또 하나, 힐끔 바라본 그녀의 옆모습이 꽤 예뻐 보인다고 생각했을 뿐이다. 마지막으로 그녀를 안고 입을 맞출 때의 모습이 의지와 상관없이 떠올랐을 뿐이다.

단지 그것뿐이었는데, 춘약의 기운이 하단전에서 뭉클뭉클 피어오르기 시작한 것이다.

고적한 절간의 숲 속에서 발광하는 늑대가 될 수는 없기에 유검은 서둘러 방 안으로 들어온 것이었다.

유검이 달마 조사처럼 벽을 마주하고 앉아 백추상의 품속에서 했던 것처럼 내면으로 들어가 욕망의 불길을 꺼뜨리려 하는데, 조용히 방문이 열리며 누군가가 들어왔다.

"저… 괜찮아?"

다우의 염려스런 목소리였다.

"내가 좀 심했지? 안 아파?"

유검은 아직 몸을 돌릴 수 없었다.

그 이유는 물론 남자라면 누구나 공감할 수 있는, 마음에 두고 있는 여인과 당당하게 마주할 수 없는 불수의적인 생리 때문이었다.

"넌 나를 위로해 줬을 뿐이잖아. 아플 리가……."

유검은 더 이상 말을 잇지 못했다.

등 뒤에서 느껴지는 따뜻하고 부드러운 감촉 때문이었다. 두말할 필요없이 다우가 등 뒤로 다가와 자기를 안은 것이다.

이런 상황에서 그것은 너무 과도한 자극이었다.

유검은 신형을 부들부들 떨며 간신히 말했다.

"저… 조금 있다가 들어와 줄래?"

그 말에 다우는 충격을 받은 듯 유검의 몸에서 떨어져 주춤 뒤로 물러섰다.

"나, 난 싫은 거야?"

"그, 그게 아니라 여긴 절이고 그래서……."

"시, 싫다면 난 그냥 갈게……."

그렇게 더듬거리며 말하고는 홱 몸을 돌려 밖으로 달려나갔다.

"기다려!"

유검은 황급히 그렇게 외쳤지만, 역시 불수의적인 생리 때문에 몸을 일으켜 그녀를 쫓아갈 수는 없었다.

그녀가 몸을 돌려 나갈 때 언뜻 눈가가 반짝거리는 것 같았다.

혹시 눈물이었을까 생각하니 마음이 무거워졌다.

유검은 백발노인 진성을 떠올렸다.

그가 무림 암중 세력의 괴수든 말든 일단 그에게 다시 해약을 부탁할 수밖에 없다고 생각했다. 설령 약의 부작용으로 기억을 잃는 한이 있더라도.

그때 방문이 조용히 열리며 진성이 들어왔다.

"일행 분들께는 말씀드렸소만……."

노인은 조용한 목소리로 자신의 의도를 밝혔다.

"소협께서 누추하나마 이 늙은이의 집으로 가는 것은 어떻겠소? 물론 최선을 다해 백 소저의 기억 상실을 치료해 줄 것을 약속하오."

유검은 노인이 괜한 선심을 쓸 리는 없다고 생각했다. 분명 자신을 꾀기 위한 핑계가 분명했다. 하지만 자신은 거절할 명분도, 또 이유도 없었기에 순순히 승낙했다.

노인의 뒤를 따라나서며 유검은 이곳을 찾은 자신의 본래 목적을 상기했다. 무림의 암중 세력을 탐색하고자 했던.

유검은 이번에야말로 단단히 일행에게 주의를 줘야겠다고 생각했다. 노인이 자기 집이라 표현할 정도면 분명 본거지를 말하는 것일 테고, 그렇다면 이번에야말로 확실히 위험천만한 곳이 틀림없는 것이다.

유검 일행은 백발노인 진성의 뒤를 따라 백마사를 나왔다.

진성은 두 명의 제자와 함께 느긋하게 걸음을 옮기며 일행을 낙양 시내로 인도했다.

가는 도중에 우연히 만난 것처럼 검은 무복으로 갈아입은 굉무가 말을 걸어왔고 일행으로 끼어들었다.

진성은 사람 좋은 미소와 함께 별 상관없다는 태도였다.

해는 중천에 올라 있었고 날은 후텁지근했다.

불어오는 바람 역시 시원하지가 않았다.

하지만 아는 사람들과 이렇게 낙양 시내를 돌아다니니 왠지 유람하는 것 같아 기분이 나쁘지는 않았다.

다우 역시 이렇게 사람 많은 곳을 다녀보기는 처음이라 유검과 있었던 일은 이미 잊어버린 듯 호기심 어린 눈으로 여기저기 돌아보며 즐거운 표정이었다.

그녀는 꼬마 진삼원과 찰싹 달라붙어 있었는데, 그가 무척 귀여운 듯 이것저것 사주며 꽤 잘 대해주고 있었다.

그 모습이 어쩐지 부러워 보여 유검은 내심 투덜거렸다.

'본래 혼례하려던 녀석이라는 것을 알고 저러는 걸까?

백추상과 흑루의 살수 칼자국사내는 무심한 표정으로 일행을 뒤따르고 있었는데 별반 긴장한 모습은 아니었다.

서문평과 굉무 역시 늘어져 있기는 마찬가지였다.

노인이 분명 수상쩍기는 하지만, 그렇다고 무슨 대마두도 아닌데 긴장할 필요까지는 없다고 생각하는 것 같았다.

이래선 안 되겠다 싶어 유검은 노인에게 눈치채이지 않도록 서문평과 굉무를 불러 진지하게 말했다.

"이번에야말로 용담호혈의 본거지로 가는 거니까 단단히 경각심을 가져."

서문평은 미심쩍어했다.

"네 말대로 저 노인이 암중 세력의 우두머리라면, 왜 우릴 본거지로 안내하는 거지? 게다가……."

그는 평화스러워 보이는 일행을 가리켰다.

이렇게 유람하듯 무림 암중 세력의 본거지로 들어간다는 게 뭔가 이상해 보인다는 점을 가리킨 것이다.

유검은 코웃음을 쳤다.

"흥, 그게 저 늙은이의 교묘한 점이지. 그야말로 사람을 방심하게 만들어 뒤통수를 치려는 속셈인 거야."

"……."

"휴… 믿어줘! 이번엔 진짜라구! 백마사는 단지 나를 꾀기 위해 임시로 정한 장소였을 뿐이고, 이번에는 정말로 자기 본거지로 유인하는 거란 말이다. 이렇게 낙양을 빙빙 돌다가 아마 허름한 장원으로 들어가겠지. 아마도 그곳에는 저 노인의 수하들이 진을 치고 기다리고 있을 테고, 우린 제압당해 그제야 진짜로 비밀 본거지로 가게 되겠지. 그렇게 될 게 분명해. 그러니 미리 대책을 세워둬야 한다구."

유검이 하도 정색을 하고 그렇게 말하자 굉무와 서문평은 긴장했다.

"일리가 있군."

둘은 유검의 말이 그럴듯하게 느껴져 여차하면 손을 쓸 태세를 갖추었다.

유검은 그들이 친구라는 사실이 그제야 마음에 와 닿았다.

'이제야 날 믿어주는군. 좋은 녀석들…….'

위기 속에서 싹트는 우정에 감동하며 노인의 뒤를 따랐고, 그 결과 유검은 자신이 예언한 허름한(?) 장원 앞에 도착했다.

서문평이 감탄하듯 말했다.

"정말 위험한 장소로군. 확실히 그래. 이번에는 네 말이 옳았어."

유검은 대꾸없이 묵묵히 고개를 들어 대문 위의 편액을 다시 들여다
보았다.

신농산장(神農山莊).

"정말 무서운 곳이네. 다리가 후들거릴 정도야. 난 어려서부터 이상
하게 의원들이 무섭더라고. 침만 보면 울어대곤 했지. 또 쓴 약을 내게
먹으라고 내밀 때면 정말 지옥으로라도 달아나고 싶었어."
　서문평은 연신 감탄했다.
"하여간 안에는 저 노인의 수하들이 잔뜩 진을 치고 있겠지? 언제라
도 손을 쓸 수 있게 대비해 두자구. 미리 단단히 마음을 먹어두지 않으
면, 그들의 침을 들고 달려들 때 나도 모르게 도망쳐 버리고 말지도 모
르니까."
"……."
　일행은 노인의 뒤를 따라 아무런 경계심 없이 대문 안으로 들어갔고,
유검은 석상이 되어 멍하니 신농산장이라 적혀진 편액만 올려다보았
다.
　칼자국사내가 유검의 곁을 스치며 중얼거렸다.
"난 알고 있다, 저 늙은이가 얼마나 무서운지 두 눈으로 똑똑히 봤으
니까."
　유검이 흠칫하여 돌아보자 칼자국사내는 약간 고개를 끄덕여 보였
다.
"괜찮아. 네 친구들도 바보는 아냐. 다만……."

"다만?"

"너와 같이 있으면 이상하게도 전혀 긴장을 않더군."

그 말을 끝으로 사내 역시 대문 안으로 들어가 버렸다.

유검은 가만히 하늘을 올려다보았다. 흠집 하나 없는 그 푸르름에 빨려 들어갈 것만 같았다.

"흐음……."

유검은 투덜거렸다.

"어차피 무리였나? 애당초 긴장한다는 게……."

본래 끊임없이 긴장해야 하는 것은 약한 동물뿐이다. 맹수는 배고플 때만 이빨을 드러내는 법이고.

대충 좋게 해석하며 길게 기지개를 켰다.

그리고 유검은 요 근래 자기가 투덜쟁이가 된 것 같다고 느끼며 일행의 뒤를 좇아 대문 안으로 들어갔다.

안으로 들어섰을 때 유검은 잠시 걸음을 멈추고 그 자리에서 주위를 돌아보았다.

신농산장은 의가(醫家)다. 자연히 왕래하는 환자들로 붐벼야 옳다. 그런데 지금은 한산하기 그지없었다. 사람은 물론 새소리조차 들리지 않았다.

마치 태풍 전야와 같은 비정상적인 고요함이 만재해 있었다.

그리고 살을 에일 듯 팽팽한 긴장감과 살기(殺氣)가 숨 쉬기조차 힘들 정도로 장원 내에 가득 차 있었다.

무슨 일이 금방이라도 터질 것만 같았다.

일행은 아무도 입을 열지 않았다.

"이건……."

오는 내내 인자한 미소를 짓고 있던 백발노인 진성의 안색은 이 순간 쇳덩어리처럼 딱딱하게 굳어 있었다.

"이건 뭔가 이상하군."

태연하게 말했지만 이미 그의 목소리는 떨리고 있었다. 분노와 살기를 수십 배 농축시켜 토해낸 것처럼.

스치는 바람결에 실려 오는 진한 피비린내를 알아채면서였다.

유검은 떨고 있는 꼬마 진삼원의 어깨에 손을 얹으며 말을 걸었다.

"기억하고 있느냐?"

"아……."

깜짝 놀라 뒤돌아본 꼬마는 유검의 입가에 어린 짓궂은 미소를 보고 얼굴이 뻘게졌다. 두려움은 실재하지 않으며 스스로 만들어낸 망상일 뿐이라는 그의 가르침이 떠올라서였다.

그리고 그때 단 한 번 맛보았던 감각, 천 개의 눈…….

꼬마는 왠지 자신감이 생겨 힘차게 대답했다.

"예!"

"좋아, 잊지 마라. 여기선 네가 제일 약하니까 스스로 지킬 수 있어야 한다."

고개를 끄덕이며 유검은 백발노인 진성에게로 천천히 걸어갔다.

"여길 미리 청소해 놓으신 겁니까, 백화원처럼?"

진성은 폭발하듯 버럭 소리쳤다.

"난 여기 신농산장의 전대 장주다!"

그는 주위를 휘둘러 보며 말을 이었다.

"네가 날 악독한 마두로 보는 것은 상관없다. 그때 난 당연히 해야 할 일을 했을 뿐이니까. 그 백화원은 요녀들을 키우고 있었다. 무림의 해악이 될 게 뻔하기에 서슴없이 살수를 썼을 뿐이다."

그의 말에 다우의 안색이 창백해져 비틀거렸다.

"그럼 저자들도 저곳을 그렇게 생각한 모양이군요."

유검은 무심하게 대꾸하며 손가락으로 피비린내의 진원지인 전각들을 가리켰다.

진성의 불을 뿜는 듯한 시선이 칼자국사내에게로 향했다.

"네놈 패거리들이 한 짓이냐?"

진성은 칼자국사내의 정체에 대해 이미 알고 있었던 모양이다.

"설마요. 저희들이 이렇게 무식한 방법을 쓸 리가……."

칼자국사내는 히죽 웃으며 그렇게 대꾸했다.

"흥!"

진성은 노화를 일으키며 사내를 향해 장력을 날려갔다.

하지만 사내는 피할 생각이 없는지 그냥 무방비 상태 그대로 서 있었다.

그사이 유검은 전각으로 나 있는 길 좌우 정원을 훑어보며 지나가는 말투로 중얼거렸다.

"그보다… 저들에게 물어보는 게 낫지 않습니까?"

"당연하지!"

칼자국사내를 향했던 진성의 쌍장은 어느새 그의 품속을 거쳐 어떤 물체를 쥔 다음 좌우 정원을 향해 날리고 있었다.

퍼퍼펑─!

정원 여기저기에서 독 안개가 자욱하게 피어올랐다. 그리고 동시에 십여 명의 검은 복면인이 훌쩍 신형을 위로 뽑아 올렸다.

그들은 고도의 훈련을 받은 군사들처럼 즉시 유검과 진성 등을 포위했는데, 각기 손에는 기이하게 생긴 막대 같은 암기 통을 들고 있었다.

"네, 네놈들이……!"

진성의 제자, 유삼을 입고 있던 사내가 분을 못 이긴 얼굴로 품속의 비수를 꺼내 들고 그들을 향해 달려갔다.

"멈춰!"

진성이 황급히 그를 말렸지만 이미 늦어버렸다.

검은 복면인들이 들고 있던 암기 통이 일시에 발사되었다.

피시시식─

이상한 소리와 함께 수십 개의 짧은 화살이 사내의 가슴을 파고들었다.

유삼을 입은 사내는 비명조차 지르지 못하고 즉사했다.

주위에 무거운 정적이 내려앉았다.

쿵 하고 사내가 쓰러지는 소리만이 들려왔을 뿐이었다.

암기 통의 끔찍한 위력을 본 일행은 아무런 소리도 내지 못하고 얼어붙어 있었다.

서문평이 한숨 쉬며 유검에게 말했다.

"네 예측이 용케도 맞았군. 허름한 장원 안에서 진을 치고 기다리고 있는 적, 역시 네 말대로 여긴 위험한 곳이었어."

검은 복면인들 중 한 명이 일행 쪽으로 약간 걸어나왔다.

"이목이 무척 영민하군요, 마치 개처럼."

검은 복면인은 유검을 향해 그렇게 말했는데, 뜻밖에도 교태스런 여인의 목소리였다.

유검은 어깨를 으쓱거리며 대꾸했다.

"그대들은 자기가 하는 일이 옳다고 생각합니까?"

"호호호… 설교라도 하고 싶은 모양이지? 선도 악도 없어. 단지 저 늙은이에게서 너무너무 받고 싶은 물건이 있을 뿐이야."

복면의 여인은 손가락으로 진성을 가리켰다.

진성은 코웃음만 쳤다.

"흥!"

유검이 고개를 끄덕이며 웃었다.

"휴, 다행이군요. 고래고래 자기만 옳다고 소리치는 사람들은 꽤 피곤하거든요. 좋군요, 의외로 말이 통할 것 같아서요."

진성은 유검의 말에 가시가 있음을 깨닫고 눈살을 찌푸렸다.

"감히 내게 시비를 거는 건가?"

유검은 노인의 말을 무시하고 멍하니 서 있는 굉무와 서문평을 향해 투덜거리듯 말했다.

"이봐. 너희들 말야, 언제까지 양의 탈을 쓰고 있을 셈이냐? 이제 슬슬 끝낼 때가 된 거 아냐?"

"그런가?"

서문평은 고개를 갸웃거리다 길게 기지개를 켰다.

"뭐, 저렇게 애원을 하니 어쩔 수 없군."

굉무가 유검에게 불만 어린 말투로 말했다.

“넌 주화입마당했으니까 특별히 봐주마. 그냥 쉬면서 구경이나 해.”

그러면서 둘은 느긋하게 좌우로 포위하고 있는 복면인들을 향해 걸어갔다. 마치 산책하듯 한가로운 모습이었다.

우두머리로 보이는 복면의 여인은 이미 위력을 선보인 암기 통을 전혀 두려워 않는 그들의 모습에 어이없어하며 물었다.

“어머? 잘생긴 오라버니들, 당신들의 정체는 뭐죠?”

“우리? 물론 양 떼에 포위된 호랑이들이지.”

“그땐 늑대라고 하는 거야, 임마.”

“아마타불! 아무렴 어떨까.”

복면의 여인이 명을 내리기도 전에 일시에 둘을 향해 암기 통이 발사되었다.

챙!

검 뽑는 소리, 화살 부러지는 소리 등이 동시에 일어나, 하나로 들렸다.

부러진 화살비가 우르르 땅으로 떨어지기도 전에, 서문평은 뽑아 든 검을 가지고 좌측을 향해 훌쩍 날아올랐고, 굉무는 우측을 향해 달려가며 소맷자락을 휘둘렀다.

복면여인은 서문평이 들고 있는 검자루의 수실을 알아보고 깜짝 놀랐다.

“저, 저건 무당파? 어째서, 왜……?”

하지만 그녀의 경악이 끝나기도 전에 부하들은 이미 손을 써보지도 못하고 낙엽처럼 뒹굴고 있었다.

도무지 어떻게 손을 썼는지 그녀는 알아볼 수도 없었다.

반대편으로 고개 돌린 순간 복면여인은 더욱 황당해졌다.

부하들은 암기 통을 들고 포위하고 있던 자세 그대로 전혀 반항의 시늉조차 해보지 못하고 혈도를 제압당해 있었던 것이다.

그녀는 갑자기 상황이 이와 같이 변할 줄은 꿈에도 생각 못했다.

주도권은 자기가 쥐고 있었고 슬슬 요리를 하면 된다고 여기고 있었는데, 도대체 어떤 수법을 썼는지도 모를 만큼 신속한 손속에 포위망이 여지없이 무너져 버린 것이다.

마치 꿈을 꾸고 있는 듯 비현실적인 느낌에 그녀는 싸워야겠다는 투지조차 일어나지 않았다.

충격을 받은 것은 진성 역시 마찬가지였다.

"저들이 무당파와 소림사 출신이란 건 알고 있었지만 이, 이건……!"

유검이 미소 지으며 대꾸했다.

"난 또 다 알고 계시는 줄 알았더니 껍데기만 살폈나 보군요. 저 둘의 실력은 장로들도 함부로 못하는 실력이란 것을 눈치 못 채신 걸 보면……."

서문평이 다시 돌아오며 얼굴을 찡그렸다.

"어이, 그만둬. 네 녀석에게 칭찬받는 것은 뭔가 꺼림칙하다고. 꼭 사문의 어른에게 칭찬받는 기분이 든단 말야."

굉무 역시 기분이 나쁜지 검미를 찌푸렸다.

"네가 날 칭찬하려면 백 년은 이르다."

복면여인이 싸늘하게 외쳤다.

"홍, 이들은 본 문의 하류 무사들에 불과해! 으스대지 않는 게 좋을 걸? 본 문의 힘은 네 녀석들의 상상을 훨씬 더 능가하니깐 말야. 호호호! 일개 문파 정도는 하룻밤 쥐도 새도 모르게 없앨 수 있어!"

"이봐요, 뭔가 착각하고 있는 것 같은데……."

유검이 입맛을 다시며 말했다.

"너무 익숙하니까 아마도 잊어버린 것 같군요, 당금 천하무림에서 으뜸가는 힘을 가진 곳이 무당파와 소림사라는 사실을."

굉무가 끼어들어 정정했다.

"소림사와 무당파야."

유검은 그의 말은 무시하고 그녀에게 물었다.

"정말 궁금해서 그러는데, 귀하의 문파는 확실히 하룻밤 만에 없앨 수 있습니까? 무당파나 소림사를 말입니다."

복면여인은 아무런 대꾸를 하지 못했다.

아무리 허세를 부린다 해도 소용없음을 깨달았다. 소림사와 무당파는 그야말로 자타가 공인하는 무림의 태산북두인 것이다.

복면여인은 전각을 가리키며 도발적으로 물었다.

"저 안에는 본 문의 어르신께서 기다리고 계시죠. 감히 나를 따라갈 담력이 있나요?"

그리고는 대답도 듣지 않고 먼저 앞장서서 걸어갔다. 어디 뒤에서 암습하여 제압할 테면 해보라는 식이었다.

"조금 위험해 보이지?"

"아마도……."

적의 주 세력은 전각 안에서 이런 저런 준비를 해놓고 기다리고 있을 게 분명했다.

유검과 굉무, 서문평의 눈길이 동시에 다우와 백추상, 꼬마 진삼원
에게로 향했다.

"어쩔 수 없다. 한 명은 여기 남아서 지켜야겠어."

유검의 그 말에 굉무와 서문평은 갑자기 긴장된 모습으로 손을 허리
뒤로 감추었다.

"가위, 바위, 보!"

세 명은 일시에 손을 내밀었다.

굉무와 서문평은 가위를 내었고 유검은 보를 내었다.

유검은 자기가 진 사실에 충격받았다.

"왜 내가… 잠깐, 난 주화입마당했잖아! 만약 적이 나타나면 어떡하
라고?"

유검의 항변에 굉무는 의아하다는 듯 되물었다.

"네가 주화입마 걸린 거랑 네가 적을 제압하는 거랑 무슨 상관이지?
네가 주화입마를 수백 번 당했다 해도, 적에게 꼬꾸라지는 모습은 도저
히 상상이 안 돼. 그러니까 잘 지키라구."

상식에 어긋나는 말을 하면서도 당연하다는 말투였고 서문평 역시
동감한다는 듯 고개를 주억거리며 말했다.

"자, 넌 여기서 기다려. 우리가 가서 해결하고 올 테니까."

이때 진성이 무겁게 고개를 저었다.

"아니, 본 가의 일이외다. 그대들은 상관없으니 이제 참견 말고 떠나
주면 좋겠소."

"이제 와서 그렇게 말하면……."

"떠나주시오!"

이때 칼 그림자가 진성의 뒤를 노리고 다가왔다.

참으로 은밀하기 그지없는 노림이라 칼이 목덜미에 와 닿았을 때 알아차렸을 정도였다.

칼자국사내는 진성과 사람들의 시선이 자기에게서 떨어져 있을 때를 끈질기게 노렸고, 이제야 겨우 기회를 잡은 것이다.

하지만 진성이 완전히 방심한 것이 아니기에 사내의 무공으로는 먹이를 낚아챌 수는 없었다.

"훙!"

진성은 철판교의 신법으로 신형을 바닥과 한일 자가 될 정도로 눕히며 동시에 허리를 돌렸다.

탱!

사내가 찔러왔던 칼은 진성의 발에 의해 팅겨 나갔다. 그리고 이어지는 진성의 다른 발이 사내의 가슴을 찼다.

우두둑!

갈비뼈 부러지는 소리가 났다.

당연히 뒤로 팅겨나야 할 칼자국사내는 잽싸게 손을 놀려 자신의 가슴을 찬 진성을 발을 꽉 움켜쥐고 놓지를 않았다.

"이놈이!"

진성은 잠시 중심을 잃어 휘청거리다 사내가 움켜쥔 발로 오히려 그를 바닥에 넘어뜨리고 가슴을 짓밟았다.

"끄윽―!"

사내는 고통을 이기지 못하고 짧은 신음 소리를 냈다.

분노에 찬 진성이 이대로 그를 눌러 죽이려는 듯 발에 공력을 쏟아

붓다 돌연 두 눈이 커졌다.

그의 갈비뼈 쪽에는 예리한 비수가 꽂혀 있었다. 그리고 그 비수의 손잡이는 다우가 양손으로 꽉 움켜쥐고 있었다.

그녀는 감히 진성을 올려다보지 못하고 입술을 꽉 깨물고 고개를 숙이고 있었다.

"네, 네년이!"

분기가 하늘 끝까지 치솟아오는 진성은 오른팔에 공력을 돋워 그녀의 머리를 박살 내버리려 했다.

순간 진성은 예리한 검끝이 자기 목젖을 겨누고 있음을 알았다. 그뿐 아니라 웅웅 하는 소리까지 들려올 정도로 공력을 담은 손바닥이 자기 관자놀이를 겨누고 있으며, 무엇보다 차가운 얼음덩어리와 같은 한기가 백회를 통해 쏟아져 들어와 이미 전신을 움직일 수가 없었다.

유검과 굉무, 서문평에게 일시에 제압당한 것이다.

일은 그야말로 일순지간에 일어났기에 진성의 제자는 그제야 깨닫고 부르짖으며 다가왔지만, 굉무에게 혈도를 제압당하고 말았다.

"사부님!"

"아……!"

다우는 자기가 무슨 짓을 했는지 이제야 깨달은 듯 비수를 놓고 하얗게 변한 얼굴로 주춤주춤 뒤로 물러났다.

다우는 백화원의 멸문지화를 어쩔 수 없는 운명으로 받아들이고 있었다.

그런데 조금 전 진성의 입을 통해 그가 백화원을 괴멸시킨 장본인이란 사실을 알게 되었고, 큰 충격을 받았다.

백마사에서 그는 인자한 할아버지였고 함께 웃고 떠들었다.

그런데 원수였던 것이다.

다우는 원망도 분노도 슬픔도 아무것도 결정할 수 없었다.

그런데 사내가 진성에게 암습을 가하다 오히려 반격을 받고 위기에 처한 순간 다우는 자기에게 잘해주던 언니들의 웃는 모습을 떠올렸고, 순간 자기도 모르게 노인을 향해 비수를 찔러간 것이다.

다우는 난생처음 사람을 찌른 충격에 벌벌 떨고 있었다.

유검은 그녀에게 다가가 세차게 품에 안았다.

그녀는 오한이 걸린 것마냥 떨림을 멈추지 못하고 있었다.

"괜찮아, 괜찮아."

유검은 주문이라도 외우듯 그 말만 되풀이해 주었다.

다우의 동공은 자기가 한 행위를 믿을 수 없다는 듯 크게 확대되어 있었는데, 그 속으로 비참하게 쓰러져 있는 칼자국사내의 모습이 들어왔다.

"아저씨—!"

다우는 유검을 뿌리치고 쓰러진 사내에게로 달려갔다.

사내는 입가에 피를 흘리며 죽어가고 있었다.

진성의 공격은 사내의 갈비뼈를 완전히 박살 내어버렸고, 부러진 갈비뼈 중의 하나가 그의 심장을 찌른 것이다.

"아저씨! 죽지 말아요, 죽으면 안 돼!"

그녀가 알고 지냈던 마지막 한 사람이 사라져 가는 것이다. 그것은 그녀로 하여금 이루 말할 수 없이 큰 상실감을 안겨주고 있었다.

"녀석……."

사내는 흐릿해지는 시야 속에서 그녀의 형체를 더듬으며 웃으려 노력했다.

"바보 짓을 하고 말았어. 청부를 맡은 것도 아니었는데……."

"바보! 알면서 왜 그랬어요!"

"넌… 하지 마라."

무심한 그 말을 끝으로 사내는 목을 떨구었다.

"아저씨—!"

다우는 사내의 멱살을 잡고 흔들며 목멘 울음소리로 계속 그를 불렀다. 어서 일어나라고 소리치는 것 같았다. 하지만 한 번 떠난 영혼이 다시 돌아올 리는 없었다.

"나 때문이야! 내가 함께 가자고 했기 때문에… 나만 아니었으면 아저씬 안 죽었을 텐데……."

슬픈 얼굴로 그렇게 자책하며 울음을 억지로 삼키는 그녀의 두 눈에서는 하염없이 눈물이 쏟아져 내리고 있었다.

유검은 시선을 하늘로 돌렸다.

'왜 그랬을까?'

칼자국사내가 손을 쓸 때 비록 짧은 순간이었지만 저지시킬 기회가 있었다. 하지만 자기 일도 아닌 다른 이의 은원 관계에 끼어드는 것은 무림의 금기, 망설이다 그냥 내버려 두고 말았다.

진성은 아군이 아니고 칼자국사내 역시 같은 편이라 볼 수 없기에 방관해 버리고 만 것이다. 그리고 그 결과는 최소한 다우에게 있어 비참하기 그지없는 것이 되고 말았다.

어쩌면 그녀의 슬픔은 방관자였던 자기에게 그 책임이 있는 건 아닐까?

유검은 이미 저 너머의 세계로 가버린 사내의 시체를 보며, 자기에게 일어나는 감정에 의아해했다.

그는 분명 자기의 친구가 아니다.

그런데 왜 까닭없이 슬픈 느낌이 드는 걸까? 다우가 그의 죽음을 슬퍼하고 있기 때문에?

그와 마지막으로 주고받은 말들이 떠올랐다.

"난 알고 있다, 저 늙은이가 얼마나 무서운지 두 눈으로 똑똑히 봤으니까."

"괜찮아. 네 친구들도 바보는 아냐. 다만……."

"너와 같이 있으면 이상하게도 전혀 긴장을 않더군."

별달리 친근한 대화도 아니었다.

하지만 유검은 자기가 끼어들지 않아 그를 죽게 내버려 둔 것이 후회스러웠다. 죽음은 끝, 더 이상 그와는 대화할 수 없는 것이다.

그렇다고 자기가 잘못했다는 생각은 들지 않았다. 만약 끼어들었다면 일은 더 복잡해졌을지도 모르니까.

단지 무림의 은원이 본래 이와 같을 뿐이다.

한번 얽히고설키면 헤어날 길 없는 미로처럼 끝까지 그 속을 헤매고 다녀야 하는 것이다.

유검의 시선이 진성에게로 향했다.

그는 제자의 부축을 받아 비수를 뽑고 금창약을 뿌려 지혈시키며 스스로 응급조치를 하고 있었다.

유검은 그를 보고 생각했다.

그는 자기에게 은원의 양 갈랫길 중에서 어떤 선택을 강요하고 있는 걸까?

진성은 응급 처치를 마친 후, 유검 등을 노려보고는 제자의 부축을 받아 복면여인이 들어간 전각을 향해 걸음을 옮기기 시작했다.

"어떡할까?"

서문평이 턱 끝으로 진성을 가리키며 물었다.

물론 결론은 이미 나 있었다.

전각 안에는 여전히 피비린내가 물씬 풍겨나고 있었다. 보지 않아도 목불인견의 참상이 그려질 정도였다.

이대로 그냥 못 본 척 물러날 순 없는 것이다.

"가봐. 난 이 녀석과 꼬마를 안전한 곳에 데려다 놓고 올 테니까."

서문평과 굉무는 무겁게 고개를 끄덕이고 나서 전각을 향해 걸음을 옮겼다.

어깨는 하늘을 떠받칠 듯 당당하게 펴져 있었고, 걸음걸이는 범과 같이 날렵했다.

보이지 않는 기도가 그들 주위를 감싸고 있는 것 같았다.

그 무형의 기운은 살기(殺氣)가 아니었다.

자기와는 달리 뼛속까지 채워져 있는 협기(俠氣)인 것이다.

둘은 분명히 자기가 해야 할 일을 알고 있었다. 자기의 신분을 분명히 자각하고 있으며, 무엇이 옳고 그른지 확신하고 있는 것이다.

'나는?'

유검은 시선을 거두어 무심한 얼굴로 하늘을 바라보며 그렇게 뇌까렸다.

현실로 알고 있었던 그 모든 것이 꿈이란 것을 알았을 때 깨어난 세상의 일 역시 그렇게 보였다. 그 후로 유검은 어떤 신념도 정의도 가질 수 없었다. 무엇이 옳고 그른지 판단할 수 없었다.

하지만 지금 이 순간, 유검은 막연하게나마 자기에게 할 일이 있다는 느낌이 들었다. 뭔가 자기가 해야 할 일이 있는데, 한없이 미뤄두고 있은 듯한 기분이 든 것이다.

유검은 스스로에게 물었다.

'난 무엇을 해야 하는 걸까?

다우는 울다 지쳐 잠이 들었고, 꼬마 진삼원은 자기가 지켜야겠다고 생각했는지 그녀 옆에 바짝 붙어 호위하고 있었다.

날은 여전히 더웠다.

그리고 하늘은 여전히 푸르렀다.

유검이 멍하니 하늘만 바라보고 있는데, 한 소녀가 옷자락을 나풀거리며 그의 곁을 지나 전각 쪽을 향해 걸어갔다.

백치처럼 멍하니 서 있기만 하던 백추상 그녀였다.

"잠깐!"

유검은 그녀의 옷자락을 붙잡으려 했지만 헛손질을 하고 말았다. 그녀가 몸을 돌려 피해 버린 것이다.

그녀의 모습과 태도, 눈빛 등이 예전의 모습인 것을 깨닫고 유검은 검미를 찌푸렸다.

"알고 보니 기억 상실은 거짓이었군. 왜……?"

"그 노인에게 나의 의도를 들키고 싶지 않았어요."

그녀의 말투는 반존칭으로 바뀌어 있었다. 존경의 의미라기보다는 타인에게 거리를 두는 낯선 예의에 가까웠다.

"의도?"

"날 어디에서 만났는지 기억해 봐요."

용호관 외에 그녀를 만난 것은 백화원과 백마사 근처다. 공통점은 백발노인 진성…….

"설마 그에게 원한이……?"

"원한이 아니라, 그가 강탈한 물건에 관심이 있었어요."

"물건?"

"그대도 보지 않았나요? 검 모양을 하고 있을 텐데."

유검은 백화원 안에서 보았던 거대한 검을 떠올렸다. 그 검은 어이 없게도 꿈속에서 자신의 애검의 이름을 가지고 있었다.

"한천검?"

"역시 보았군요."

백추상은 턱 끝으로 전각을 가리키며 말을 이었다.

"아마도 그들이 온 목적도 그것일 거예요."

유검의 미간은 더욱 찌푸려졌다.

"대체 그 검에 무슨 비밀이 있기에……."

"한 사람의 애검(愛劍)이었어요."

"한 사람?"

"제 할아버지의 사부라고 해야 하나요? 무척 대단한 사람이라고 하더군요."

그녀는 품속에서 하나의 양피지를 꺼내 들었다.

"그대가 독심호리를 제압해 준 덕분에 이 검보를 다시 회수할 수 있었어요. 이 검보는 할아버지가 남긴 유일한 유물… 제 생명보다 소중한 것이에요. 인사가 늦었는데… 고마워요."

그것을 보고 유검은 쓴웃음을 지었다.

'음약에서 깨어난 후 아무 말 없이 어디로 가나 했더니, 그것을 회수하러 간 거였군.'

백추상은 무심한 얼굴로 말을 이었다.

"할아버지는 말씀하셨어요. 이 검보만 터득할 수 있다면 천하제일검이 될 수 있다고요. 전 그 말을 믿었고, 오랫동안 이 검보를 연구했어요. 하지만 그 비밀을 조금도 알아낼 순 없었지요."

"검보라……."

"이 검보는 할아버지의 사부가 남긴 것이래요. 전 생각했죠. 만약 할아버지 사부가 쓰던 검을 얻으면, 이 검보를 익힐 수 있을지 모른다고……."

유검은 탄식하며 물었다.

"왜 천하제일검이 되고 싶은 거지?"

백추상은 고개를 가로저어 그 말을 부인했다.

"천하제일검이 되고 싶은 게 아니라 이 검보를 익히고 싶은 거예요."

그리곤 양피지를 다시 품속으로 갈무리했다.

"그대의 도움의 받았기에 제가 아는 것을 다 말씀드렸어요. 비급이라면 불나방처럼 달려드는 무림인들의 생리를 아실 테니 비밀은 지켜 주시기 바라요.”

몸을 돌리는 그녀를 향해 유검은 참지 못하고 물었다.

“해약은 그 노인이 준 거요. 그런데도 그가 가진 물건을 탐낼 셈이오?”

“그 노인이 정말로 날 위해 준 건가요?”

백추상은 갑자기 몸을 확 돌려 그렇게 물었다.

“제가 기억하는 것은, 그대가…….”

그녀는 눈에 띄게 흔들리고 있었다.

“그, 그대가 제게 약을 먹인 것…….”

태연하게 말을 이으려 했던 모양이지만, 결국 입술을 깨물며 입을 다물고 말았다.

순간 유검은 깨달았다, 그녀가 음약에 중독되어 있을 때도 의식은 깨어 있었다는 것을.

자기가 한 행동을 모두 기억하고 있었던 것이다.

무표정이란 가면 뒤에 숨겨져 있는 그녀의 어린 모습을 본 것 같았다.

“그리고 약은 하나뿐이었다는 사실도…….”

그녀는 더 이상 말을 잇지 못하고 몸을 돌려 뚜벅뚜벅 전각을 향해 걸어갔다.

그녀의 유검에 대한 감정은 강렬하기 그지없었다.

수치스런 모습을 보인 것에 대한, 차라리 그때 그가 자기를 죽여주었으면 좋았을 것이라는 원망과 살의(殺意).

다른 한편으론 하나밖에 없는 해약을 자기에게 줬다는 감동과 고마움, 그리고 그의 품속에서 느꼈던 편안한 따스함…….

그 두 가지 극단적인 감정이 함께 존재했기에 마음은 혼란스럽기 그지없었다.

어떤 것도 드러내어 표현할 수 없었다.

그래서 그녀는 기억을 잃어버린 척 무표정을 가장하고 있었는데, 유검과 몇 마디 대화를 하다 보니 뭔가 속에서 불쑥 튀어나오려 했다.

당황한 그녀는 무표정의 가면이 깨어지기 전에 서둘러 그 자리를 떠난 것이다.

유검이 그런 섬세한 여인의 감정을 알아챌 리 만무했다.

단순히 그녀가 자기를 좋아하는지 아니면 싫어하는지 알 수 없다고 생각하며 고개만 갸웃거렸다.

그녀는 전각 안으로 들어가지 않았다. 한천검이 숨겨져 있을 만한 곳을 여기저기 뒤져 볼 생각인 듯했다.

“나도…….”

유검은 멀어져 가는 그녀의 뒷모습을 바라보다 불쑥 중얼거렸다.

“뭔가 해야 할 일이 있는 것 같은데…….”

그녀 역시 할아버지가 남긴 검보라는 뚜렷한 목표가 있었다. 그것을 보고 역시 자기도 뭔가 해야겠다는 생각이 강하게 들었다.

“저…….”

꼬마 진삼원은 주저하다 유검에게 말을 걸었다.

그는 다우 옆에서 마치 자기가 보호자라도 된 듯 주위를 두리번거리며 지키고 서 있었는데, 백추상의 말을 듣고 마음이 격동된 듯했다.

"저 누나의 말이 사실일까요? 검보만 익히면……."

유검은 웃으며 생각했다.

'그렇군, 이 녀석도 천하제일검이란 목표가 있었어.'

잠시 생각해 보고 나서 그에게 말했다.

"어쩌면 그녀의 말은 사실일지도 모른다. 그 검보를 만든 사람이 정말로 천하제일이었다면 자기가 그곳에 이른 길을 기록해 뒀을 테니까. 그 길을 따라 걸어가 보는 것도 좋겠지. 비록 남이 먼저 앞서 간 길이긴 하지만."

"저, 전……!"

꼬마는 입술을 질끈 깨물고 단호히 말했다.

"전 남이 먼저 간 길을 가고 싶지는 않아요! 전 아무도 걸어보지 못한 길을 발견해서 두 발로 직접 걷고 싶어요!"

"그래. 몇 배로 힘들지만……."

유검은 웃으며 고개를 끄덕였다.

"최소한 그게 훨씬 더 재밌는 것은 사실이야."

꼬마의 얼굴이 야망으로 붉게 달아오르는 것을 보며 유검은 다우 곁으로 갔다.

울고 싶을 때는 실컷 울어야 한다는 것을 알기에 그녀를 애써 위로하려 들지 않고 그냥 내버려 두었다.

이제는 조금 괜찮아졌을 것 같다고 생각하며 잠들어 있는 그녀의 목언저리를 어루만졌다.

다우는 나 때문이야, 라는 잠꼬대를 반복하다 깨어났다.

그녀는 깨어난 후 더 이상 울지 않았다. 다만 멍한 모습으로 죽은 사내만을 바라보았다.

꼬마 진삼원은 그런 그녀의 모습을 묵묵히 바라보다 불쑥 물었다.

"누나, 내가 복수해 줄까?"

뜻밖의 말에 다우는 그제야 굳은 얼굴을 풀고 피식 웃었다.

"임마, 네가 무슨 힘이 있다구……."

"있어."

유검이 끼어들어 말했다.

"그 녀석은 낙양제일의 부호니까 말야. 무사를 사던가 혹은 다른 문파에 요청을 해서라도 네 복수를 해줄 수 있다구."

다우는 놀라 꼬마를 되돌아보았다.

"네, 네가……."

유검은 가볍게 웃으며 핀잔을 주었다.

"뭐야? 그렇게 좋아하고 있었다면서, 또 혼례를 올리고 싶어했으면서 얼굴도 몰랐어?"

"그, 그건……."

더듬거리며 대꾸를 못하는데, 꼬마 진삼원이 다시 물었다.

"누나, 내가 복수해 줄까?"

꼬마의 눈에는 만약 다우가 응낙하면 반드시 실행하겠다는 결의가 담겨 있었다.

다우는 슬픈 눈으로 고개를 저었다.

"관둬. 네게 폐를 끼치고 싶진 않아. 그리고……."

유검이 가볍게 웃으며 그녀에게 물었다.

"그럼 내가 복수해 줄까?"

순간 다우의 안색이 굳어졌다.

그녀는 무당파 도사들과 소림사의 십팔나한과 굉무, 그리고 무당파 장문제자이자 대금산장의 소장주이기도 한 서문평 등을 통해 유검이 자기가 만만하게 생각하던 순진한 시골 청년이 아니라는 것을 확실히 알게 되었다. 그가 한 약속의 무게가 어떻다는 것도 몸소 체험한 것이다.

그랬기에 유검의 말을 듣는 순간, 그녀는 피비린내 나는 살육의 가운데 서 있는 한 살인귀의 모습을 떠올랐다.

다우는 두려움에 부르르 몸을 떨며 세차게 고개를 저었다.

"하지 마! 하면 안 돼!"

유검은 격렬한 그녀의 반응에 깜짝 놀랐다.

다우는 슬픈 눈으로 죽어 있는 사내를 바라보며 말했다.

"아저씨는 실수였어. 실수가 상대를 죽이려다 오히려 죽임을 당했다고 복수한다면 뭔가 이상하잖아. 아저씨도 그건 안 바랄 거야. 그러니까 복수 같은 건 절대 하지 마……."

그녀의 말속에는 쉽사리 체념하고 살아야 하는 인생의 파편이 들어 있어 슬픈 냄새가 났다.

"그래, 하지 않을게. 복수 같은 것은 내 취향이 아니야. 그러니까 안심해."

그녀의 머리를 품속으로 끌어들이며 부드럽게 말했다.

하지만 유검은 어떤 충동이 일어 자기도 모르게 불쑥 그녀에게 묻고 말았다.

"그럼 난 뭘 하면 좋을까?"

왜 그런 충동이 인 걸까?

혹시 그녀가 해답을 가지고 있는 것은 아닐까?

유검은 그녀의 말에 무조건 복종하고 싶은 강렬한 충동을 느꼈다. 만약 그녀가 이 세상을 파괴시키라고 말해도 서슴없이 고개를 끄덕일 것만 같은 기분이었다.

그런 자신을 보고 유검은 의아해했고, 또 놀랐다.

꼬마에게 각자 자기가 우주의 중심이라고 말한 주제에, 스스로 길을 발견해서 걸어가라고 충고한 주제에 자기 행동의 모든 책임을 그녀에게 떠안기려 하다니!

"그, 그냥……."

다우가 두 눈을 동그랗게 뜨며 뭔가 말하려 한 순간, 유검은 그녀의 머리카락 속으로 손가락을 집어넣어 헝클이며 웃어 보였다.

"말 안 해도 괜찮아. 지금 막 할 일이 생각났거든."

유검의 두 눈에는 여태껏 볼 수 없었던 열정의 불꽃이 서서히 피어오르기 시작했다.

평범한 생활을 맛보고 싶어했던 욕구가 사라지며 대신 형체를 알 수 없는 어떤 무형의 성취에 대한 갈망이 생겨나기 시작한 것이다.

"무상검… 꿈속에서 성취한 그 무상검을 얻겠다. 그게 내가 반드시 해야만 하는 일이었어."

다우는 난데없는 그 말에 놀랐지만, 곧 환하게 웃으며 고개를 끄덕였다.

"응!"

유검은 다우의 커다란 두 눈을 빤히 바라보다 뭔가 이상야릇한 느낌이 들었다. 그녀 속으로 자기가 녹아드는 것 같았다.

음약의 기운이 또 발동되었다고 생각한 유검은 급히 몸을 일으켰다.

하지만 그것은 단지 사랑의 열정에 깊이 빠질 때면 누구나 느끼는 당연한 정상적인 반응에 불과했다. 물론 한평생 살아가며 그런 감정과 느낌을 맛보는 이가 많지는 않지만.

다우는 유검이 마치 입이라도 맞출 듯 빤히 바라보다가 갑자기 몸을 일으키자 조금 어색해하고 있었는데, 꼬마 진삼원은 그런 다우를 보고 내심 고개를 갸웃거렸다.

'누난… 뭔가 다른 걸 말하고 싶어했던 것 같은데…….'

"진삼원!"

유검이 두 눈을 부릅뜨고 소리치자 꼬마는 바짝 긴장하여 크게 대답했다.

"옙!"

"넌 여기서 한 사람을 호위하며 내가 올 때까지 기다린다. 질문은?"

"없습니다!"

"좋아!"

유검은 만족한 얼굴로 고개를 끄덕인 후, 흥겨운 콧노래를 흥얼거리며 전각을 향해 가벼운 걸음걸이를 옮겼다.

"자, 잠깐만! 나도……!"

다우는 유검을 따라가려 했지만 꼬마 진삼원에 의해 가로막혔다.

"비켜!"

"안 돼."

"이 바보야! 우리끼리 남아 있는 게 더 위험할 거란 생각은 안 해봤어? 차라리……."

꼬마 진삼원은 고개를 저으며 말했다.

"우릴 데려가지 않은 것은 위험해서가 아닐 거야. 아마… 보이고 싶지 않아서일 거야."

"보이고 싶지 않아서? 뭐를?"

"저 안의 광경을……."

전각 안의 광경이 처참할 거라는 것은 그녀 스스로도 직감하고 있었기에 입술을 질끈 깨물며 고개를 저었다.

"괜찮아, 나도 각오하고 있으니까."

"또 있어."

"……?"

"형은… 자기 모습을 보이고 싶어하지 않는 거야. 적을 상대하는 자기 모습을 말야."

그 말에 다우의 두 눈이 커졌다.

순간 다우는 유검은 자신의 능력을 믿어달라고 하면서도 직접 자기 앞에서 무공을 드러내는 경우는 없었다는 것을 떠올렸다. 오히려 자기에게 휘둘리기만 했다. 순진한 시골 청년처럼 바보같이 웃는 모습만이 기억될 정도로.

"왜……?"

꼬마 진삼원은 다우를 손가락으로 가리키며 대답했다.

"무서워할까 봐."

"누구를?"

"형을……."

다우는 순간 오싹한 한기를 느꼈다.

어떤 광경이 눈앞을 스쳤다.

피비린내나는 처참한 살육의 축제에 한 살인귀가 섬뜩한 미소를 지으며 서 있는 광경이었다.

第七章

최상일승(最上一乘)의 경지

최상일승(最上一乘)의 경지

전각 안으로 들어선 순간 유검은 눈살을 찌푸렸다. 예상보다 더욱 지독한 목불인견(目不忍見)의 광경이 눈앞에 펼쳐져 있었던 것이다.

시체는 여기저기 널브러져 있었는데, 남녀노소를 가리지 않았다. 그중 젊고 어린 여인들의 시체는 발가벗겨져 있었는데, 죽기 전이나 혹은 후에 능욕을 당한 게 분명해 보였다.

시체들의 사지와 목은 절단되어 여기저기 사방으로 흩어져 있었으며 그들의 배와 가슴은 갈라져 안의 내장들이 벽과 천장을 장식하고 있었는데, 그와 함께 시체들에게서 나온 피를 먹물로 삼아 전각 안에 한 폭의 수채화를 그려놓고 있었다.

시뻘건 색깔만 존재하는 이상한 세상에 들어선 듯했다.

그리고 서문평과 굉무는 이방인처럼 그 속에 서 있었다. 둘 다 침묵을 지키고 있었다.

진성은 바닥에 가부좌를 틀고 앉아 있었는데, 불을 뿜는 듯한 눈길로 정면 태사의 쪽을 쏘아보고 있었다.

그곳 태사의에는 소머리 모양의 황금 가면을 쓴 사내가 앉아 있었다.

그는 유검이 들어오는 것을 지켜보다 입을 열었다.

"기다리기 심심해서 한번 옛날 솜씨를 발휘해 봤는데, 뜻밖에도 손님들이 많이 와줘서 정말 기쁘다네. 본래 난 화가가 되고 싶었거든."

그의 기도는 특이했다.

분명히 그의 모습이 보이고 그의 말소리도 들리지만, 그는 마치 이 자리에 존재하지 않는 것 같았다.

하지만 그럼에도 그의 존재감은 특별하기 그지없어 일단 눈길을 주자 도저히 시선을 뗄 수 없을 정도였다.

그리고 사내의 좌로 다섯, 우로 다섯 명의 복면인이 서 있었다.

숫자가 많지는 않지만, 서 있는 자세는 태산처럼 안정되어 있고 두 눈에서 뿜어지는 안광이 형형한 것을 보면 그들의 무공 성취는 간단하지 않은 듯했다.

그리고 한 청년과 귀엽게 생긴 소녀가 밧줄에 묶인 채 사로잡혀 있었다. 청년의 모습은 낯이 익었다. 신농산장의 소장주인 조행진이었다.

두 명의 복면인이 날카로운 비수를 조행진과 소녀의 목에 대고 있었다.

유검이 조행진과 소녀를 바라보자 사내는 웃음 띤 말투로 말했다.

“쓰다 남은 재료들이야. 이걸 가지고 뭘 할까 고민하고 있었지.”

“꽤나 말 많은 사람이군.”

유검이 무뚝뚝한 얼굴로 그렇게 대꾸하자, 사내는 재밌다는 듯 살짝 깍지를 끼고 몸을 느긋이 젖혔다.

서문평이 유검의 팔을 잡았다.

“이봐, 자극하지 마. 안 그래도 머리가 아프니까.”

유검이 돌아보자 서문평은 잔뜩 얼굴을 찌푸리고 있었다.

“저 둘을 살리고 싶으면 한 팔을 자르라는 협박을 받았어. 저 노인은 물건이 있는 곳을 말하라는 협박을 받았고. 그리고 저 둘은 저 노인의 의손녀와 의손자인 모양이야.”

“그러니까…….”

유검은 그제야 지금 둘이 이렇게 침묵하고 있는 이유를 이해한 듯 고개를 끄덕였다.

“인질이란 말이군.”

이때 복면인의 거친 손길이 소녀의 옷을 찢었다.

“꺄아악!”

아혈이 제압당한 것은 아닌 듯 공포에 얼어붙어 있던 소녀가 비명을 질렀다. 옆에 있는 조행진은 공포와 분노로 볼이 부들부들 떨렸지만, 입 밖으로 신음 소리조차 내지 않았다.

태사의 사내가 말했다.

“난 얼마든지 기다려 줄 수 있다네. 하지만 난 심심한 걸 못 참는 나쁜 버릇이 있단 말야. 뭐, 둘까지는 필요없을 테니, 하나는 여흥거리로 새로운 작품이나 만들어봐야겠네. 자네들도 감상해 보게나.”

“잠깐!”

유검이 끼어들자 태사의사내는 흥미로운 듯 물었다.

“흐음, 드디어 결심했나 보군. 자네가 먼저 팔을 자를 텐가?”

“먼저 묻고 싶은데… 우리가 팔을 자르고 나면 둘을 살려줄 겁니까?”

“물론!”

사내는 흔쾌히 고개를 끄덕였다.

“최소한 오늘은 죽이지 않도록 하지.”

유검은 고개를 저었다.

“결국 죽인단 말이군. 그럼 우리가 너무 손해잖소?”

“할 수 없지. 이 세상에 공평한 거래가 어디 있나?”

“뭐… 그렇긴 하군요.”

유검은 동감한다는 듯 고개를 끄덕이며 사내 앞으로 천천히 걸어갔다. 마치 즐거운 축제에 초대받아 갈 때처럼 가벼운 발걸음이었다.

서문평이 놀라 외쳤다.

“임마! 뭐 하려는 거냐?”

“뭐긴? 인질을 구하려는 거지.”

“실패하면 어쩌려고? 인질들을 죽여 버릴 텐데!”

“그건 어쩔 수 없는 거고.”

태사의에 앉은 사내가 냉소했다.

“흥, 아직 실감이 나지 않는가 보군.”

그의 손이 살짝 들어 올려지자 복면인이 비수로 소녀의 목을 그어 갔다. 소녀의 수급이 하늘로 솟구치는 모습이 눈앞에 그려지는 것 같았다.

하지만 비수는 소녀의 목에 가는 칼자국만 남겼을 뿐 더 이상 움직여지지 않았다. 비수의 주인인 복면인은 이마에 얼음 비수가 박혀 즉사해 버린 것이다.

이 순간 유검은 손을 앞으로 쭉 뻗고 있었다.

유검은 비수가 멈춰진 것을 보고 손을 거두며 안도의 한숨을 내쉬었다.

"휴… 다행히 성공했군. 조금 자신은 없었는데……."

그것을 본 황금 소머리 가면의 사내는 여태까지의 여유로운 태도와는 달리 경직되어 있었다.

"애송이 녀석, 무슨 사술을 부린 거냐!"

사내가 태사의 손잡이를 꽉 쥐고 버럭 소리를 지르자, 가부좌를 틀고 앉아 아무 말 없이 있던 진성이 차갑게 냉소했다.

"흥, 네놈은 선대로부터 아무런 말도 못 들었나 보군, 눈이 있어도 알아보지 못하는 걸 보면."

사내의 두 눈에서 살기가 뿜어져 나왔다.

"무슨 헛소리냐? 흥, 여흥은 끝났다. 저 늙은이만 빼고 모두 죽여 버려!"

그의 명에 복면인들은 소리도 없이 기형도를 꺼내 들고 인질을 잡고 있는 두 명을 제외하고 일시에 유검을 향해 달려들었다.

"얍―!"

유검이 기합 소리와 함께 두 팔을 쭉 뻗자 복면인들은 흠칫하며 그 자리에 멈춰 섰다. 조금 전 유검의 그런 동작과 함께 난데없이 얼음 비수가 날아왔던 것을 떠올려서였다.

하지만 이번에는 아무런 일도 일어나지 않았다.

태사의에 앉은 사내가 화가 나서 소리쳤다.

"한 놈이 죽어도 그사이 저놈을 죽여 버리면 되잖아, 이 바보 놈들!"

"죄송합니다!"

복면인들은 좀 전보다 더 흉악한 기세로 달려들었다.

"젠장, 이번에는 왜 안 되는 거야?"

유검이 투덜거리는데, 서문평이 자기의 보검을 던졌다.

"받아!"

대전 안을 팽팽히 채우고 있던 긴장의 끈은 일시에 끊어져 버렸다.

유검은 보검을 받아 든 순간, 뿌듯한 손잡이의 감촉에 감동했다.

"안녕?"

그렇게 인사를 나누며 달려드는 복면인들을 향해 맹렬히 다가갔다.

서로 걷잡을 수 없는 기세로 검을 맞닥뜨리려는 순간, 유검의 신형이 허깨비처럼 사라졌다.

눈을 뻔히 뜨고도 믿기 힘들 정도의 빠른 경공술이 펼쳐진 것이다.

유검을 쫓아 본능적으로 신형을 돌리는 순간, 뒤에서 강대하고 부드러운 경력이 몰려왔다.

"애송이들이군, 한눈을 팔다니……."

굉무와 서문평이 유검의 그림자에 몸을 숨긴 채 다가와 갑자기 복면인들을 향해 손을 쓴 것이다.

유검은 이 순간 인질을 잡고 있는 복면인을 향해 검을 날리고 있었다.

"저놈은 대체 뭐야?!"

태사의에 앉아 있던 사내는 버럭 소리를 지르며 드디어 몸을 일으켜 양손을 사방으로 뿌렸다.

피피핑―

수많은 동전들이 그의 손에서 뿜어져 나와 타원형을 그리며 유검을 향해 날아갔다.

수하들의 안전조차 안중에 두지 않는 수법이었다.

두 복면인은 이미 죽음을 각오한 듯 맹렬히 회전하며 날아오는 동전들은 아랑곳하지 않고 오로지 인질들의 목에 비수를 겨눈 채 그 자리에 서서 유검과 동귀어진이라도 할 듯 기형도를 휘둘렀다.

그러나 그들은 검을 부딪치기도 전에 입가에 피를 뭉클뭉클 뿜어내고 있었다.

"거, 검기? 말도 안 되는……!"

말을 끝내기도 전에 복면인의 목은 비스듬히 옆으로 굴러 떨어지고 말았다.

유검의 검은 잡초를 베어내듯 그들의 기형도를 걷어치운 후, 허공에 검광(劍光)을 뿌렸다.

따당거리며 검과 동전이 부딪치는 소리가 대전 안을 시끄럽게 울려 퍼졌다.

협박에 어떤 행동도 취하지 못하고 가부좌를 틀고 앉아 사태의 추이만 지켜보던 진성은 이때다 싶어 제자와 함께 달려들어 의손자와 의손녀를 구해내었다.

황금 소머리 가면의 사내가 흥분해서 유검을 향해 외쳤다.

“멋지군! 검기를 쓰다니!”

유검은 서문평과 굉무 쪽을 돌아보았다.

그들이 상대했던 일곱 명의 복면인은 이미 바닥에 쓰러져 있었다.

“호오, 굉장하군. 벌써 다 처리했나?”

굉무가 얼굴을 일그러뜨렸다.

“망할 놈, 이놈들은 이미 심맥에 손상을 입고 허수아비가 되어 있었다.”

그리고는 고개를 갸웃거리며 물었다.

“그런데 검기라니… 주화입마당하면 본래 그렇게 되나?”

“검기?”

유검은 의아해 되묻다 인질을 잡고 있다 쓰러진 두 복면인에게로 시선을 돌렸다.

“그럼 이놈들도 검기에 당한 건가? 어쩐지 갑자기 목이 잘려 나간다 했지. 근데 대체 누가 검기를……?”

서문평도 의아해하며 물었다.

“네가 아니었단 거냐?”

“내가? 난 검기를 발출하겠다는 생각조차 없었어.”

“그렇다면 어느 고인이 우릴 도와주고 있다는 건가? 검기를 자유자재로 쓰는?”

그렇게 셋은 고개가 갸웃거려지는 대화를 나누며 황금 소머리 가면의 사내를 포위하고 있었다.

황금 소머리 가면의 사내는 유검을 향해 냉소했다.

“흥, 무슨 헛소리냐? 네가 한 짓이면서!”

유검이 대꾸없이 검미만 찌푸리고 있자 사내는 어깨를 으쓱거렸다.

"뭐, 상관없지."

사내는 자기가 포위당해 있다는 것을 전혀 의식 못하는지 흥분한 시선을 유검에게 던지며 말을 이었다.

"난 이런 기회를 원하고 있었다. 마음껏 내 실력을 발휘해 보고 싶은 상대가 나타나기만을 말이다."

"난 아니야."

사내가 고함쳤다.

"나와 둘이서 정정당당히 겨루어보자, 이 떨거지들은 뒤로 물리고!"

"싫다."

"비겁하게 셋이서 덤비겠단 거냐?"

"본래 이 세상에 공평한 게 어딨어?"

사내는 자기가 했던 말을 그대로 돌려주는 유검을 향해 두 눈을 부릅떠 보였다. 그리고 품속에서 뭔가를 꺼내어 들었다.

"이게 뭔지 아나?"

그가 꺼내 든 것은 주먹만한 크기의 쇠 구슬이었다.

"진천뢰라는 것과 닮았군."

"비슷하지만… 더 무섭지. 폭발하는 순간, 이 속에 장치되어 있는 바늘 같은 암기들이 튀어 나가 사방 십여 장을 초토화시킬 거니까."

"너도 죽을 텐데?"

"물론 나도 피할 순 없지. 말하자면 이건 동귀어진용. 너희들이 협공하겠다면 나도 이걸 쓰는 데 망설일 이유가 없다."

셋은 서로 눈짓을 주고받았다.

사내의 말이 거짓 같아 보이진 않았던 것이다.

유검은 검의 손잡이를 만지작거리며 내심 생각했다.

'검기라… 젠장, 이럴 때 검기를 쓸 수 있으면 눈치채지 못하는 사이에 제압할 수도 있을 텐데…….'

유검은 일단 다시 협박해 봐야겠다고 생각하고 입을 열었다.

"이봐. 여긴 검기를 쓰는 고인이 우릴 도와주고 있……."

순간 유검은 진천뢰를 들고 있는 그의 오른손이 팔목에서 싹둑 잘려 있는 것을 보았다. 그리고 진천뢰는 그의 잘려진 손과 함께 바닥으로 떨어지고 있었다.

"폭발한다!"

셋은 메뚜기가 튀듯 사방으로 달렸다.

하지만 그 순간 떨어지는 진천뢰는 천장에서 조그만 인영이 빠르게 떨어져 내려 그것을 안전하게 낚아채었다.

그 조그만 인영은 얼굴에 주름살이 가득한 노파였다.

셋은 머쓱해졌다.

떨어지는 진천뢰를 저 노파처럼 받으면 되었다는 것을 그제야 깨달은 것이다. 하지만 곁에 황금 소머리 가면을 쓴 사내가 있어 변수가 많았으니 다시 그런 상황이 된다 하더라도 일단 피하고 보았을 것이다.

황금 소머리 가면의 사내는 잘려 나간 팔뚝에서 펑펑 쏟아지는 핏줄기를 보고 벌벌 떨고 있었다.

"내, 내 손이……."

그의 두 눈에는 자각도 못하는 사이에 신체의 일부를 잃어버린 당혹감과 두려움이 깃들어 있었다.

노파는 검지로 사내의 팔뚝 근처 혈도를 찍어 지혈시킨 후, 유검을 향해 차가운 눈빛을 보냈다.

"능청도 대단하군. 노신도 속아 넘어갔으니 말이다. 다른 고인이 있나 싶어 기척을 살피는 중에 검기를 발출하다니……."

유검은 두리번거리며 눈살을 찌푸렸다.

"대체 누굴 보고 말하는 거지?"

노파는 극심한 통증을 참는 듯 여전히 몸을 떨고 있는 사내에게 다정하게 말했다.

"아가야, 여기서 할 일은 끝났어. 그러니 오늘은 이만 떠나자구나."

"안 돼요! 난 저놈과……!"

사내는 발악하듯 소리쳤고, 서문평은 코웃음을 쳤다.

"흥, 누구 마음대로!"

굉무가 미끄러지듯 노파에게 다가가 웅후한 경력이 담긴 장력을 쏟아내었다.

하지만 노파가 마치 꽃을 따듯 가볍게 손가락으로 밀치자, 굉무는 거역할 수 없는 막강한 경력에 휘말려 비틀거리며 물러나야만 했다.

굉무의 내공이 얼마나 정순한지 아는 유검과 서문평은 깜짝 놀랐다. 그리고 무인으로서 순수하게 노파가 펼쳐 낸 그 수법의 깨끗함과 그 속에 담긴 공력의 심후함에 감탄할 수밖에 없었다.

노파는 굉무는 안중에도 두지 않고 유검을 향해 냉랭하게 말했다.

"네 녀석을 보니 이상하게도 그분이 떠오르는군, 전혀 닮지는 않았지만."

그 말을 끝나자 펑! 하고 주위에 흰 연기가 자욱하게 피어올랐다.

연기 속에 독이 있을지 몰라 셋은 호흡을 멈추고 노파의 흔적을 쫓았다. 그러나 고도의 은신술이 함께 펼쳐졌는지 누군가 움직이는 기척은 전혀 발견할 수 없었다.

"제기랄!"

굉무는 단 한 수에 밀려 버린 사실에 얼굴이 벌겋게 달아올라 있었는데, 노파가 사라지자 분통을 금치 못했다.

서문평이 웃으며 말했다.

"어허, 불가의 제자가 욕을 하면 쓰나. 네 실력이 그런 걸 인정해."

서문평은 그가 순순히 밀려난 것은 상대가 노파이기에 다치게 하고 싶지 않아 전력을 다하지 않았던 탓이기도 하다는 것은 알고 있으면서도 그렇게 놀렸다.

굉무는 더 이상 대꾸하기 싫은지 한숨을 쉬며 말했다.

"그나저나 도대체 어떤 놈들인지 감도 오지 않는군. 남은 놈들을 족쳐 보면 알 수 있으려나."

역시 불가의 제자답지 않는 말투였다.

"어쨌든 뭔가 일이 복잡하게 얽혀 있는 듯한데……."

유검이 진성을 가리키며 말했다.

"들어보면 알겠지, 저 노인에게."

서문평은 고개를 끄덕이다 곧 의아해하며 유검에게 물었다.

"그런데 너, 검기는 언제부터 쓸 수 있게 된 거지?"

"검기?"

유검은 그의 말에 고개를 갸웃거리며 보검을 이리저리 살펴보았다.

그 와중에 검끝이 자기들에게로 향하자 서문평과 굉무는 펄쩍 뛰었다.

"으악—! 이 바보, 검 저리 치워!"

"우릴 죽일 셈이냐?"

유검은 웃었다.

"뭘 그렇게 정색하는 거야? 설마 이런 식으로 만지작거리는데 검기가 나갈 거라고……."

싹둑!

순간 굉무의 소맷자락이 소리도 없이 잘려 나갔다.

"너, 너! 우리에게 본래 원한이 있었던 거지?"

"협공하자!"

말이 끝나기도 전에 당장 서문평과 굉무가 무시무시힌 기세로 공격해 들어오자 유검은 검끝을 그들에게로 향했다.

순간 둘은 펄쩍 뛰며 이리저리 피해 다녔다. 그 모습은 마치 개구리가 펄쩍펄쩍 뛰어다니는 것 같았다.

유검의 입가에 섬뜩한 미소가 지어졌다.

"이거… 꽤 재밌잖아."

"살인귀?"

꼬마 진삼원의 반문에 다우는 심각하고 진지한 얼굴로 고개를 끄덕였다.

"자꾸만 어떤 광경이 눈앞을 스치는데 말야. 피투성이의 처참한 시체들 가운데 한 살인귀가 섬뜩한 미소를 지으며 서 있는 광경이야."

꼬마 진삼원은 마른침을 꿀걱 삼키며 물었다.

"그럼, 그… 살인귀가 형이야?"

"아니."

다우는 고개를 저었다.

"그 녀석은 그 무시무시한 살인귀 발 아래 엎드려서 빌고 있는 거야. 불쌍하게도……."

"……."

"하아… 역시 그런 모습은 보이기 싫겠지."

다우는 그 광경이 눈에 선한 듯 동정하는 표정으로 길게 한숨을 내쉬었다.

꼬마 진삼원은 아무런 대꾸도 못하고 머리만 긁적거렸다.

아무래도 다우가 뭔가 오해를 하고 있다고 생각하고 조심스레 말을 꺼냈다.

"저기… 형은 강해. 그러니까……."

"알아. 그러니까 이렇게 그냥 있지."

다우는 꼬마가 자기 말에 불안을 느끼고 전각 안으로 들어간 유검을 걱정한다 여기고 위로했다.

"걱정 마. 괜찮을 거야. 그 녀석에겐 무지 센 친구들이 있거든. 친구의 힘은 곧 나의 힘! 그러니까 그 녀석도 그렇게까지 되진 않을 거야. 하하하……."

"……."

꼬마 진삼원은 답답해 소리쳤다.

"형은 정말로 강하다니까!"

그 말에 다우는 흠칫했다.

그리고 자기가 기억하는 유검의 모습들을 떠올려 보았다.

백화원에 잡혀와 침상에 묶여 있던 모습, 자기를 업고 필사적으로 달아나던 모습, 흑루의 아저씨를 뒤에서 기습해 놓고 의기양양하던 모습, 또 백마사에서 자기가 두들겨 패도 비 맞은 강아지처럼 낑낑거리기만 하던 모습…….

다우는 고개를 주억거렸다.

"그래, 나도 믿고 있어. 그 녀석이 언젠가는 친구들 그늘에서 벗어나 진짜로 강해질 거라는 걸 말야."

꼬마는 답답해 버럭 소리쳤다.

"어휴, 그게 아니라 이미 지금도 엄청나게 강하단 말야!"

다우는 두 눈을 반짝이며 억울한 얼굴을 하고 있는 꼬마 진산원을 보고 내심 생각했다.

'그래, 이 아이는 본래 그 녀석을 동경하고 있었구나. 강한 줄 알고…….'

아이의 꿈을 실망시켜선 안 된다는 생각이 들었다.

"와―! 그랬구나. 난 미처 몰랐어. 흐음, 본래 그 녀석 엄청 강했었구나. 그래, 그랬던 거야. 흐음……."

다우는 연신 감탄을 터뜨렸다.

하지만 아직 어리나 현빈장의 장주로 산전수전 다 겪은 꼬마 진삼원이 그런 다우의 얄팍한 연기에 속을 리 없었다.

자연 불만 어린 얼굴로 입만 불쑥 내밀고 있는데, 전각 안에서 한 사람이 걸어나왔다.

유검이었다.

그런데 그의 얼굴이 누군가에게 두들겨 맞은 듯 엉망이 되어 있었다.

다우가 놀라 다가가 걱정스럽게 물었다.

"왜 이렇게 된 거야? 적에게 당한 거야?"

"아냐. 세상 믿을 놈 없다고 친구들에게 당한 거야."

"친구들이?"

"그래. 자식들, 조금 장난친 거 가지고 사람을 두들겨 패잖아."

다우는 불쌍한 고양이를 바라보듯 한 시선으로 그의 뺨을 어루만졌다.

'알고 보니 친구들에게도 자주 얻어맞는 모양이구나.'

그녀는 유검이 참 불쌍하다고 생각했다.

전각 안에서 굉무와 서문평이 씩씩거리며 걸어나왔다.

그들의 머리카락은 마구 풀어져 헝클어져 있었고, 의복 역시 여기저기 베어져 엉망이 되어 있었다.

'안에서 무척 힘든 싸움을 했나 보구나.'

그녀의 시선은 유검의 의복으로 향했다. 어디 검에 베어진 곳은 없었다. 전혀 상처를 입지 않았는지 핏물이 새어나온 곳조차 없이 멀쩡했다.

'이 녀석은 그냥 구경만 한 모양이고.'

다우는 자기의 추측이 역시 옳았다며 내심 고개를 끄덕였다.

서문평이 다가와 버럭 유검에게 소리 질렀다.

"빨리 데려가라고 했잖아! 여기서 뭘 꾸물대고 있는 거야?"

유검이 움찔하며 대꾸했다.

"안 그래도 그러려고 했어."

굉무도 한소리 했다.

"관가의 사람들이 오면 귀찮아지니까 얼른 피해야 한다고 말한 건 너였잖아. 근데 왜 여기서 아직도……."

다우는 둘이 너무 유검을 핍박하는 것 같아 보여 발끈해 소리쳤다.

"그만둬요! 친구면서 너무 괴롭히지 말라구요!"

그리고는 유검의 손을 잡아끌어 자기 뒤로 숨겼다.

서문평과 굉무는 세상에서 가장 어이없는 말을 들었을 때처럼 아무런 대꾸도 못하고 멍하니 서로의 얼굴만 바라보았다.

꼬마 진삼원은 한껏 불쌍한 얼굴로 다우의 위로를 받고 있는 유검을 보고 충격에 빠져 있었다.

'어쩌면… 난 여태까지 착각하고 있었던 게 아닐까?

중천의 해는 서산 너머로 지고 있었다.

유검 일행은 빠른 걸음으로 신농산장의 내원(內院)의 정원 안으로 들어갔는데, 흑루 살수의 시체는 굉무가 안고 있었다.

그들은 곧 전각을 낀 인공 호수를 넘어 황산(黃山)을 본떠 만든 가산(假山)으로 갔다.

"정말 믿어도 되려나? 그 노인네 말을……."

유검이 의심스런 눈으로 주위를 둘러보자 서문평이 퉁명스럽게 대꾸했다.

"뭐, 지금은 어쩔 수 없지. 그 노인을 고문해서 내막을 캐내자는 네 의견을 따를 수는 없으니까."

"나참, 고문이라니… 난 그냥 정중히 다른 곳으로 모셔가서 이야기를 들어보자고 한 것뿐이야."

“흥, 네가 언제부터 노인을 공경할 줄 알게 됐지?”

한바탕 커다란 일이 일어났지만 셋은 이 정도는 익숙한 일인 양 일상처럼 웃고 떠들었다. 코끝을 아리는 피비린내를 지우기 위해서는 반드시 그런 의식이 필요했다.

가산의 중턱에 이르자 굉무가 침중하게 불호를 외웠다.

“아미타불… 어서 입구나 찾아보세. 그 노시주의 말대로라면 이 근처일 테니까.”

유검이 기괴하게 생긴 한 나무 덩굴을 찾아내어 그 구멍 속의 기관 장치를 건드리자, 삼 장여 밖의 바위가 크르릉 소리를 내며 옆으로 움직였다.

“대단하군!”

바위가 치워진 자리, 비밀 통로가 나타나는 것을 보고 다들 감탄했다.

“그 노인네가 미리 말해 주지 않았다면 절대로 찾을 수 없었을 거야.”

서문평이 그렇게 중얼거리며 품속에서 화섭자를 꺼내 불을 켠 후 먼저 안으로 들어섰다. 다른 일행도 홀린 듯 그 뒤를 따라 들어갔다.

크르릉—

바위가 저절로 닫혔다. 일정 시간 후 저절로 원상 복귀되도록 장치가 되어 있어서였다.

그리고 유검은 닫힌 비밀 통로의 바위 앞에 서 있었다.

그는 일행과 함께 들어가는 척하다가 바위가 닫힐 때 살짝 빠져나온 것이다.

"친구여……."

유검은 친구의 등을 토닥이듯 바위를 툭툭 두들기며 중얼거렸다.

"다우와 꼬마를 잘 부탁하네."

그리고는 몸을 돌려 서산 하늘 위로 펼쳐져 있는 붉은 노을을 바라보았다.

어릴 적 노을을 보며 유검은 엄마가 밥 먹으라며 부르러 오는 것을 상상하곤 했다. 아마도 다른 아이들이 함께 놀다가 그런 식으로 하나둘씩 떠나는 것을 보며 자기도 언젠가는 그렇게 될 것이라 믿었던 것이다.

결국 그런 상상이 현실로 이루어지지는 않았지만 그래도 항상 노을을 볼 때면 집과 고향의 느낌이 났다.

하지만 지금은 먼 하늘 저편에서 몰려오는 재앙덩어리 같은 불안과 피비린내만이 느껴지고 있었다.

유검은 허공을 향해 소리쳤다.

"나오시죠!"

"킬킬킬……."

날카로운 웃음소리와 함께 나무 위에서 조그만 그림자가 기척도 없이 내려왔다. 전각 안에 나타났던 그 노파였다. 그녀는 손에 소머리의 지팡이를 들고 있었는데 착지할 때 조그만 먼지조차 일지 않았다. 비록 간단하지만 그 한 수의 경신술만 보아도 노파가 지닌 무공의 화후는 가히 짐작하기 어려울 정도로 대단한 것이 분명했다.

노파가 유검을 쏘아보며 물었다.

"정말 눈치 빠른 녀석이군. 내가 뒤쫓는다는 걸 어떻게 알았지?"

"너무 순순히 물러나는 것 같아서요."

애당초 환자들로 문전성시를 이루어야 할 이곳 신농산장이 텅텅 비어 있다면 누군가 환자들을 내쫓았고, 또 오지 못하게 막고 있다는 뜻이다. 즉, 관련된 세력은 전각 안의 복면인들뿐이 아니라 훨씬 더 많은 인원이 움직이고 있는 게 분명했다.

어쩌면 신농산장을 중심으로 천라지망이 펼쳐져 있을지도 모른다.

그런 상황에서 노파와 같은 인물이 전각 안의 복면인들이 제압당했다고 물러난다는 것은 아귀가 맞지 않는 것이다.

그들이 노리는 것은 한천검.

강제로 진성의 입을 열기는 힘들다는 것을 알고 짐짓 물러나는 것처럼 해서 각자의 움직임을 뒤쫓을 게 뻔하다고 생각했고, 그 추측은 옳았다.

노파는 예리한 눈빛으로 유검의 위아래를 훑어보더니 까마귀가 울부짖는 듯한 목소리로 물었다.

"그나저나… 무슨 속셈이냐? 네 친구들을 그 안으로 들여보내고 너 혼자 남다니 말이다. 설마 하니 너 혼자서 날 상대해도 충분하다고 생각한 거냐?"

유검은 서늘한 시선으로 노파를 바라보다 입을 열었다.

"오래전 사부님이 말씀해 주신 게 있었죠. 그때는 무슨 소린지 몰라 어리둥절하기만 했는데… 지금 문득 생각나는군요. 서예의 운필법(運筆法)에 대한 이야기였습니다."

노파는 유검이 펼쳐 낸 검기에 대해 의구심을 가지고 있었기에 즉시 손을 쓰지 않고 거동을 예의주시하고 있었다. 즉, 손을 쓸 때를 노리며 전신의 공력을 배분하고 있었는데, 엉뚱하게 서예에 대한 이야기를 꺼내자 눈살을 찌푸렸다.

유검의 시선은 노파를 향하는지, 아니면 그 너머 노을을 향하는지 알 수 없었다.

"사부님은 말씀하셨지요. 서예에 도(道)가 있으니 그 하법(下法)을 얻은 자의 운필은 붓을 꼿꼿이 세우되 육합(六合)의 모든 방위를 붓 하나로 잡아서 어느 곳으로나 운필이 가능한 경지이다."

노파의 식견 역시 낮지 않았기에 그 말이 무엇을 뜻하는지 바로 깨달았다.

"흥, 운신법(運身法) 중 허실생동(虛實生同)의 이치를 말한 게로군. 그 한 발짝 옮겨놓는 이치를 체득한다면 가히 고수라 불릴 만하지. 하지만 노신조차 감히 완전히 체득했다고 말하지 못한다. 네 스스로 그러한 법을 체득했다 여긴다면 그야말로 고인(高人)들의 가소로움을 면치 못할 것이다."

유검은 고개를 끄덕이며 말을 이었다.

"사부님은 또 말씀하셨지요. 중법(中法)을 얻은 자는 붓을 잡으면 붓에 음과 양의 양대 기운이 나누어지며 그 양대 기운이 벌어지는 사이로 태극과 같은 기운이 형성되어 운필을 이루는 경지이다. 이 경지를 얻은 사람이 왕희지다."

노파는 눈살을 찌푸렸다.

"무인으로 그 정도의 경지에 올랐다면 가히 일문의 종사가 되어 천고만대에 이름을 남기겠지. 하나, 무림에서 그 경지에 이른 자로 장삼봉과 달마 외 들어본 적이 없다. 그런데 그것이 중법이라니, 그 위의 또 다른 경지가 있다는 말이냐?"

"마지막으로 최상일승(最上一乘)의 경지는 무시무종(無始無終)이라고 말씀하셨지요. 그리고 그것을 일러 무상검이라고 말씀하셨던 것 같습니다."

노파의 입가에 비웃음이 어렸다.

"그것은 말코도사들이 천선(天仙)이 되어 우화등선(羽化登仙)하겠다는 소리나, 땡중들이 부처가 되겠다는 소리와 다를 바 없다. 즉, 듣기에는 그럴듯해 보이지만 사실은 뜬구름 잡는 이야기에 불과하단 말이다. 이룰 수 없는 경지를 멋대로 만들어놓고선 한평생 그것을 쫓으며 세월만 보내지. 네 녀석의 사부도 그런 헛된 꿈을 꾸는 족속이었나 보군."

"뭐, 저도 어린 나이에 그것을 듣고 너무 막연하다고만 생각했더랬지요. 한동안 이런 저런 공상을 하다가 잊어버렸는데, 사실은 계속 그것을 생각하고 있었나 봅니다. 꿈속에서도 계속 그 경지를 추구했었으니까요."

"꿈속에서도라……."

유검의 말을 곱씹어보던 노파의 두 눈은 쓸모없는 이야기를 주고받았다는 자책으로 살짝 찌푸려졌다.

"그래서? 이런 말을 꺼내는 이유가 뭐지? 네가 무상검을 터득했다고 말하고 싶은 게냐?"

유검은 고개를 저었다.

"아뇨. 저는 제가 어떤 경지에 있는지 모릅니다."

"모른다고?"

"정확히는 어떤 상태에 있는지 모른다고 해야겠지요. 전 단전이 없습니다. 어떤 기운이 모여 있다던가 하는 것을 전혀 느낄 수 없어요. 하지만 내면에 어떤 존재의 중심이 있다는 것은 자각됩니다."

하단전이야말로 모든 기운의 근원이 된다. 그런데 단전이 없고 아무런 기운이 느껴지지 않는다고 말하면서 또 내면에 어떤 중심이 자각된다니 노파로선 유검이 횡설수설하고 있다고 볼 수밖에 없었다.

유검이 말을 이었다.

"사실… 제 몸이 있는지 없는지도 가끔 의심스럽습니다. 그냥 깊고 무한한 공간만 느껴지니……."

무인이 자기 몸이 있는지 없는지 자각 못한다면 어떻게 상대와 싸운단 말인가?

유검의 어이없는 말에 노파는 마침내 결론지었다.

혹시라도 뭔가 기이한 내력이 있지 않을까 했는데, 그저 몽상을 꿈꾸는 소년에 불과했던 것이다.

"흥, 쓸데없는 소리들만 오갔군."

노파는 더 이상 들을 가치가 없다고 판단한 듯 주름진 두 눈에 살기가 어렸다. 보통 사람이라면 심장이 멎을 정도로 차가운 살기였다.

"마지막으로 물어보자. 그래, 친구들을 들여보내고 너 혼자 여기 남은 이유는?"

유검은 어깨를 으쓱거렸다.

"다칠까 봐서요."

그 대답은 전혀 의외였는지라 노파는 크게 웃고 말았다.

"킬킬킬… 끔찍이도 친구들을 생각하는구나. 내가 그들을 헤치는 것이 두려운가 보지?"

"아니요."

유검은 고개를 저었다.

"제 검에 다칠까 봐서요."

노파는 잠시 그 말뜻을 헤아리지 못해 침묵했다.

곧 그녀의 주름진 얼굴이 딱딱해졌다.

"검기를 쓸 줄 안다고, 마치 천하무적이라도 된 양 착각하고 있는 게로군!"

피잉—

언제 손을 썼는지 그녀의 손끝에서 동전이 맹렬히 회전하며 튀어나왔다.

동전은 섬전같이 유검의 뺨을 스치고 바위를 파고들었다.

돌 부스러기가 부스스 땅으로 떨어지고, 유검의 뺨에 가는 혈흔이 그려졌다.

유검은 서산에 지는 노을이 비록 핏빛을 연상케 한다 해도 여전히 아름답다고 생각하며 노파에게로 천천히 검을 들어 올렸다.

검끝이 자기에게로 향하자 노파의 신형이 좌우로 흔들거리듯 하다가 허깨비처럼 사라졌다.

"킬킬… 보지 못한다면 그까짓 잡기는 아무 소용이 없지!"

육합전성의 수법이라도 쓴 듯 음성이 사방에서 들려왔다. 노파의 종적을 찾을 수 없었다.

"어쩌면……."

유검이 입을 여는 순간,

피피핑―

사방에서 맹렬히 회전하는 동전들이 유검을 향해 날아왔다.

황금 소머리 가면의 사내가 쓴 수법과 비슷했지만 그 위력에 있어서는 천양지차였다.

한순간 동전의 그림자가 천지를 뒤덮고 암흑의 세계가 된 듯했다.

"검기가 아닐지도……."

그렇게 중얼거리며 유검이 각성된 천 개의 눈으로 검끝을 응시하는 순간, 그곳은 존재의 중심이 되어 무형의 연꽃을 피워냈다. 비록 심안으로밖에 볼 수 없지만 그 무엇보다 아름답고 향기로운 꽃이었다. 그와 함께 스스로를 한계 지우고 있던 모든 관념이 시라졌다. 꿈이 아닌 현실이기 때문에 불가능하다고 여기던 생각들이었다.

꿈과 현실의 경계선이 붕괴되었다.

또 유검은 자신의 몸이 움직이는 것을 자각할 수 있었는데, 무엇이 자기의 몸을 움직이게 만드는지 알 수 없었다. 물이 흐르듯 그냥 거대한 흐름에 내맡기고 그저 지켜보기만 할 뿐이었다.

천지를 가득 메우던 동전들의 그림자는 검끝에서 일어난 무형의 신기(神氣)에 의해 모두 두 조각이 난 채 허공에서 낙엽처럼 우수수 떨어져 내렸다.

어둠이 사라지자 노파가 조금 전 서 있던 곳에 모습을 드러내었다.

"나의 만천화우(滿天花雨)가 깨어지다니……."

그녀의 전신에서 미간을 중심으로 혈선이 서서히 번져 나가고 있었다.

"그게 무상검이냐?"

그녀의 물음에 유검은 슬픈 눈으로 고개를 저었다.

"저도 모릅니다, 이게 무엇인지……."

노파는 유검의 말을 듣지 못했다.

혈선이 폭사되듯 전신으로 퍼져 나간 순간, 그녀는 모래성처럼 그 자리에서 무너져 버린 것이다.

유검은 주변을 돌아보며 씁쓸히 중얼거렸다.

"이런 힘이 과연 세상에 필요할까?"

주위는 진천뢰가 폭사한 것보다 더 처참하다고 볼 수 있었다. 사방 십여 장 내 나무와 벌레 등 살아 있는 생명체가 일시에 사라져 버린 것이다. 그뿐 아니라 땅이나 바위까지 시커멓게 죽어 있었다.

바람이 불자 바위 표면은 썩어버린 흙덩이처럼 부스스 떨어져 내렸다.

유검은 고개를 저었다.

"이런 건… 무상검이 아니다. 살법(殺法)이 최상일승(最上一乘)일 리 없으니까."

까닭 모를 패배감 속에서 유검은 진성이 기다리고 있을 전각을 향해 천천히 걸어갔다.

그분의 전인들

예상치 못했던 것은 아니지만 전각을 중심으로 엄청나게 많은 사람들이 몰려와 있는 것을 보고 유검은 움찔했다.

복면인들뿐만 아니라 얼굴을 드러낸 자들도 많았다.

주로 움직이기 편한 경장 차림이었지만 어떤 이는 농부의 차림새였고, 어떤 이는 돈 많은 상인의 복장을 하고 있었다. 그들 눈에 떠오른 서로에 대한 경계심을 보건대, 같은 무리로 보이지는 않았다.

모두 수백 명은 넘어 보였다.

그리고 그들 가운데 동심원 모양의 빈 공간이 있었고 그 가운데 진성이 있었다.

아무도 입을 열지 않았고 폭풍 전야처럼 정적 속에 있었다.

유검이 내원에서 걸어나오자 사람들의 시선이 그곳으로 향했다. 한

결같이 살기 어린 눈동자였다.

하지만 유검이 다가서자 군웅들은 별말없이 길을 열어주었다. 안으로 들어가는 것에 대해 암묵적인 협의가 있은 듯했다.

유검은 진성에게 다가가며 쓴웃음을 지었다.

"이런 곳에서 만나자고 하다니… 취향이 독특하시군요."

진성은 굳은 얼굴로 유검을 쏘아보며 뜻 모를 말을 했다.

"두 번째 시험도 통과했군."

"……?"

이때 군웅들 중 한 복면인이 입을 열어 물었다.

"어르신께서 널 쫓아갔을 텐데…….."

유검이 순순히 이곳으로 온 사실이 의아스럽다는 말투였다.

"만약 주름살 많은 노파를 말하는 것이라면… 이제 이 세상의 일은 쉬고 싶은 모양이더군요."

유검의 대꾸에 복면인은 대노했다.

"뭐야? 어르신께 무슨 짓을 했지?"

수십 명의 복면인이 살기를 폭사하며 일제히 기형도를 뽑아 들었다.

이때 누군가 싸늘한 목소리로 중얼거렸다.

"흥, 비록 선수는 맡겼지만, 여기는 너희들만 있는 게 아니다. 호들갑 떨지 말고 조용히 있는 게 어떤가?"

비록 조용한 말투였지만 심후한 공력이 담겨 있어 모든 사람들의 귓가에 똑똑히 들렸다.

"누구냐? 모습을 드러내시지! 쥐새끼처럼 숨어서 지껄이지 말고!"

"흥!"

코웃음을 친 사내는 강인한 턱을 지닌 대한이었는데 그의 등에는 구엽도(九葉刀)가 걸려 있었다.

"나 팽천화(彭天華)는 사천당문의 네놈들처럼 모습을 감추지 않는다. 그런데 누구보고 쥐새끼라고 말하는가?"

그의 말에 유검은 충격을 받았다.

'사천당문? 팽천화?'

팽천화는 혼원벽력도(混元霹靂刀)라는 외호를 가지고 있으며, 하북팽가 내에서 가주보다 더한 인망과 실력으로 실질적인 일인자로 알려져 있었다.

유검은 그의 모습을 본 것은 처음이지만 이름은 들어본 적이 있었다. 그의 이름은 결코 낮지 않다. 그런데 한 의가의 혈겁이 일어난 자리에 왜 그가 와 있단 말인가?

게다가 사천당문이라니?

설마 하니 복면인들의 정체가 사천당문이었단 말인가?

주위를 둘러보니 몇몇 낮이 익은 얼굴들도 눈에 띄었다.

어떤 강대한 비밀 세력의 음모라 생각하고 있던 유검은 충격을 받지 않을 수 없었다.

"감히 알면서도 본 문에 시비를 거는 건가? 알량한 그 도 하나를 믿고?"

복면인이 발끈하여 살기 어린 말을 내뱉자 팽천화는 그를 무시하듯 소리쳤다.

"일단 우리의 은원은 나중에 해결하도록 합시다!"

주위에서 옳다고 외치자 복면인은 이글거리는 눈으로 그를 쏘아보다 침묵을 지켰다.

팽천화가 진성에게 소리쳐 말했다.

"그대의 말대로 유 소협이 왔소! 이제 한천검이 있는 곳을 말하시오!"

진성은 탄식했다.

"본래 한 뿌리였거늘……."

"홍, 그분은 가르침을 내린 이들을 제자로 인정하지 않았소. 그런데 무슨 사형제 간의 정이 있겠소? 게다가 이미 일 갑자 넘는 세월이 지났소. 그동안 쇠퇴한 자도 있고 홍한 자도 있소. 그때의 사람이 이제는 모두 다른 사람이 되었소. 그런데 이제 와서 새삼스레 뿌리를 논하다니… 그렇다면 우린 모두 소림사 출신이라 해야겠구려."

진성은 팽천화를 쏘아보며 물었다.

"만약 내가 말을 않는다면?"

대답 대신 여기저기서 살기가 피어올랐다. 피부가 따가울 정도였다.

진성은 서늘한 시선으로 살기와 욕망에 뒤범벅되어 있는 군웅들을 훑어보곤 천천히 입을 열었다.

"꽤 오랜 세월이 지났구려. 그대의 말처럼 일 갑자 전에 한 사람이 있었소. 그는 그야말로 사람 중의 용이었지요. 그의 오성은 지극히 뛰어나 하나를 들으면 열을 안다는 문일지십이란 말이 우스울 정도였소."

그가 일단 입을 열자 군웅들은 조용히 입을 다물었다.

"그는 무림 최고의 천재였소. 권장지각은 물론 제반 병기에 관한 모든 무공와 의학, 천문지리, 진법, 심지어 병기를 만드는 장인지술까지 모두 정통했으며 달인의 경지에 올랐소. 그는 또한 가르치는 것을 좋아해 자질이 있어 보이는 아이가 있으면 출신 문파를 가리지 않고 자신이 깨달은 바를 전수해 주었소이다. 한 사람에게 하나씩, 그렇게 모두 아홉의 무기명전인이 생겨났는데, 나는 그중 의학과 독에 관한 것을 전수받았소."

진성은 복면인을 쏘아보며 말을 이었다.

"사천당문의 전대 가주는 서자임에도 불구하고 그분에게 암기의 상승 지도를 전수받고 가주의 자리에 오를 수 있었지."

"흥!"

복면인은 긍정도 부정도 않은 채 코웃음만 쳤다.

"여기 있는 분들은 모두 그렇게 그분과 직접, 간접적으로 관련되어 있는 분들일 것이오. 그리고 한천검을 원하오. 아니, 보다 정확히 말하자면 그분이 최후로 남긴 심득, 그것을 원하는 것일 테지요. 그것만 손에 넣는다면 그야말로 무림에서 으뜸가는 존재가 될 수 있을 테니까!"

진성은 싸늘한 시선으로 군웅들을 돌아보았다. 그들의 눈에는 욕망의 열기가 무럭무럭 피어오르고 있었다.

사실 중인들 대부분은 자세한 내막은 모르고 있었다. 단지 명에 의해 쫓아왔을 뿐이었는데, 자초지종을 듣고 나서 상상외로 큰일임을 이제야 깨달은 것이다.

"그런데 이상하지 않소?"

진성이 사람들을 향해 그렇게 묻자 누군가 소리쳤다.

"무엇이 이상하단 말이냐? 흥, 한천검에 아무런 심득을 남기지 않았다 해도 난 반드시 봐야겠다!"

"넌 검이 어디 있는가만 말하면 된다. 그럼 개 같은 네 목숨을 살려 주지. 크크크."

진성이 침착하게 말했다.

"들어보시오. 그분은 궁극의 경지를 추구하셨소. 그리고 어느 날 애검인 한천검 한 자루만 들고선 장백산(長白山) 어느 동굴 속으로 들어가셨소. 그리곤 안에서 동굴의 입구를 막아버리셨소. 난 그 모습을 지켜보았소, 다른 여덟 명의 전인과 함께. 그 후로 우리들은 일 년에 몇 번씩 그 동굴을 찾아가곤 했소. 세월이 흐르면서 몇 년에 한 번으로 바뀌었고, 찾아오지 않는 이들도 생겨났소. 그런데 이십여 년 전, 동굴을 찾아간 난 경악할 수밖에 없었소이다. 동굴은 열려 있었고, 그 안에는 아무도 없었던 것이오. 난 그분이 우화등선했다고 믿었소. 그 후로 가끔씩 들러 제사를 지내곤 했소이다. 그런데… 한천검이 세상에 나온 것이오!"

"흥, 그게 어쨌단 거냐?"

"백화원에 한천검이 있다는 소식을 가장 먼저 들은 것은 내가 아닐 것이오. 다들 예의 주시했겠지만, 혹시나 그분이 여태껏 살아 계실까 봐 함부로 행동할 수 없었던 거겠지. 마침 내가 행동하자 이때다 싶어 썩은 고기를 노리는 살쾡이처럼 우르르 튀어나온 것이고."

그 말에 중인들을 눈살을 찌푸렸다.

"살아 있다니? 누가 말이냐! 일 갑자 전에 벌써 노인이었는데 아직도 살아 있을 리가 없다!"

"그분의 무공 경지를 생각한다면 벌써 돌아가신다는 게 이상하지. 그분이 만약 지금과 같은 상황을 본다면 뭐라고 하실까."

진성은 그렇게 읊조리며 슬쩍 유검을 돌아보았다.

'설마 내가 그분의 환생이라고 믿는 건가?'

유검은 진성의 속셈이 무엇인지 도저히 추측할 수가 없었다.

중인들은 더 이상 참을 수 없다는 듯 소리쳤다.

"흥, 감히 우리들을 협박하는 것이냐? 만약 살아 계신다면, 자신의 애검을 내팽개쳐 두겠는가? 우리의 참을성을 더 이상 시험하지 말고 어서 있는 곳을 대라!"

분위기가 점점 험악해지고 있었다.

유검은 슬픈 눈으로 중인들을 바라보았다.

무림인들이 비급이나 보검에 집착하는 것이 도를 넘어선다는 것은 이미 알고 있었다.

황금이나 목숨조차도 중요하지 않았다.

그들에게 있어 무공이 남들보다 강해지는 것이야말로 이 세상에 살아 있는 유일한 가치인 것이다.

무공만 강해진다면 사람들에게 공포로 군림할 수 있다.

어느 누구의 눈치를 보지 않아도 된다. 오히려 다른 이들이 자신의 눈치를 보게 된다. 가끔 기분 내키는 대로 좋은 일을 하면 다른 이들에게 감탄과 존경도 받을 수 있다.

만약 마음에 드는 여자가 나타나면, 힘으로 빼앗을 수도 있다. 책임지지 않고 달아나도 상관없다. 무공만 강하다면! 황금 따위도 무공만 강하다면 길거리에 굴러다니는 돌멩이나 마찬가지다.

그렇게 그 모든 욕망을 채워줄 수 있는 마법의 지팡이가 바로 무공인 것이다. 무림인들은 그것을 당연하게 생각했다.

물론 아무리 무공이 강해진다 해도 극소수를 제외하고는 그런 식으로 행동하지는 않는다. 체면이란 게 있기 때문이다.

하지만 능력이 있는데도 불구하고 하지 않는 것과 애당초 능력이 없어 불가능하다는 것은 전혀 다른 문제였다.

무림인들은 바로 그러한, 애당초 능력이 없어 하고 싶어도 불가능한 상황에 있는 것을 극도로 싫어하기에 어떻게 하든 무공이 강해지고 싶은 것이다. 그리고 남들로부터 업신여김당하지 않고 당당하게 강호를 활보하고 싶은 것이다.

그래서 무공이 상실되면 죽는 것보다 못하다고 여긴다.

그것이 무림인들의 속성이었다.

이제 그야말로 무림에서 으뜸가는 무공을 얻을 수 있을지 모르는 기회를 맞자 사람들은 수치도 양심도 접어둔 채 대혈겁을 일으키며 불나방처럼 이곳에 모여든 것이다.

분위기를 보아 진성이 순순히 입을 열 것 같지는 않았다.

한바탕 싸움은 피할 수 없을 것 같았다.

유검은 검의 손잡이를 만지작거리며 생각했다. 두려움이나 긴장과는 거리가 먼 생각들이었다.

'확실히 이들은 정말 수치도 모르는 자들이다. 산장 내 어린아이들조차 죽여 버렸으니. 그러나… 과연 나에게 이 많은 이들의 목숨을 빼앗을 자격이 있을까?'

사람들이 들었다면 어이없어할 그런 생각이었지만 유검으로선 고민스런 화두였다.

이때 소란스러움 가운데서 진성이 안색을 굳히며 중인들을 향해 소리쳤다.

"한천검이 어디 있는지 말하겠소!"

갑자기 중인들은 찬물을 끼얹은 듯 조용해졌다.

진성이 말했다.

"하지만 이대로 말했다간 나의 목숨이 어떻게 될지 장담할 수 없소. 각 문중에 대표로 한 사람씩 참가하시오. 그들과 함께 한천검을 숨겨둔 장소로 가겠소."

중인들 중 누군가 소리쳤다.

"흥, 우리들로 하여금 자중지란을 일으키게 만들 셈이냐?"

"그렇게 해본들 나 혼자 어쩌겠소? 니의 이 말을 따르지 않겠다면 난 이 자리에 죽어도 입을 열지 않겠소!"

이미 의손자와 의손녀의 목숨으로 협박해도 굴복하지 않던 그였다. 지금에 와서 그 말이 거짓처럼 들리지는 않았다.

중인들은 소란스럽게 굴다 갑자기 조용해졌다. 그리고 진성과 유검을 한 번씩 쏘아보고는 천천히 뒤로 물러나기 시작했다. 그들의 수뇌로부터 물러나라는 명을 받은 것이다.

그것을 보고 유검은 내심 안도의 한숨을 쉬었다.

'다행이군. 저 많은 사람들을 죽인다면… 밤마다 악몽으로 괴로웠을 거야.'

곧 진성과 유검 앞에는 한 복면인과 하북팽가의 팽천화, 그리고 밭에서 김매다 온 것처럼 보이는 농부 차림의 초라한 늙은이가 서 있게 되었다. 그리고 삿갓을 뒤집어쓴 호리호리한 괴인 하나가 대문 밖에서 천천히 걸어 들어와 그들 곁에 섰다.

복면인은 조금 전 소리친 사람이 아니었다. 오히려 그는 수하로 보이는 이들 속에서 나왔다.

"오랜만이구려."

진성이 알아보는 체하며 말을 건네자 복면인은 흠칫하다가 고개를 끄덕였다.

"그렇군."

진성의 시선이 농부 차림의 늙은이에게로 향했다.

"강호를 떠난다더니……."

농부 차림의 늙은이는 헛기침을 했다.

"난 홀로 왔소. 모처럼 세간의 소식을 들으러 왔다가 한천검 이야기가 나오길래… 하지만 이런 일일 줄은 미처 몰랐지."

그의 말에 진성은 코웃음을 쳤다.

"변명이 많아졌구려. 천하제일의 내공과 권법을 지닌 그대는 언제나 당당했던 것 같은데 말이오."

농부 차림의 늙은이는 헛기침만 할 뿐 대꾸하지 않았다.

진성의 시선이 이번에는 삿갓을 쓴 괴인에게로 향했다.

"그대는 옛 친구가 아니구려."

괴인은 살짝 고개만 끄덕여 보였다.

유검은 이들의 내력이 심상찮음을 알았다. 하나하나의 무공 경지는 최소한 노파의 아래가 아닐 것이다.

진성이 복면인 등을 돌아보며 소리쳤다.

"좋소! 그럼 그대들 네 명과 함께……."

"잠깐만!"

갑자기 가냘픈 인영이 훌쩍 날아왔다.

"나도 참가해도 될까요?"

살벌하기 그지없는 이곳에 나타나 대담하게도 그렇게 소리친 이는 백추상이었다.

유검은 그녀가 나타나자 조금 곤혹스러워졌다. 자신의 검은 펼쳐지는 순간 이미 의지를 떠난다. 여차할 경우 그녀를 피해 손을 쓸 수는 없는 것이다. 그러니 만약 이들과 싸우게 된다면, 노파와 싸울 때 펼쳤던 그 일검을 펼치기 어려워지는 것이다.

복면인과 괴인 등은 대꾸도 없이 묵묵히 그녀를 쏘아보았다.

백추상은 소리없는 중압감에 숨이 막힐 지경이었지만 굽히지 않고 당당히 소리쳤다.

"제 할아버지는 그분에게 검을 전수받으셨어요! 그러니 저도 끼어들 자격이 있다고 생각해요."

유검은 의아했다.

그녀는 정말로 그런 자신의 철부지 같은 어리광이 통한다고 생각한 걸까?

농부 차림의 늙은이는 그런 백추상의 모습을 보고 부드럽게 미소를 지었다.

"그래, 네가 살아 있는 검성으로 불리웠던 맹석천 그 친구의 손녀인 게로구나."

백추상은 그에게 정중히 포권의 예를 올렸다.

"할아버지께 어르신의 말씀은 많이 들었답니다. 만약 소림의 백보신권(百步神拳)이 정말로 가능하다면, 그것은 어르신만이 해낼 수 있을 거라구요.”

소림의 칠십이절기 중 하나인 백보신권의 실제 그 위력은 백 보 떨어진 곳의 바위를 박살 낼 정도였다고 한다.

하지만 그것은 전설이 되었고, 지금은 단지 파괴력이 강한 일문의 공부로 알려져 있을 뿐이었다.

농부 차림의 늙은이는 그녀의 떠보는 말에 가타부타 말없이 미소만 지었다.

복면인이 무뚝뚝한 목소리로 그녀에게 말했다.

“떠나거라. 옛 친구의 정을 생각해 목숨만은 살려주마.”

농부 차림의 늙은이가 대신 대꾸했다.

“허허… 오랜만에 옛 친구의 손녀를 만났는데… 그래, 함께할 도량도 없단 말이오? 설마 하니 우리들 손에서 저 아이가 무슨 힘을 쓸 수 있을 거라 생각하시오?”

묵묵히 보고만 있던 팽천화가 불쑥 입을 열었다.

“난 상관없소.”

삿갓의 괴인 역시 슬쩍 고개를 끄덕여 보였다.

“꼬마 계집아이의 부추김에 넘어가다니… 이젠 평범한 늙은이가 되어버렸군.”

복면인은 농부 차림의 늙은이를 향해 그렇게 중얼거리고는 더 이상 참견하지 않았다.

“그런데…….”

팽천화가 유검을 가리키며 나지막이 입을 열었다.

“저자는 무슨 자격으로 가는 것이오?”

사람들의 시선이 모두 유검에게로 모아졌다.

유검은 어깨를 으쓱해 보였다.

"난 안 가도 괜찮아요. 그럼 전 이만 실례를……."

그렇게 말하고 신형을 돌리는데, 복면인이 앞을 가로막았다.

그의 유검을 바라보는 눈동자는 일체 감정이 들어 있지 않아 유리알처럼 투명했지만, 살기 띤 모습보다 더 섬뜩해 보였다.

"너와는 계산이 남은 것 같은데."

유검은 눈살을 찌푸리며 물었다.

"혹시 그 노파가……."

"나의 부인이다."

유검은 내심 한숨이 나왔다.

사천당문이라면 사천의 패자로 암기의 명가이다.

그들은 암기 제조법과 암기술, 용독술을 유출시키지 않기 위해 데릴사위제를 채택할 정도로 지극히 폐쇄적인 가문으로, 조금이라도 빚진 것이나 신세를 진 것이 있으면 그냥 넘어가는 법이 없어 무림인이라면 두려워하지 않는 사람이 없을 정도였다.

유검은 그런 곳과 불구대천지 원수가 되고 만 것이다.

'아마도 이자는 사천당문의 전대 가주겠지. 그의 부인을 죽였으니… 앞날이 고달프겠군.'

사문의 사형제들에게 시비를 걸 가능성이 있으니 피해 다닐 수만 없으며 어떡하든 해결해야만 하는 것이다.

복면인이 무감정한 말투로 물었다.

"무슨 사술을 썼지?"

유검은 검을 슬쩍 들어 보일 수밖에 없었다.

"그렇군. 이긴 자가 강한 법이니……."

그리고는 더 이상 묻지 않았다.

물론 유검이 무공으로 상대해서 이겼다고는 믿지 않았다. 어떤 계략을 쓴 게 분명하다고 생각했다.

불꽃이 튀어 오를 듯 긴장된 순간, 진성이 입을 열었다.

"이분 소협은……."

팽천화가 더 들어볼 필요가 있겠냐는 듯 끼어들었다.

"무당파의 제자가 아니오? 우리 일에 무슨 상관이 있지?"

"상관이 있소. 그것도 아주 많이. 왜냐면 그는……."

사람들의 시선이 또다시 유검에게로 집중되었다.

유검은 진성의 속셈이 더 궁금했다.

비록 놀라운 옛이야기를 들었지만, 그것이 자기와 무슨 상관이 있다고는 여겨지지 않았다.

'혹 내가 그분의 환생이라고 말하려는 건가? 그래서 뭐가 달라지지? 그것을 믿는다 쳐도, 그렇다고 해서 이자들이 설마 하니 내게 절이라도 할 거라 생각하는 건가?'

달마가 환생했다 해서 소림사 중들이 일제히 머리를 조아렸다던가, 혹은 장삼봉 조사가 환생하여 무당파로 들어와 태사의에 앉았다던가 하는 따위의 말은 들어보지 못했다.

물론 그들은 윤회 전생을 벗어났기에 환생이 없었다고 쳐도, 드넓은 천하에서 그런 일이 일어났다는 것 역시 들어보지 못했다. 그러니 설령 환생이라는 것을 인정한다 하더라도 전혀 별개의 인생, 별개의 사람인 것이다.

진성이 머뭇거리다 길게 한숨을 토해내었다.

"아직은 말할 때가 아닌 것 같군. 다만 분명한 것은 그도 한천검을 볼 자격이 있다는 것이오."

그의 말에 사람들은 다들 어처구니없어했다.

팽천화가 코웃음을 치며 말했다.

"흥, 괜히 머리 굴리게 만드는군. 더 이상 말이 필요없소. 갑시다. 이런 애송이 녀석 하나 더 끼어든다고 해서 뭔가 바뀌리라고는 생각지 않으니까."

다른 이들도 혹시나 진성이 그것을 구실로 말을 바꿀까 싶어 유검의 동행을 인정하고 말았다.

유검은 의도적으로 자기 시선을 피하고 있는 백추상을 보고 입맛을 다셨고, 농부 차림의 늙은이는 그런 유검을 보고 내심 고개를 갸웃거렸다.

'왠지 낯이 익어. 왜 일까?'

해는 저물어 날은 점점 더 어두워져 가고 있었다.

"장원 내 숨겨놓지 않을 것은 짐작했지만⋯ 설마 하니 북망산(北邙山)일 줄이야."

팽천화는 마땅찮은 얼굴로 투덜거렸다.

진성이 사람들을 이끌고 데려간 곳은 낙양 북쪽에 자리한 북망산이었다. 예부터 왕족들의 시골이 많이 묻힌 까닭에 죽음의 대명사처럼 여겨지는 산이다.

마른 잎이 바람에 휘날리는 이곳 북망산 기슭은 매우 황량하여 낮에도 귀신이 나올 것만 같은 곳이었다. 하물며 으슥한 밤이 된 지금은 싸늘한 밤바람이 무성한 잡초를 휩쓸고 지나며 괴이한 소리를 내고 있어, 여기저기 무덤에서 불쑥 시체가 일어설 것만 같았다.

일행이 비록 도산검림(刀山劍林)을 두려워 않는 무림의 고수들이라고는 하나, 죽음이라는 원천적인 두려움을 자극하는 북망산의 분위기에는 다들 심기가 편치 않았다.

진성은 어느 무덤가에 도착하자 비석의 어딘가를 만졌다.

그러자 무덤이 양 옆으로 갈라지며 지옥의 동혈과 같은 통로가 나타났다.

진성이 먼저 안으로 들어서려 하자, 복면인이 그의 옷자락을 붙잡고 싸늘하게 물었다.

"오는 동안 뭔가를 몰래 뿌리던데, 무슨 수작이지?"

"아… 혹시나 뒤를 따르는 자들이 있을까 싶어 독을 약간 뿌렸소이다. 그대들의 수하들은 뒤따르지 않기로 약속했으니 상관없지 않소?"

"흥, 물론 그렇지."

복면인은 코웃음을 치며 그의 옷자락을 놓아주었다.

유검은 검푸른 하늘에 걸려 있는 달을 바라보며 자기가 왜 여기 있어야 하는지를 생각해 보았다.

굳이 한천검을 보러 가야 할 이유는 없다.

물론 어쩌면 자신의 전생일지 모르는 '그분' 이 남겼다는 심득에 관심이 가지 않는 것은 아니지만, 그렇다고 반드시 봐야겠다는 마음도 들지 않았다.

자기가 진정 원하는 무상검의 경지란 글이나 그림으로 남겨진 무엇으로 얻을 수 없다. 스스로 길을 발견해야만 한다. 좀 더 엄밀히 말하자면 꿈에서는 깨달은 뭔가를 현실에서 다시 구현해 내어야 하는 것이다.

유검의 시선이 백추상에게로 향했다.

무표정하여 무엇을 생각하는지 알 수 없는 얼굴이었다.

'좋아. 너 때문에 간다고 치자.'

진성이 동혈로 걸어 들어가자 다른 이들도 뒤따랐다. 복면인은 맨 뒤에 남아 유검이 도망치지 않도록 감시했다.

동혈 안은 한 치 앞도 보이지 않을 정도로 어두웠지만 아무두 불을 켜려 하지 않았다. 그리고 일곱 명이나 되는 사람이 걸어가는 데도 발자국 소리는 유검 한 사람의 것뿐이었다.

걸어가는 동안 유검은 생각을 굴렸다.

만약 이들에게 선제공격을 당한다면 자신이 없었다.

그리고 일 대 일이 아니라 다수를 상대한다면 반드시 노파에게 펼쳤던 그 일검이 필요하다.

하지만 백추상 때문에 함부로 펼치긴 어렵다.

그렇다고 그 일검을 펼치지 않는다면 이들을 당해낼 수 없다.

아무리 생각해도 다람쥐 쳇바퀴처럼 같은 곳을 맴돌았다.

결국 유검은 머리를 긁적거리며 생각을 포기했다.

'뭐, 어떻게든 되겠지.'

그렇게 생각하곤 콧노래를 흥얼거리기 시작했다.

아무리 밝은 노래라도 북망산 지하의 어둠 속을 걸어가며 듣게 되면 장송곡처럼 느껴진다.

특히나 나름대로 배려한답시고 소리 죽여 부르게 되면 더 더욱.

복면인은 비위가 상했다.

'애송이 놈, 무슨 계략을 꾸미는 거지?

그는 그러다 어떤 생각이 떠올랐다.

'그렇군. 어둠 속에서 손을 쓰면 저 늙은이도 어쩔 수 없지. 누가 손을 썼는지 어떻게 알 건가?

모두 발자국 소리를 죽인 것은 그와 같은 생각을 품고 암습이라도 하지 않을까 하는 염려 때문이었다. 유검 홀로 천하태평으로 그냥 보통 걸음으로 걸어 자신의 행적을 노출시키고 있었다.

복면인은 슬쩍 유검의 등에 자기 손바닥을 가져다 대고 경력을 불어넣었다.

한평생 연마한 최심장(催心掌)의 공력이었다.

일단 격중되면 겉으로 드러나지는 않지만 칠 보를 걷기 전에 칠공으로 피를 토하고 죽게 만드는 무서운 수법이었다.

하지만 공력을 불어넣을 때 복면인은 뭔가 이상함을 느꼈다. 어떠한 저항도 느껴지지 않았으며 자신의 공력은 마치 망망대해 속으로 들어가 버린 듯 흔적도 없이 사라져 버리는 것이다.

그는 깜짝 놀라 손을 거두었다.

'이놈은 무당파 제자면서 어디서 이런 악독한 사술을 익혔단 말인가?

복면인은 무림의 대선배로서 암습을 가했다는 것에 수치심도 느끼지 못하고 오히려 그렇게 생각했다.

어둠 속에서 함께 걸으며 저마다 촉각을 곤두세우고 있었기에 이러한 일은 감춰질 수 없었다.

정확한 상황을 파악한 것은 아니지만, 최소한 누군가 유검에게 뭔가 암습을 가하려다 실패했다는 것은 감지한 것이다.

그럼에도 유검은 그 일을 꺼내지 않고 여전히 콧노래를 흥얼거리고 있었으며, 진성 역시 그 일을 탓하지 않았다. 마치 그 일은 미리 허용된 것이라는 암묵적인 동의가 있지 않았나 의심스러울 정도였다.

백추상은 내심 초조해졌다.

'이 바보, 왜 혼자 튀는 행동을 하는 거지?'

복면인은 진성이 아무런 탓도 하지 않자 의아해하다 한 가지 사실을 깨달았다.

'그렇다. 저 늙은이는 애송이 녀석이 함께 가는 것을 요청했을 뿐, 손을 쓰지 말라는 말은 하지 않았다.'

복면인은 싸늘한 미소를 머금으며 맹독이 발린 우모침을 꺼내었다. 소털처럼 가는 우모침은 따끔하는 느낌조차 없이 살 속을 파고드는 암기로 어지간한 공력으로는 쉽게 다룰 수 없는 물건인데, 이런 어둠 속에서 지척지간의 적에게 암습하기에는 그야말로 이상적인 암기였다.

그가 손을 쓰려는 순간, 진성이 입을 열었다.

"도착했소."

크르릉 하는 소리와 함께 석문이 열렸다.

복면인은 잠시 망설이다 서둘 필요없다고 생각하곤 우모침을 갈무리했다.

진성은 석문을 열고 들어가 석실 벽 군데군데 걸려 있는 등롱부터

켰다.

석실 안은 상당히 넓고 또 잘 꾸며져 있었다.

천장은 꽤 높아 밀실이란 느낌이 그다지 들지 않을 정도였는데, 중앙에는 편하게 앉을 수 있는 의자와 탁자 등이 놓여져 있었고, 바닥에는 양탄자가 깔려 있었으며, 벽에는 이런 저런 수목화도 걸려 있었다.

운치있게 꾸며져 있는 석실 안의 모습에 팽천화는 코웃음을 쳤다.

"흥, 제법 공을 들였군."

석실 안은 갇혀진 공간 특유의 음습한 공기는 없었고 상쾌한 느낌마저 들었다. 어딘가 공기가 통하는 구멍이 있는 게 분명했다.

일시 대피를 위한 곳이 아니라 오래 기거할 수 있도록 정성스럽게 신경 써서 만들어진 장소가 틀림없었다.

진성이 횃불을 들고 통로로 걸어갔다. 등롱이 있긴 했지만 대청으로 가서 다시 불을 붙이기 위해 횃불을 든 것이다. 일행은 아무것도 묻지 않고 그 뒤를 따랐다.

백추상도 긴장한 채 걷고 있는데 모깃소리처럼 작은 목소리가 귓가에 울렸다.

─맹랑한 놈이군.

그녀가 흠칫하여 돌아보니 농부 차림의 늙은이는 유검을 쏘아보고 있었다.

─일부러 자신을 표적으로 만들다니 말이야.

소리는 들리지만 늙은이의 입술은 전혀 움직이지 않았다.

백추상은 말로만 듣던 전음이란 수법에 놀라기도 전에 그의 말이 가진 의미에 더 놀랐다.

'일부러 표적이 되었다구? 왜……?'

의문에 답하듯 전음 소리가 계속 들려왔다.

─저놈은 사람들의 이목을 자신에게로 집중시켰어. 일부러 발자국 소리를 내고, 또 콧노래를 불렀지. 마치 자기는 여기 있으니까 암습하려면 마음대로 하라는 태도였어. 무슨 속셈이었을까? 어쨌거나 넌 이득을 본 게다. 그 때문에 사람들은 네게 전혀 신경 쓰지 못했으니까. 여차하면 너를 도우려고 한 나도 편하게 됐고.

그 말을 듣는 순간 백추상은 마음이 요동치는 것을 느꼈다.

'그 행동은 설마… 나를 보호하기 위해서?'

제법 긴 통로를 지나자 거대한 대청이 나타났다.

사람들은 점점 더 의아해졌다. 지하에 만들어졌다고 보기엔 정말 거대한 구조였다. 무슨 목적으로 이런 곳을 만들었단 말인가?

진성은 대청 여기저기 놓여진 횃불에 불을 붙인 후, 그들의 의문을 알아채기라도 한 듯 먼저 입을 열었다.

"본래 이곳은 그분을 모시기 위해 만들었소."

복면인이 코웃음을 치며 물었다.

"왜 하필 이런 북망산 지하에 만든단 말인가? 얼마든지 경치 좋은 곳이 많을 텐데."

"하필 북망산인 이유가 뭐겠소?"

순간 중인들은 그제야 본래 이 지하 석실이 무덤으로 만들어졌다는 것을 깨달았다. 섬뜩한 기분이 들었다.

진성은 대청 중앙으로 걸어갔다.

그곳에는 거대한 관이 놓여져 있었다. 표면에 특별한 문양은 새겨져 있지 않았지만, 천축산 침목(沈木)으로 만들어져 있어 그 무게감과 품격이 대단했다. 침목은 물에 가라앉을 만큼 무거운 나무인데, 그 단단하기가 쇠보다 더하다고 알려진 것으로 같은 무게의 황금과 같은 가치를 지니고 있었다. 의원에게는 사향 대용으로 쓸 수 있는 보물이기도 했다.

하지만 중인들의 관심은 관 속에 들어 있는 내용물에 있었다.

혹시나 관 안에 한천검이 들어 있는 게 아닐까 생각한 사람도 있었지만 진성의 말과 행동을 예측하지는 못했다.

"이 안에 한천검이 있소."

그렇게 말하며 관 뚜껑을 활짝 열어젖혔다.

그리고 십여 걸음 뒤로 물러나 그 자리에 가부좌를 틀고 앉았다. 이제부터 자신은 상관없다는 태도였다.

갑자기 대청 내 공기가 팽팽하게 당겨졌다.

관 안을 살펴보기 위해 중인들은 두 눈을 부릅떴지만, 행동은 반대였다. 일제히 몇 걸음 뒤로 물러난 것이다.

먼저 손을 뻗친 자가 모두에게 협공당한다.

비록 한천검을 얻기 위해 서로 암묵적인 협의를 했지만, 보물을 눈앞에 둔 지금 그것은 이야기꾼의 허풍보다 믿기 힘들다.

진성이 관 속에 계략을 꾸며놓았을 가능성이 있다.

이런 생각들 때문이었다.

유검은 그들과 반대로 진성에게로 가 함께 가부좌를 틀고 앉았다. 보물 따위는 자기와 아무런 상관 없으니 빠지자고 생각한 것이다.

이때 관 안을 살펴보던 팽천화가 얼굴을 찌푸렸다.

“이건……!”

관 안에는 거대한 검이 시체처럼 놓여져 있었다.

복면인이 크게 살기를 일으키며 진성을 향해 외쳤다.

“저게 한천검이라 말하는 건가?”

“분명 진짜요.”

진성은 그들의 의심을 풀어주고 싶은 생각은 없는 듯 짤막하게 대답하곤 입을 다물었다.

대청 안의 공기가 따가울 정도로 긴장되어 가는데, 삿갓을 쓴 괴인이 입을 열었다.

“들은 적 있어요.”

중인들은 흠칫 놀랐다. 젊은 여인의 목소리였던 것이다.

“한천검의 본래 모양은 저랬다더군요. 그것을 그분이 가공하여 투명하고 하늘하늘한 검신을 지닌 연검 형태로 변형시키셨다고…….”

농부 차림의 늙은이가 침음성을 냈다.

“믿기 힘들지만… 그분이라면 가능하지.”

팽천화는 의심의 빛을 지우지 않았다.

“설령 크기는 달라졌다 해도 무게마저 사라질 리는 없을 텐데…….”

“그렇겠지. 그분은 그런 검을 가볍게 들고 다니셨고.”

중인들은 침묵했다.

그들은 혈겁으로 원한을 가진 진성이 동귀어진의 함정을 파놓았을 위험도 무릅쓰고 이곳으로 왔다. 그리고 그들은 각자 만약 운 좋게도 한천검을 차지한다면 즉시 여기를 빠져나갈 계획이었다.

그런데 검 모양을 보아하니 무게는 둘째 치고 크기 때문에 홀로 들고 다니는 것조차 불가능해 보였다.

진성이 중얼거렸다.

"무엇들 하시오? 난 비록 검의 비밀을 알아내지 못했지만 그대들이라면 알 수 있을지도 모르잖소."

그제야 중인들은 주춤거리며 한천검 앞으로 다가서서 검을 살폈다.

그들이 검에 열중해 있을 때 진성이 작은 소리로 말했다.

"내게는 비장의 독약이 있소이다. 독이 아니라 고(蠱)에 가까운데 공기를 타고 순식간에 수십여 리의 모든 생명체를 중독시키지요."

유검은 그가 난데없이 존칭하는 것이 의아했지만, 그 말의 내용에 대한 놀라움을 능가하지는 못했다.

"만약 그대가 오지 않았다면 난 그 독을 풀었을 거외다."

"그리되면 낙양 전체가……."

"이미 사랑하는 가솔들의 죽음을 보았는데 무슨 미련이 있었겠소?"

"……"

"난 갈기갈기 찢어버려도 시원치 않을 저들을 데리고 여기까지 왔소이다. 여기는 그분이 잠들 성지인데 말이오. 무엇 때문이겠소?"

아무리 작은 목소리일지언정 무림고수인 그들의 귀를 피할 수는 없었다. 그것을 알면서도 진성은 들으라는 듯 거리낌없이 그렇게 말했다.

복면인이 차갑게 노려보았다.

"역시 함정을 파놓았나?"

진성은 그를 비웃었다.

"홍, 그대에게 굳이 함정이 필요할까?"

"어쨌든 이렇게 밀폐된 공간이면 독을 펼치기는 쉽겠지. 하지만 그 정도는 충분히 예측해 뒀어. 여기서 밖으로 나가는 데 반 각도 걸리지 않는다. 그동안 숨 참는 거야 아무것도 아니지."

"독을 쓸 생각은 없다. 그런 마음이 있었다면 네놈들의 수하가 있을 때 하독(下毒)했겠지."

"그럼 무엇 때문에 우릴 여기로 데려온 거지? 네 말대로 철천지원수인데 말이다."

진성의 눈빛이 반짝거렸다.

"그분을 위해서다."

"그… 분?"

중인들은 뜻밖의 말에 잠시 멍해졌다.

복면인이 떨리는 음성으로 외쳤다.

"설마 그분이 여기 계신다고 말하는 게냐? 그따위 헛수작을 우리가 믿을 것 같으냐?"

"분명히 여기 계신다. 정확히 말하자면 이 육체 속에 잠들어 계신다."

진성은 단호히 잘라 말하며 유검을 가리켰다.

유검은 세상 살아가며 더 이상 놀랄 일은 없을 거라 생각했는데, 지금 이 순간 파기시켰다.

얼마나 놀랐는지 목소리가 절로 높아졌다.

"내 안에?"

진성의 말투가 바뀌었다.

"본래 난 그대가 그분의 환생이라 생각했다. 하지만 곧 바뀌었지.

아무리 환생한다 할지라도 육체가 바뀐 이상 수련하지도 않은 공력이 나올 리 없으니까. 그대는 분명 그분의 태양력 공력으로 얼음 비수를 만들어내었다. 묻건대 그대가 배웠던 것인가?"

유검은 대답할 수 없었다.

"결국 답은 하나다. 그분은 천수가 다함을 알고, 진신(眞身)을 출신(出身)시켜 이 젊은이의 몸속으로 들어간 것이다.

"…왜?"

"그 이유는 그분이 깨어나면 물어봐야겠지."

"증거는 있는가?"

"난 이미 몇 차례의 시험을 통해 이 청년의 몸속에 잠들어 계신 그분의 숨겨진 능력들을 확인했다. 첫 번째는 해약없는 음약인 애환단(哀歡丹)을 견뎌냈다는 것이요, 둘째는 미안하지만 네 부인에게서 살아 나온 것을 보고서다. 아무리 기재라 하더라도, 청년의 몸으로 네 부인의 공력을 이겨낼 수 있다고 보는가?"

"망할 놈! 감히 시험거리로……!"

"네놈들의 피를 갈아 마시고 싶을 정도이나, 그분이 깨어날 수만 있다면 그까짓 은원은 아무것도 아니다."

진성은 유검을 쏘아보며 말을 이었다.

"내력을 조사해 보았지. 얼마 전에 주화입마당했다더군. 그런데 오히려 그 후로 심상찮은 능력들을 보이기 시작했다. 분명 그분이 깨어나려 하는 과정이 확실해."

진성의 시선은 다시 복면인 등에게로 향했다.

"그분이 깨어날 수 있도록 협조를 부탁하네. 그것이 너희들을 데리고 그분의 애검이 잠들어 있는 이곳으로 온 이유이다."

유검은 멍하니 사람들을 둘러보며 중얼거렸다.

"설마 저런 황당무계한 소리를 믿는 건 아니겠죠?"

하지만 절대 그의 말이 틀렸다고 자기조차 확신할 수 없었다.

사람들이 천천히 유검을 향해 다가오기 시작했다.

착각과 실재

"으라챠챠챳!"

달빛 아래, 힘찬 기합 소리와 함께 입구를 가로막고 있던 바위가 옆으로 비켜났다.

"드디어 바깥 세상이다!"

서문평이 감격에 겨워 소리쳤고, 뒤이어 나온 굉무는 분풀이하듯 바위를 찼다.

"망할타불! 감히 우릴 방해거리로 여기다니!"

발끝은 바위를 향했지만, 실제 화풀이의 과녁은 유검이었다.

둘의 뒤를 이어 다우와 꼬마 진삼원이 나왔는데, 다우의 눈가에 눈물이 그렁그렁 매달려 있었다.

"어, 없어……."

다우는 주위에 유검이 없는 것을 확인하고 나서 울 채비를 했고, 이에 서문평와 굉무는 다급해졌다.

"자, 잠깐! 그 녀석, 조금만 더 기다리면 올 거야."

"그, 그래, 단지 급한 볼일 때문에 나간 거니까 말야."

엉터리 둘러대기는 씨도 먹히지 않았고, 다우는 우왕— 울음을 터뜨렸다.

서문평이 황급히 말했다.

"여기서 울고 있지 말고 일단 그 녀석을 찾아보자."

제대로 된 대안이 나오자 다우의 눈물은 그제야 멈췄다.

서문평과 굉무는 식은땀을 닦으며 그녀와 꼬마를 데리고 정문 쪽으로 갔다. 혹시 수상쩍은 놈들이 있지 않나 해서 굉무가 앞길을 먼저 달려 살폈는데, 장원 안 여기저기 관가에서 나온 관원들이 우글거리는 것을 보고 난감해했다.

이때 숲 속에서 한 인영이 뚝 떨어져 내렸다.

"네놈들이 여기 웬일이더냐?"

도복을 입은 청수한 중년인이었다.

"현풍 사숙!"

서문평이 그를 보고 감격하다시피 하며 예를 올리려는데, 현풍은 손사래를 치며 다급히 물었다.

"인사는 나중에. 그보다 유검 그 녀석을 보지 못했나?"

굉무는 이때서야 뒤늦게 합장하며 예를 올리고 있었는데, 현풍의 그 말을 듣자 고자질하듯 말했다.

"좀 전까지만 해도 우리와 있었지요. 그 녀석이 우릴 배신하기 전까지만 하더라도요!"

"우와왕―!"

다우의 울음보가 또 터졌다.

몇 사람의 관원이 그들을 발견하고 소리치며 달려왔다.

현풍은 다우와 꼬마 진삼원의 목덜미를 잡고 가볍게 신형을 날렸다. 서문평과 굉무는 서둘러 그 뒤를 따랐다.

신농산장에서 일 마장 정도 떨어진 어느 골목길에 이르러 멈춰 섰다.

서문평은 그제야 입을 열어 안부를 물었다.

"그런데 현풍 사숙께서 어인 일이십니까?"

"신농산장에 큰일이 일어났다기에 혹시나 싶어 와본 참이다만… 아니, 그게 문제가 아니지."

현풍은 정색을 하고 물었다.

"유검, 그 녀석 주화입마당했다고? 그 후로 뭔가 달라진 것은 없느냐?"

서문평과 굉무는 난데없는 그 질문에 어벙해졌다.

"그다지… 여전히 잘 놀러 다니고, 잘 속이고, 잘 울리고……."

"검기를 쓸 수 있게 되었다고 우릴 데리고 놀았지요. 죽을 뻔했지만 뭐, 따져 보면 역시 평소와 마찬가지인 셈이지요."

현풍의 미간이 찌푸려졌다.

"검기?"

굉무는 고자질하듯 유검의 행동에 대해 일러바쳤다.

듣고 난 현풍은 오히려 안색이 누그러졌다.

"음… 뭐, 그 정도면 아직까진 괜찮군."

서문평과 굉무는 어리둥절해졌다.

'대체 뭐가 괜찮단 거지?'

현풍의 태도는 혹시 유검이 정인군자가 되어버린 게 아닐까 걱정되어 달려온 것처럼 느껴졌다.

그는 이제 느긋해진 표정으로 다우를 돌아보았다.

"흐음, 혹시 너냐? 의동생 삼았다는 아이가?"

부드럽게 말을 건네자 다우는 두려운 표정으로 고개를 끄덕였다. 서문평이 옆에서 작은 목소리로 유검의 사부라고 일러주자 다우는 황급히 고개를 숙여 인사했다.

"처, 처음 뵙겠습니다."

"그래, 참 귀여운 아이구나. 근데 벌써 혼례를 치른다고? 상대는 누구지?"

"저… 그게……."

다우는 대답하기 난처해 주저거리는데, 꼬마 진삼원이 불쑥 나섰다.

"저요! 제가 혼례 상대였어요."

현풍의 눈이 놀람으로 물들기 전에 냉큼 이어 말했다.

"하지만 바뀌었어요. 유검 형으로요!"

순간 다우의 얼굴이 홍시처럼 빨개졌다.

현풍의 시선은 다시 다우에게로 향했다. 그녀의 위아래를 살피며 입을 여는데 말을 더듬었다.

"뭐, 놀랍진 않다만… 그래도… 그래도… 음……."

이때 맞은편에 있던 대문이 열리며 건장한 체구의 중년인이 어슬렁거리며 나왔다.

"누가 남의 대문 앞에서 떠드는 거요?"

완전히 시비 거는 어조였는데 현풍을 발견한 순간 얼굴이 굳었다.

"여, 여긴 어쩐 일로……."

"호오… 여기 살고 있었나? 마침 잘됐군."

현풍은 사내를 보자 반색했다.

그리고 대문 위 편액을 보고 고개를 주억거리며 말했다.

"용호관이라~! 무관을 차리다니, 자네 다시 봤어. 아참, 자네 예쁜 딸이 있다고 했지? 지금 있는가?"

현풍은 마치 자기 집처럼 대문을 열고 들어갔다.

사내는 여전히 굳어 있었다.

"들어오지 않고 뭘 하나?"

현풍이 재촉하자 서문평은 사색이 되어 있는 중년인을 힐끔거리곤 그에게 물었다.

"저… 아는 사이신가요?"

"뭐, 저 녀석 딸의 할아버지 되는 녀석과 조금 안면이 있어. 하여간 들어와. 유검 그 녀석에 대해 너희도 조금 알아둬야 할 때가 된 것 같으니까."

*　　　　*　　　　*

"제기랄, 의원이라면 좀 더 그럴듯한 방법을……."

유검은 불만조차 터뜨릴 여유가 없었다.

농부 차림의 늙은이가 뿌려대는 무시무시한 장세를 피하기에도 벅
찼던 것이다.

진성은 여전히 가부좌를 틀고 앉아 있었는데, 유검의 말에 무뚝뚝하
게 대꾸했다.

"그분의 일에 관한 한 내 의술은 전혀 소용없다."

유검은 희미한 어둠 속에서 소리없이 날아오는 우모침들을 피하며
발끈해 소리쳤다.

"그렇다고 극한 상황에 몰리면 깨어날 거다, 이딴 식은……!"

역시 그 말도 제대로 잇지 못했다.

삿갓여인이 어느새 바짝 다가와 있었던 것이다.

그녀의 경공술은 마치 허공을 자유자재로 걸어다니는 것처럼 운신(運
身)이 자유로웠고, 폭풍처럼 빨랐다.

유검은 허리를 튕겨 몇 차례 공중제비를 돌며 가까스로 피해냈다.

진성이 소리쳤다.

"사정을 절대 봐주지 마시오! 죽인다 생각하고 필사적으로 공격하시
오!"

그의 말은 어처구니없고 기가 막혔다.

잠시 멈칫한 순간 등에 누군가의 일장을 얻어맞았다.

퍼엉—!

유검은 장세에 저항하지 않고 데굴데굴 벽 쪽으로 굴러가다 묵직한
도의 그림자가 바람을 가르고 날아오자 황급히 몸을 일으켜 피했다.

그리고 안 되겠다 싶어 사람들을 향해 소리쳤다.

"생각해 봐요! 좋아요, 좋아! 내게 그분이란 사람이 들어왔다 쳐요.

그래서 그분이란 사람을 깨워 그대들이 좋을 게 뭐가 있소? 쫄다구 신세가 될 게 뻔한데!"

지극히 상식적인 이야기였지만 전혀 통하지 않았다.

잠시 말하느라 머뭇거린 사이 장풍과 도와 암기 등이 쉴 새 없이 날아왔다.

"헛소리 마라!"

"얌전히 넌 잠들어라. 그분이 깨어나게 말이다!"

"쥐새끼 같은 놈, 정말 달아나는 데는 도가 텄군!"

그렇게 대청 내에서 쫓고 쫓기는 추격전이 계속해서 이어졌다.

사실 진성의 말에 가장 큰 충격을 받은 이는 복면인 등이었다.

그들은 이미 무림의 종주가 되어 있는 몸. 유검의 말대로 이제 와서 '그분'이 깨어나 다시 받드는 것은 싫었다.

하지만 만약 진성의 말이 사실이라면?

그래서 깨어나고 있다면?

그리고 지금의 말과 행동도 이미 기억하고 있다면?

그런 질문을 떠올리기만 해도 그들은 부르르 몸을 떨 정도로 공포에 질렸다.

그들이 기억하는 '그분'은 물론 훌륭한 사부였다. 어느 누구와도 비교할 수 없을 정도로 훌륭했다.

하지만 인정 많고 다정한 그런 사람은 절대 아니었다.

새끼를 가차없이 절벽에서 떨어뜨리는 사자와 같았다.

하나의 요결을 무심하게 말해 주고는 통과하지 못하면 죽을 수도 있는 관문 속에 던져 놓는 식이었다.

　그리고 절대적인 신뢰와 완전 복종을 요구했다.

　뱀 굴속에 던져 놓는다.

　그전에 지나가듯 한 말은 단 하나, 죽으면 살리라.

　그분의 말을 신뢰하기에 뱀 굴속에서 완전히 죽어야 했다.

　죽은 체하는 것이 아니라 정말로 죽기 위해서 필사적으로 노력해야
했다.

　호흡이 멈추고 맥박도 뛰지 않아야 했다. 최대한 고요하게 하여 스
스로 그렇게 느껴질 정도가 되어야 했다. 그리고 보지도 말고, 듣지도
말고, 뱀이 자기 몸 위를 놀이터로 삼아도 나무토막처럼 무감각하게 반
응해야만 했다.

　그렇게 사흘을 꼬박 지내고 나서야 건져 올려주곤 '이것이 입정(入
定)의 요결이다' 라고 말해 주었다.

　복면인은 부르르 몸을 떨었다. 한순간 그때의 일 중 하나가 떠올랐
던 것이다. 그리고 자신을 뱀 굴에서 건져 올려줄 때의 그 무심하고 고
요한 눈빛도 함께 떠올랐다.

　"으아아아아악―!"

　그는 비명을 지르며 품속에서 암기들을 꺼내어 닥치는 대로 던졌다.

　수십 년을 악몽 속에 시달리게 만든 그 눈빛이 다시 떠오르자 그는
참을 수 없었던 것이다.

　그들은 '그분' 을 존경했지만, 그보다 더 내면 깊은 곳에 자리한 것
은 '공포' 였다.

참혹한 혈겁을 일으켜가면서까지 한천검을 차지하려 했던 것은 최소한 그에게 있어서는 욕망 때문이 아니었다. 필사적으로 제이의 사부가 탄생하는 것을 막고 싶어서였던 것이다.

죽인다는 마음으로 공격?

그것은 당연했다.

실제 정말로 죽어주었으면 했으니까.

만약 깨어나면 그분을 위한 일이 되고, 만약 죽어버리면 그보다 더 좋은 일은 없는 것이니까.

복면인은 물론 농부 차림의 늙은이까지 두 눈이 광기로 번들거리고 있었다. 광기는 전염성이 강하다. 팽처화와 삿갓여인까지 까닭 모를 공포에 휩싸여 이미 이성을 잃고 있었다.

유검은 공세를 피해 다니다 등 뒤가 벽임을 깨달았다.

사람들이 광인처럼 마구 날뛰기 시작했기에 그 위력은 대단했지만 공격의 정확도는 떨어졌다. 그래서 가까스로 피해 다닐 수 있었지만 이제는 한계에 달한 것 같았다.

'제기랄, 써야 하나?'

이런 급박한 상황에서 그 일검이 펼쳐질지도 의문이었다.

과녁이 고정되자, 미친 회오리바람 같은 공세가 한꺼번에 유검을 향해 쏟아졌다.

백추상은 홀로 이성을 지켜 공격하는 체하며 공세의 흐름을 방해하고 있었는데, 이 순간 유검이 정말 위험한 처지에 놓였다는 것을 깨달았다.

그중에서 가장 위험해 보이는 것은 몸통을 일도양단할 듯 내려치는 팽천화의 구엽도(九葉刀)였다.

그녀는 자기도 모르게 소리쳤다.

"안 돼!"

그리고 몸을 날려 유검을 덮쳤다. 자기 몸으로 유검 대신 공격을 받으려는 것이다.

"이 바보!"

위급한 와중 유검은 그녀를 안으며 한 생각이 스쳤다.

'공격이 아닌 방어는 안 될까?'

생각과 동시에 쥐고 있던 손잡이에 힘이 들어갔다.

검끝에 중심이 걸리고 유검의 의식은 광활하기 그지없는 무한의 공간으로 떨어졌다.

끼이이잉! 퍼엉! 스스스슷……!

공세들이 어떤 방어막과 부딪치며 별의별 소리가 났지만 결과적으로는 쾅―! 하는 폭음 소리만 들렸다.

복면인과 팽천화, 삿갓여인, 농부 차림의 늙은이 이 네 명은 자신의 의지와는 상관없이 커다란 먼지 알갱이가 된 것처럼 허공을 부유하며 뒤로 날아갔다.

유검이 펼친 검막 자체가 반탄력의 대부분을 흡수해 주었기에 그들의 몸뚱어리는 세차게 날아가지 않은 것이다.

복면인 등은 바닥에 떨어지고 나서도 당장 일어서지 못했는데, 광기에서 깨어난 듯 모두 멍한 표정들이었다.

난 왜 여기 있지? 하는 그런 얼굴들이었다.

유검은 한 팔로 백추상을 안은 채 천천히 몸을 일으켰다. 다음번 공

격을 대비하며 촉각을 곤두세우고 있는데, 진성이 벌떡 일어나 감격한
듯 울부짖었다.

"깨, 깨어나셨다!"

진성은 네 명이 낙엽처럼 동시에 튕겨 나가는 모습을 보고 마침내
깨어났다고 믿었다.

공세를 취한 네 명은 모두 무림에서 으뜸가는 인물들이다. 그런 그
들의 공세를 저렇게 물리칠 수 있는 자가 '그분' 외에 또 누가 있단 말
인가?

복면인 등은 신형을 일으키다 진성의 말에 흠칫하며 제정신을 차렸
다. 자신들이 튕겨 나간 것을 떠올리며 유검을 바라보았다

유검은 어둠 속에서 석벽을 뒤로하고 한 팔로 여인을 안은 채 검을
늘어뜨리고 서 있었는데, 마치 천왕이 내려와 있는 것 같았다.

그들은 두려움에 이성이 마비되는 것 같았다.

머리를 조아리고 무릎을 꿇었다.

최대한 경의를 담아 복면인이 대신하여 예를 올렸다.

"어, 어르신의 깨어나심을 앙축드리옵니다."

삿갓여인은 삿갓을 벗었다. 감히 더 이상 쓰고 있을 수 없는 것이다.

얼음처럼 차갑고 고고해 보이는 긴 머리 여인의 모습이었다.

그녀는 무릎걸음으로 다가가 유검의 발등에 조용히 입을 맞추었다.

"소녀의 천한 이름은 냉설매(冷雪梅)라 하옵니다. 소녀는 비록 삼대
이나, 무슨 명이시든 충심으로 받들어 모시겠습니다."

팽천화는 내심 갈등했다.

조금 전까지 자신이 뭔가에 홀려 있었던 것 같았다.

그는 유검을 감히 올려다보지 못했다. 범접할 수 없는 위엄에 가득 차 있어 전신을 짓누르고 있다는 느낌 때문이었다.

'저 늙은이의 말이 사, 사실이었단 말인가? 깨어나시다니……!'

그는 자신도 냉설매처럼 유검에게 다가가 발등에 입을 맞춰야 할지 아니면 이대로 있어야 할지 알 수 없어 머리만 조아렸다.

진성 역시 오체복지한 채 유검의 명만 기다리고 있었다.

유검은 그들을 돌아보며 생각했다.

'휴우… 그분이란 사람이 깨어난 걸로 착각하고 있구나. 이럴 때 들통나면 큰일이니 입을 다물고 있자.'

다행인지 아니면 더 큰일이 벌어진 것인지 판단할 수 없었다.

모두 오체복지하여 명을 기다리고 있었는데, 유검이 일체 입을 열지 않자 다들 두려워 머리만 조아렸다.

유검의 품에 안겨 있는 백추상 역시 분위기에 휘말려 '그분' 이 깨어났다고 믿었다.

'하, 할아버지의 사부…….'

그녀는 자신도 얼른 오체복지해야 한다고 생각했지만, 너무 큰 긴장이 밀려와 실신하고 말았다.

유검은 그녀가 실신하여 축 늘어지자 황급히 팔에 힘을 주었다. 그 모습은 마치 유검이 그녀를 힘주어 끌어안는 것처럼 보였다.

사람들은 그 모습을 감히 볼 수 없어 눈을 아래로 깔았다.

냉설매는 유검의 발등에 머리를 조아리며 떨리는 목소리로 말했다.

"소, 소녀도 원하신다면……."

유검은 언제까지고 이렇게 서 있을 수만은 없는 이 상황을 어떻게 해결해야 할지 열심히 궁리하느라 그 말을 듣지 못했다.

유검의 침묵을 어떻게 해석해야 할지 고민하던 냉설매는 천천히 몸을 일으켰다.

스르륵—

그녀는 옷을 하나둘씩 벗기 시작했다. 옷을 벗는 처녀로서의 부끄러움은 보이지 않았다. 맹수 앞에 놓여진 먹이로서의 의무를 다한다는 느낌에 가까웠다.

마지막 고의까지 벗어버리고 그녀는 나신이 되어 다시 유검 앞에 무릎을 꿇고 앉았다. 그리고 검을 쥐고 있는 유검의 손을 자기 가슴 쪽으로 가볍게 끌어당겼다.

탕!

유검은 검을 떨구고 말았다. 검이 그녀의 허벅지를 스치며 가벼운 상처를 냈다.

유검은 애써 참았지만, 결국 의지와는 상관없이 음약이 발동되었음을 알았다.

이젠 그냥 서 있는 것도 불가능해 보였다.

냉설매는 소중한 보물처럼 유검의 손을 가슴에 안고 있다가, 손가락을 하나하나 빨기 시작했다.

그러면서 큰 행복을 느꼈다.

자신의 행위가 거부당하지 않음으로써 그녀는 공포에서 벗어날 수 있었다. 조그만 접촉을 통해 절대자의 품속에 안겨진 느낌이었다.

유검은 난감하고 곤혹스럽기 그지없었지만 그냥 가만히 있을 수밖에 없었다.

그녀의 행위는 본래 예정되어진 거룩한 의식처럼 보였기에, 만약 그녀를 거부하다간 당장 들통날 것 같았다.

"으음……."

실신했던 백추상이 깨어났다.

그녀는 곧 상황을 깨닫고 황급히 머리를 조아리다 냉설매가 유검의 손가락을 빠는 것을 보았다.

백추상은 차마 옷은 벗지 못하고 유검의 왼 손가락을 빨기 시작했다.

유검은 그녀조차 분위기에 휩쓸려 따라 하는 것을 보고 어처구니가 없었지만 말릴 수는 없었다.

그렇게 각 양손을 두 여인에게 점령당한 유검은 이만 꽉 깨물고 있었다.

음약은 발동되었는데, 손가락은 두 여인의 입속에서 노니느라 간지럽기 그지없다. 그렇다고 함부로 어설픈 행동을 하다간 당장 들통이 나 칼과 암기가 날아올 것 같다.

도대체 어떻게 해야 한단 말인가?

이때 유검은 관 속에 놓여진 한천검을 보고 영감이 번쩍 떠올랐다.

"검을……."

최대한 목소리를 깔고 중얼거렸다.

"내게 검을……."

음욕을 최대한 참고 있었기에 목소리는 억눌려 있었다.

유검은 천천히 검을 향해 걸어가며, 자연스럽게 두 여인에게 점령당해 있던 양 손가락을 회수할 수 있었다.

그리고 관 앞에 서서 한천검의 손잡이를 쥐고는, 백화원에서 이 검을 휘두를 때의 감각을 떠올렸다.

순간 거대한 검이 대청 천장을 향해 세워졌다. 마치 거대한 탑처럼 보였다.

사람들은 그 광경에 감동했다.

유검이 제발 무슨 명령이라도 내려주기만을 간절히 기다리며 엄습해 오는 공포와 싸우는 와중이었기에 그러한 광경을 보게 되자 마치 구원받은 것 같았다.

다들 눈물까지 글썽거렸다.

이때 유검이 허공을 향해 소리쳤다.

"이건 아냐! 내 검이 아니야!"

쾅!

거대한 검이 돌 가루를 튕기며 대청 바닥에 비스듬히 박혔다. 그리고 유검은 그 자리에서 쓰러졌다.

내심 제법 괜찮은 연기였다고 자평하며 얼른 내면의 중심으로 의식을 모았다. 음약의 발동을 잠재우기 위해서였다.

유검이 쓰러지자 대청 안은 한바탕 난리가 났다.

그 꼬마가 바로 유검이다

그 꼬마가 바로 유검이다

유검이 내면의 깊은 고요 속에서 다시 나왔을 때 사람들은 머리를 조아리고 오체복지한 채 있었다.

유검은 짐짓 어리둥절한 모습으로 중얼거렸다.

"어라? 여기가 어디지?"

그리고 사람들을 향해 물었다.

"당신들 왜 그러고 있는 거요?"

복면인이 조심스레 고개를 들고 더듬거리며 말했다.

"저기… 어르신께선……."

"어르신이라니, 누구보고 말하는 거지?"

유검이 여전히 어리둥절한 모습으로 주위를 두리번거리자 그들의 얼굴에 의심의 빛이 드러났다.

그래도 혹시나 싶어 또다시 물었다.

"혹시… 절 기억하시겠습니까?"

다소 대담한 질문이었다.

"당연하지. 당신은 사천당문의 전대 문주잖소."

조금 무례한 대꾸였지만, 이로써 신분이 확인되었다. '그분' 이라면 사천당문이 어디 붙었는지도 신경 쓰지 않을 분이니까.

복면인은 그제야 오체복지를 풀고 몸을 편하게 뒤로 젖혔다.

"젠장, 그 애송이야."

"후아……."

다들 안도의 한숨을 내쉬며 몸을 일으켰다. 아직 나신으로 있던 냉설매는 황급히 옷가지를 찾아 입었다.

모두 해방의 기쁨을 누렸다.

무겁게 짓눌려 있던 공기가 일시에 빠져나간 것 같았다.

이유없는 기쁨과 평화의 공기를 맛보며 사람들은 흘러내리는 식은 땀을 닦았다.

"정말 무시무시했어."

팽천화는 고개를 도리도리 흔들었고, 농부 차림의 늙은이는 모내기 끝난 후 짓는 미소를 입가에 띠었다.

"하지만 정말 예전 모습 그대로셨어."

다들 전쟁 후 맛보는 평화 속에 안도하는데, 진성 홀로 버럭 화를 내었다.

"어째서……!"

그는 유검을 쏘아보며 부들부들 떨었다.

“왜 네놈이냐!”

유검은 눈만 말똥말똥 굴리며 순진한 얼굴로 고개를 저었다.

“나는 몰라요.”

진성은 돌연 정색을 하며 한천검으로 다가가, 검을 어루만지며 중얼거렸다.

“그렇군. 역시 이 검 때문이야.”

“검?”

“그분은 이렇게 외치셨다. 이건 아냐! 내 검이 아냐! 그리고는 쓰러지셨다.”

유검은 뜨악해졌다.

‘이보슈. 난 그냥 의미없이 한 말이니까 괜히 엉뚱한 의미 붙이지 마쇼.’

하지만 진성의 말은 이미 중인들의 얼굴에 다시 긴장의 빛이 감돌게 만들고 있었다.

복면인이 침중한 목소리로 유검에게 물었다.

“혹시 그분으로 계실 때의 기억이 남아 있나?”

유검은 뭐라고 대답할까 하다 애매모호하게 말했다.

“음… 뭐라고 할까, 뭔가 떠오르는 것 같기도 하고 그냥 꿈결 같기도 한데…….”

“그때 검에 대해 어떤 느낌이었나?”

“음… 어떤 애절함 같은 게 느껴지는 것 같기도 하고 기쁜 것 같기도 한…….”

애매모호하기 그지없는 답변이었음에도 진성과 복면인은 모두 이해했다는 듯 고개를 끄덕였다.

"역시, 예전 쓰시던 애검의 모습을 원하시는 건가?"

"아마도."

"우리로선 불가능이군."

"명장의 솜씨를 지닌 자를 찾아야 하나?"

"이미 몇몇을 초빙했었지. 하지만 검의 재질조차 알아내지 못하더군."

"그렇다면 역시……."

"그래. 그놈뿐이다, 가능한 것은! 그분으로부터 병장기 만드는 것을 전수받았으니까."

"하지만 근래 모습을 감추지 않았나?"

"아니, 무기명제자 중에 꽤 쓸 만한 재목이 보이면 가끔 나타나 무공을 전수해 준다는 이야기를 들었다."

"그게 유일한 기회겠군."

농부 차림의 늙은이가 끼어들었다.

"그렇다면 서둘러야 해. 마침 남궁세가에서 문호를 개방하고 제자를 받는 시기가 열흘 후라네."

중인들은 서로 머리를 맞대고 이런 저런 의논을 했다.

유검은 될 대로 되라는 심정으로 간섭하는 것을 포기했다.

한편 도대체 '그분' 이란 자가 누구인지 궁금증이 치밀었다.

이때 백추상이 혼자 다가와 얼굴을 붉히며 물었다.

"저… 그, 그것도 기억나?"

"뭐가?"

모른 척 되물었지만 유검은 그녀가 자기 손가락 빤 일을 말하는 것임을 눈치챘다.

백추상은 황급히 고개를 저었다.

"아, 아냐, 아무것도……."

그녀는 내심 의아해했다.

'그땐 내가 왜 그랬지? 맨 정신이었는데…….'

그 일을 떠올리면 지금도 얼굴이 화끈거릴 정도였다.

유검은 부끄러워하고 있는 그녀의 얼굴을 멀뚱히 바라보다 입술로 자연히 시선이 갔다. 그때의 일이 떠올라 유검은 슬며시 시선을 돌렸다. 괜히 마른침이 나왔다.

"미안해……."

그녀는 뜻 모를 사과를 하고 나서 다시 중인들에게로 되돌아갔다.

'내게는 항상 뻣뻣하기 그지없었는데, 왜 저렇게 부드러워졌을까?'

돌연한 그녀의 태도 변화에 유검은 가슴이 두근거렸다.

복면인이 천천히 다가와 입을 열었다.

"결론이 나왔다. 계획이 세워졌어."

유검은 한숨을 쉬었다.

자기가 아무렇게나 지껄인 말을 가지고 바보들이 열심히 회의하는 것까지는 견딜 수 있다. 문제는 그 회의 결과를 진지한 얼굴로 자기에게 말해 주려 하고 있다는 점이었다.

웃지 않고 들을 자신이 없었다.

하지만 듣는 순간 유검은 웃을 수 없었다.

"너는 열흘 후 남궁세가의 무기명제자로 들어간다. 그곳에서 탁월한 기재를 인정받는다. 그리고 우연히 남궁세가의 전대 가주인 남궁혁(南宮赫)을 만난다. 자초지종을 이야기하고, 이곳으로 데려와 한천검을 원래의 모습으로 되돌린다."

너무도 황당무계한 소리라 유검은 일순간 반박조차 못했다.

"뭐, 뭡니까?"

자신할 순 없지만, 남의 일이라 하더라도 재미없는 이야기였다.

게다가 우연히? 무슨 놈의 계획에 우연히라는 말이 들어간단 말인가?

유검의 반발 따위는 무시한 채 복면인이 말을 이었다.

"물론 우리도 암중에서 도울 것이지만 모습을 드러낼 수는 없으니 너 혼자 모든 일을 처리한다고 생각해라."

"잠깐!"

유검은 애써 냉정한 얼굴을 유지하려 했다.

"제가 하겠다고 허락한 기억은 없는데요? 당신들의 바보 짓에 동참하고 싶은 생각도 없습니다!"

말을 마치며 몸을 휙 돌려 밖으로 나가 버릴 생각이었지만, 농부 차림의 늙은이가 백추상의 머리 위에 손바닥을 올려놓고 있는 것을 보고 멈출 수밖에 없었다.

"협박하는 겁니까?"

"그저 귀여워서 머리를 쓰다듬고 있는 중이라네. 휴우… 옛 친구의 손녀가 어떤 사고로 머리가 박살나 죽는다면, 내 마음은 정말 아플 걸세."

늙은 생강답게 유검이 그녀와 어떤 관계가 있다는 것을 눈치채고 협박하는 것이다.

백추상은 공포에 질려 얼굴이 창백해졌다.

진성이 품속에서 사기로 만든 약병을 꺼내 들며 말했다.

"굳이 자네를 붙잡진 않겠지만, 내일이면 두 눈으로 직접 낙양에 펼쳐진 지옥도를 볼 수 있는 행운을 누리게 될 거라는 것을 약속하지."

유검은 그가 공기를 타고 순식간에 수십여 리의 모든 생명체를 중독시키는 독약이 있다고 말한 것을 떠올렸다.

그렇게 무시무시한 협박을 하면서도 진성의 얼굴은 담담해 보였다.

그리고 여차하면 옛 친구 손녀의 머리를 박살 내려는 농부 차림 늙은이의 눈빛에도 아무런 갈등이 보이지 않았다.

주위를 돌아보다 유검은 한 가지 사실을 깨달았다.

이들은 갑자기 바보 멍청이가 된 것이 아니라는 것을.

단지 '그분' 이라는 놈의 보이지 않는 공포로부터 벗어나기 위해 필사적인 것이다.

진성의 경우는 마치 사이비 종교의 광신도처럼 보이기도 했다.

그렇지 않다면 어찌 가솔을 죽인 원수들과 함께 머리를 맞대고 협력할 수 있겠는가 말이다.

지금의 일이 자신의 헛소리 때문에 비롯되었다는 것을 생각하면 웃을 수도 없고 울 수도 없는 상황이었다.

어쨌거나 유검은 고개를 끄덕이며 승낙할 수밖에 없었다.

일은 바삐 진행되었다.

팽천화가 심각하게 말했다.

"요점은, 네가 그곳에서 탁월한 기재를 인정받고 그의 눈에 띄어야 한다는 것이다. 그러기 위해서는 너는 천고의 기재처럼 보여야 하는데, 우리가 그렇게 훈련시킬 것이다."

진성이 길게 한숨을 쉬며 뒤를 이었다.

"우리는 최선을 다하겠지만, 너 역시 죽을 각오로 노력해야만 할 것이다. 자, 시간이 없으니 서두르자!"

유검은 시무룩한 얼굴로 고개를 끄덕일 수밖에 없었다.

*   *   *

"잠꼬대요?"

"보통 잠꼬대가 아니었지. 그건 차라리 발작에 가까웠어. 음, 이건 맛있군. 좀 더 없나?"

용호관 내로 들어온 현풍은 대청에 주인처럼 탁자 앞에 앉았고, 일행은 마주 앉아 유검에 대한 일을 듣고 있었다. 그리고 관주이자 이 집의 원주인인 하도광은 부엌을 뒤져 먹을 것과 차를 부지런히 내오고 있었다.

현풍은 접시에 놓여진 육포를 다 먹어치운 후 다시 진지한 얼굴로 돌아가 입을 열었다.

"나이 들어 괜찮나 했는데, 주화입마로 다시 발작할까 봐 걱정되었지. 그래서 제자를 아끼고 사랑하는 나 현풍은 당장 그 녀석을 찾아 나선 거다. 흠. 뭐, 별로 달라진 게 없다니 다행이야, 하하하."

"저… 그게 다예요?"

"응? 그럼 다른 걸 기대했었나?"

서문평과 다른 일행은 실망을 감추지 못했다.

현풍이 엄숙한 표정으로 유검에 대한 비밀을 말하겠노라 말할 때는 뭔가 비밀스런 이야기를 들을 거라 기대했는데, 잠꼬대와 몽유병 따위라니…….

다음날 현빈장으로 돌아가기로 하고 일행은 관주의 안내를 받아 각각 침실로 갔다.

밤이 깊어지며 창문으로 새어 들어오는 달빛이 짧아져 가는데, 현풍은 홀로 대청에 앉아 있었다.

관주 하도광이 말벗을 하다 돌아간 지 오래였다.

마지막 촛불마저 꺼지고 대청이 어둠에 물들 때 한 사람이 조용히 들어와 현풍 맞은편에 앉았다.

굉무였다.

그는 합장하고 침묵을 지켰다.

현풍이 입을 연 것은 그로부터도 한참 후였다.

"너를 따로 부른 이유를 알겠느냐?"

굉무는 조용히 불호만 외웠다.

현풍의 시선이 창밖을 향하는 것을 보고 굳이 답변을 원하는 것이 아님을 알아서였다.

"아주 오래전… 아, 그렇게 오래된 것은 아니고… 한 사람이 있었다. 그는 무공에 관한 한 희대의 천재였지. 한편으론 그 외에는 아무것도 모르는 바보이기도 했고."

현풍의 시선은 옛일을 떠올리며 아득해져 갔다.

"그는 세상의 모든 무공에 대해 연구하고 익혔지. 하지만 어느 것도 그를 만족시킬 수는 없었어. 그가 원한 것은 궁극의 경지였으니까. 가끔 몇몇 자질있는 아이들을 보면 자기가 익힌 것을 전수해 주곤 했는데, 꽤나 혹독했지. 원래 사람들의 생사에 대해 무관심한 데다 인간의 한계를 염두에 두지 않았으니까. 그래도 자비심은 있었어. 최소한 죽게 하지는 않았거든.”

굉무는 죽게 하지는 않았다는 그 말이 어쩐지 으스스하게 들렸다.

“아이들은 항상 생사기로에 서서 배웠지. 무엇을 가르치든 죽던가 익히던가 둘 중 하나였거든. 그래서인지 그 성취는 꽤 괜찮았어.”

현풍은 돌연 서늘한 시선으로 굉무를 쏘아보았다.

“너는 내가 누구인지 알고 있느냐?”

“아미타불… 소승의 사부님으로부터 언질을 받았습니다.”

그는 소림의 장문제자이니 현풍의 배분을 알아둬야만 했다.

“흠, 그럼 내 말이 거짓말이라고 생각진 않겠군?”

“무, 물론입니다.”

“졸면서 듣지도 않겠지?”

“어찌 감히……..”

현풍은 의심스러운 눈으로 굉무를 쏘아보다 다시 이야기를 이었다.

“하여간 당시 아이들은 그를 무척이나 두려워했다. 뭐, 관 속으로 들어가거나 이빨 빠진 늙은이가 되어 있을 지금은 소중한 추억이 되어 있겠지만 말이다. 당시의 일을 떠올리며 그때는 왜 그렇게 두려워했을까 실소를 터뜨릴지도 모르지. 흠.”

아마 틀림없이 그럴 것이라 생각하는지 고개를 주억거렸다.

굉무는 내심 그럴 것 같지 않다고 생각하며 조심스레 물었다.

"혹… 어르신의 이야기인지요?"

현풍이 어리둥절한 얼굴을 했다.

"너는 지금 내가 누구 이야기를 하는지 몰랐단 말이냐?"

굉무는 미간을 찌푸리며 열심히 전대 고인들의 이름을 떠올려 보았지만 현풍이 말하는 '그'가 누구인지 도저히 짐작할 수 없었다.

"밤도 깊어가니 간단히 말해 주마. 그는 궁극의 경지를 추구하다 마침내 장백산 어느 동굴 속으로 들어갔다. 그리고는 깊은 삼매 속으로 들어갔지. 얼마의 세월이 흘렀는지 모른다. 그리고……."

현풍은 잠시 침묵 후에 다시 입을 열었다.

"어느 순간 그는 자기에게 치명적인 결점이 있는 것을 깨달았지. 어려서부터 오직 한 길만 걷다 보니 정(情)이란 것을 전혀 모르게 되었는데, 그로 인해 궁극의 경지를 성취할 수 없었던 것이다. 너는 이 말뜻을 알겠느냐?"

굉무가 깊이 합장하며 말을 받았다.

"사부님께서 언젠가 음성(淫性)이 곧 불(佛)이라 말씀하신 적이 계십니다. 그 연유를 여쭈니 다음과 같은 이야기를 들려주셨습니다. 전생에 재송도인(滅松道人)이었던 오조(五祖:다섯 번째 조사)가 사조(四祖)에게 도를 물었는데, 사조가 그의 생김새를 본즉 늙고 정(情)이 없었다. 그래서 이르기를, 그대는 돌고 돌아서 도인이 되었으니 스스로 죽어서 주씨(周氏)에게 들어가 다시 정도(正道)를 얻으라. 이에 오조는 이미 스스로 죽고 없어서 아버지 없이 스스로 남의 태(胎)에 잉태할 수 있다면 도라고 하기에 족한 것이지 또 무엇을 후할 수 있겠는가 했지만 사조이신 마조(馬祖)는 물질이 아니라고 말했다. 또 육조는 음성(淫性)이 곧

불(佛)이라고 말했다. 이 두 조사께서 천기(天機)를 모두 털어놓은 것이 니 명심해 두라. 그렇게 말씀하셨지요."

현풍은 고개를 주억거렸다.

"실로 그러하다. 도(道)가 인정을 사용한다는 것을 세상이 어찌 알겠 는가. 헛되이 인정만 있고 도(道)로 사용되지 않으면 사람의 정이 몇 번이나 때를 얻을 수 있을까."

잠시 자기가 한 말을 음미하고 나서 다시 입을 열었다.

"그래서 그는 다시 죽어 인간의 몸으로 환생할까 고민하고 있었는 데, 마침 나와 만난 거다. 난 장백산에 희귀한 약초를 구하러 다니고 있었는데, 한 동굴 속에 영기(靈氣)를 느끼고 들어갔더니 그가 있었던 거지. 알고 보니 그가 동굴 입구를 막아놓은 바위를 치우고 날 유인한 거였더군. 그는 당시 잘생긴 청년이었는데, 무표정한 얼굴로 모든 자 초지종을 내게 말해 주더군. 지금 내가 한 이야기는 그가 말해 준 거 야. 으음… 나는 반신반의했지만 결국 믿을 수밖에 없었어. 자기 몸보 다 더 긴 머리카락을 가진 것과 해박한 지식과 식견, 그리고 초월적인 능력을 보면서도 정말 그것만은 믿기 힘들었다. 하지만 두 눈으로 직 접 보았는데 어떻게 안 믿을 수 있겠느냐?"

굉무는 어리둥절해졌다.

"저… 무엇을 안 믿는다는 말씀이신지……."

현풍은 그제야 자기가 말을 빼먹었다는 것을 자각했다.

"아… 내가 조금 흥분했군. 이래서 늙으면 죽어야 한다니까."

고개를 도리도리 젓다가 침착하게 말했다.

"그는 자신이 놓쳐 버린 웃고 울고 사랑하는 사람들 간의 정(情)을 배우기 위해 다시 육체를 어린 몸으로 되돌리겠다고 했다. 그와 함께 자신의 능력과 기억도 함께 봉인하겠다고. 다시 말해 살아 있는 몸으로 환생을 하겠다는 거였어."

"……!"

"두 눈으로 보고도 믿기 힘들었지. 내공이 삼화취정 오기조원 이상의 경지에 오르면 반로환동하기도 하니, 그게 더 나아가 갓난아기가 되었다 해도 그렇게 이상한 것은 아니라고 생각하면서도… 왠지 믿기 힘들었어."

'가, 갓난아기로?'

굉무의 두 눈이 동그래졌다.

반로환동하여 여전히 젊은 모습을 간직하고 있는 현풍이 그렇게 말할 정도이니 굉무가 혼란스러워하지 않는다면 오히려 이상할 것이다.

"몇 주야가 흐른 후, 그는 귀여운 갓난아기가 되어 있었지. 난 그 아이를 평범한 농가에 맡겼어. 그리고 다섯 살가량 되었을 때 그는 한 시장통에서 부모를 잃은 꼬마 아이가 되어 있었고, 나는 우연히 발견한 것처럼 해서 산으로 데리고 들어왔지. 그리고 제자로 삼았는데, 한바탕 난리가 났어. 사정을 모르는 녀석들은 본 파의 배분 관계가 엉망이 되어버렸다며 날 원망했고, 심지어 노망들었다고 수군거리기도 하더군. 뭐, 당연한 이야기지만 꼬마는 검에 관한 한 엄청난 기재를 보였고, 그제야 제자로 삼은 이유를 납득했는지 다들 조용해졌어."

굉무는 순간 한 생각이 스쳤다. 비명을 지르다시피 하며 벌떡 일어났다.

"혹시… 설마……?!"

현풍이 고개를 주억거렸다.

"그래, 그 꼬마가 바로 유검이다."

*　　　　*　　　　*

산서(山西)와 섬서(陝西)의 경계에 자리한 용문산(龍門山) 중턱에는 거대한 절벽을 뒤로하고 웅장한 장원이 한 채 있었다.

무림의 중추인 오대세가의 맏형 격인 곳으로 무림의 영원한 검의 명가(名家)로 불리우는 남궁세가(南宮世家)였다.

그리고 그 산 아래 남궁세가의 소작농들과 상인들이 모인 마을이 하나 있었는데, 유검 등은 그곳의 객잔에 도착해 있었다.

그들은 평범한 상인으로 변장했는데, 객잔을 아예 통째로 사서는 객잔 후원에서 유검을 맹훈련시켰다. 유검을 절세기재로 보이기 위한 특수한 훈련이었다.

때는 정오, 한여름날의 무더위도 아랑곳 않고 사천당문의 전대 가주는 얼굴과 신분을 가리기 위해 여전히 복면을 뒤집어쓴 채 열정적으로 유검을 가르치고 있었다.

"내 기억에 의하면, 남궁세가는 특별한 방법으로 기재가 있는지 없는지 시험해 본다. 예로 들자면, 한 움큼의 콩을 허공에 던지고 땅에 떨어지기 전에 그 개수를 알아맞히게 한다던가, 혹은 조그만 글씨가 새겨진 콩을 던지는데, 그걸 피하면서 무슨 글인지 알아맞히는 따위다. 우선 눈이 빠른지 어떤지를 시험해 보는 거지."

그의 발 아래에는 커다란 통을 있었는데, 그 안에는 콩이 가득 들어

있었다. 그리고 그 콩 하나하나에는 깨알 같은 글씨가 잔뜩 새겨져 있
었다.

유검은 커다란 통 안의 콩을 보자 한숨이 나왔다.

콩을 가지고 노는 것 따위는 어릴 적에 지겹도록 많이 해본 놀이였
다.

개수를 알아맞히거나 글씨를 알아보는 따위는 전혀 어렵지 않았다.
문제는 그 콩 하나하나에 자신이 직접 글을 써야 한다는 것. 희미한 촛
불 아래서 밤새도록 붓을 쥐고 콩에 하나하나 깨알 같은 글씨를 새겨
넣는 일은 정말 곤욕이었던 것이다. 만약 손에 땀이라도 나서 글씨가
번지기라도 하면 지우고 다시 써야 했디.

그 일이 얼마나 지겹던지 그 일 이후로 콩 요리까지 입에 대지 못할
정도였다.

유검은 커다란 통에 들어 있는 콩을 보고 의아해했다.

'그런데 누가 저 많은 것을 썼을까?

혹시나 신분이 들통날까 봐 아무도 수하들을 데리고 오지는 않았다.

복면인이 희미한 등불 아래서 콩 하나하나에 글씨를 새겨 넣는 모습
이 상상되었다. 우습기도 하고 지겹기도 했다.

복면인은 감회 어린 눈으로 통 안의 콩을 바라보다 입을 열었다.

"시작하지."

그리고는 콩 하나를 집어 들어 오 장여 밖에 서 있는 유검을 향해 던
졌다.

쉿—

유검은 날카로운 휘파람 소리를 내며 날아오는 콩을 향해 안력을 집

중했다.

하지만 콩은 순간적인 공기의 압력을 이기지 못하고 찌부러지고 말 았다. 이래서야 콩이 대략 몇 조각으로 갈라졌는지 볼 수는 있어도 글 씨를 알아보기는 불가능했다.

유검은 멀뚱히 서 있을 수밖에 없었고, 복면인은 박살나 버린 콩을 무척 아까워했다. 옷을 먹물로 물들이며 제법 오랫동안 정성을 들여서 야 겨우 하나가 완성되었다는 것을 기억하고 있었던 것이다.

"내 실수다. 다시."

쉿―

이번에도 날카로운 휘파람 소리를 내며 콩이 날아왔지만, 조금 전처 럼 찌부러지지는 않았다.

하지만 유검은 읽을 수 없었다.

콩이 마치 살아 있는 것처럼 위아래 뒤죽박죽으로 흔들릴 뿐 아니라 너무 빠르게 회전하고 있었던 것이다.

복면인은 다시 자신의 실수를 인정했다.

"콩이 부서지지 않게 하기 위해 전륜공(轉輪功)을 약간 불어넣었더 니… 할 수 없지. 조금 느리게 던지는 수밖에."

휙―

이번에는 정상적인 파공성을 내며 콩이 날아왔다.

하지만 이번에도 유검은 읽지 못했다.

"뭐야? 이것 하나도 못 읽는 거냐?"

복면인은 버럭 화를 내자, 유검은 받아든 콩을 아무 말 없이 조금 전 과 똑같이 던져 주었다.

복면인도 콩에 새겨진 글을 읽지 못했다.

콩은 멀쩡했다. 또 회전하지도 않았다. 날아오는 동안 전혀 미동조차 않았을 정도로.

단지 글씨가 날아오는 콩의 후면에 있었을 뿐.

복면인이 다시 콩을 던지려 하는데,

쏴아아—

갑자기 빗줄기가 쏟아져 내렸다.

조금 전까지만 해도 햇빛이 쨍쨍했는데 날씨가 급변한 것이다. 산 근처였기에 날씨는 변화무쌍하기 그지없었다.

복면인은 콩을 던지지 못하고 그대로 서 있었다.

콩에 먹물로 쓰여진 깨알 같은 글씨들이 빗물에 번져 엉망이 되어 있는 것을 허무한 눈으로 보고 있었다.

유검이 위로하듯 말했다.

"개수 맞추기는 아직 할 수 있습니다만."

복면인은 묵묵히 한 움큼 콩을 잡아 쥐고 아무렇게나 던졌다.

"열일곱."

다시 던졌다.

"열둘."

"스물하나."

"열셋⋯⋯."

몇 번 그렇게 해보다 복면인은 고개를 젓고 말았다. 더 할 의욕이 잃은 것이다.

"잘했다."

그렇게 종료를 알리고는 복면인은 콩이 든 통을 허공으로 휙 집어 던졌다. 밤새도록 들인 정성이 빗물에 씻겨 사라져 버린 것을 생각하면 그의 울분은 충분히 이해가 되었다.

통에서 사방으로 튀어 나간 콩들은 빗줄기를 뚫고 커다랗게 선회하여 다시 원래의 자리로 돌아왔다.

파파파팍—!

콩알 튀기는 소리와 함께 콩과 통은 서로 부딪치며 박살이 나버렸다.

복면인은 이미 객잔 안으로 들어가 버렸다. 아마 술 한잔하지 않고는 배겨내지 못하리라.

허공에 시선을 주고 있던 유검이 중얼거렸다.

"이천… 백두 개인가? 음… 아니지. 다섯 개는 본래 반 조각짜리였으니까 이천아흔일곱 개 반이라고 해야 하나? 꽤 어렵네."

실제는 이천아흔아홉 개 반으로 계산 착오였다.

입맛을 다시며 유검은 객잔 안에서 두 번째 훈련을 준비하고 있는 냉설매에게로 갔다. 그녀는 경신술과 관련된 훈련을 맡고 있었다.

남궁세가의 대문이 열리는 것은 앞으로 칠 일.

유검은 그렇게 절세기재로 보이기 위한 맹훈련을 받고 있었다.

하지만 절세기재에 대한 기준을 알고 있는 사람은 일행 중 아무도 없었다.

『무상검』 제13권으로…